드라이브 피플

일러두기
· 외국어 지명 및 외래어 표기의 경우 국립국어원의 표기를 따르는 것을 원칙으로 했으나, 관용적으로 굳어진 명칭의 경우 알려진 대로 표기했습니다.
· 작품은 장별로 남녀가 번갈아 가며 이야기를 끌어갑니다. 이해를 돕기 위하여 남녀 화자의 변화를 각각의 색으로 구분하였습니다.

DRIVE
PEOPLE

차현진
장편소설

드라이브 피플

차례

1장 거북목 보호구역 … 8

2장 경로 이탈 … 112

3장 당신의 흔적 … 150

4장 가을날의 재회 … 248

에필로그 1 … 315

에필로그 2 … 318

작가노트 … 320

그 일은 2010년 4월의 다정함을 통째로 삼켜버렸다.
그날, 그 차에 타지 않았다면
우린 지금 어떻게 살고 있을까?

1장

거북목 보호구역

마지막 비행

아침 햇살에 반짝거리는 거리. 가지마다 분홍빛 숨결이 번진다. 봄바람에 전단지가 내 뺨으로 툭 붙었다. 얼굴이 뜨겁게 달아올랐다.

〈24시간 속성 운전면허〉

'다시 학원이라도 다녀야 하나. 아직은 좀….'
그때, 전화벨이 울렸다. 아진이다.
"연애면 됐지, 결혼은 무슨. 홧김에 사표 냈다가 개털되는 거 몰라?"
홧김은 맞다. 그래도 개털은 싫다.

"개털되면, 나랑 안 놀아 줄 거야?"

"너 비즈니스 승급 시험 본 거, 그거 아깝지도 않냐?"

아깝냐고? 응, 조금. 하지만 이게 지금의 최선이다.

"끊어! 버스 왔어."

―잔액이 부족합니다.

잔액이 부족하다. 늘 그렇듯, 내 인생도 여러모로 부족하다. 어딘가 텅 빈 채로 맞는 마지막 출근길. 턱을 당기고 무거운 발걸음으로 버스에 오른다.

아진은 내가 무슨 말만 하면 늘 코웃음 치며 빈정거린다.

"커리어는 목숨줄이야. 결혼? 애송이들이나 목매는 거지."

가끔 생각한다. 진짜 베프란, 번지점프대 끝에서 망설이는 날 슬쩍 밀어 주는 사람 아닐까? 박력 있게, 그냥 툭.

"암스테르담까지 안전하게 모시겠습니다."

이 순간을 사랑한다. 탑승권이 찍히고 승객과 눈빛이 스치는 단 1초. 그 사람의 인생이 그려지는 이 신비로운 순간을. 저마다 기대를 머금고 누군가는 티켓을 부케처럼 앞세우기도 하는, 이 설레는 순간을.

마지막 탑승객이 빠른 걸음으로 다가온다. 겨드랑이에 책을 끼고. 거북목은 거북목을 알아본다. 자동 센서 작동. 난 이미 걸려들었다.

거북목의 주요 서식지는 기내다. 난 그곳을 '거북목 보호구역'이라 부른다. 회의도, 복사기도, 전화벨도 따라올 수 없는 무해한 공간. 그런데 책 읽기엔 영 별로다. 비좁은 좌석, 흔들리는 조명, 옆 사람의 팔꿈치. 그 모든 저항을 뚫고 페이지를 넘긴다. 그 순간의 쾌감은, 우리만 안다. 어떤 문장이 나를 휩쓸고 덮칠지, 괜히 설렌다.

신기한 생태계. 9만 원짜리 암보험보다 훨씬 위로가 되는 세계. 서로를 알아보는 순간, 우리는 조금 덜 외롭다. 책 속으로 수백 번 빨려 들어간 흔적. 나는 그 광채를 사랑한다. 무언가에 빠진 사람의 눈빛. 특히 그것이 책일 때, 거북목 인간의 꼭짓점은 환상적이다. 사는 세상이 달라도 이 점 하나로 연결된다. 인생을 바꾸는 건 거창한 여행이 아니다. 그저 담백한 문장 하나면 충분하다. 반짝이지 않아도 길을 비추는 빛. 말미잘처럼 바다에 휩쓸려도, 무릎 위의 책 한 권이면 다시 중심을 잡는다. 거북목 인간에겐 아마 99퍼센트의 확률로 저마다의 평행우주가 있다. 외부 규칙과는 상관없는, 자신만의 작은 세계. 상상으로 만든 풍경이지만 가끔은 그곳에서 자기 자신조차 길을 잃는다. 여기서 멈추자. 감정이 엉키면 일도 꼬인다. 거리를 두자. 표정을 풀고 현실로 긴급 복귀.

아무래도 오늘은 재수가 없나 보다. 그의 눈빛에 이미 긁혀 버렸다. 커피콩 같은 눈동자가 기내 조명 아래 은은하게 반짝인다. 꼬리뼈 근처가 근질거린다. 시선이 자꾸만 그쪽으로 쏠린다. 끌린다. 거슬린다. 밀어낼수록 몸이 뻣뻣해진다. 지금 내 모습은 누가 봐도 영 부자연스럽다. 긴장한 어깨, 붙잡은 턱 끝… 티가 나도 단단히 난다.

이륙하고 얼마 지나지 않아 아기가 울기 시작한다. 날카롭지만 연약한 울음소리가 고요한 기내에 울려 퍼진다. 지옥문이 열리고 말았다. 종종 있는 일이지만 우는 아기를 달래는 건 여전히 서툴다. 솔직히, 나도 같이 울고 싶다.

그 순간, 누군가가 핸드폰을 켰다. 바다 깊은 곳에서 울려 퍼지는 듯한 긴 숨소리. 돌고래 울음소리다. 놀랍게도 아기가 울음을 멈췄다. 마법처럼 기내가 잔잔해졌다. 안전벨트 사인이 꺼지고, 기내식 서비스가 시작됐다.

"빵은 어떤 걸로 하시겠습니까?"

"사워도우로 주세요."

아까 그 거북목 남자다. 아니, 난 그를 '커피콩 눈동자'로 기억하고 싶다. 저 눈에선 과연 무슨 맛이 날까? 구수한 고구마 향이 나는 예가체프? 아니면 산뜻한 산미와 달콤함이 섞인 과테말라? 안경을 벗기면 그 풍미가 사방으로 확 퍼져 나갈지도 모른다. 난 뭐든 뒤집어쓸 준비가 되어 있다. 이 짜릿한 상상은 철저히 일회용이라는, 단 하나의 룰만 지킨다면. 공짜, 무책임, 기대 없음, 개꿀. 물론 들키면 끝이다. 그래서 표정은 칼같이 관리

한다. 이게 내가 만든, 내 인생에서 가장 빡센 규칙이다.

  불이 꺼졌다. 어둠 속에서 빛나는 그의 눈을 몰래 훔쳐보며 상상을 이어 간다. 직업란에 승무원이라 쓰지만, 사실 난 환상을 수집하며 산다. 상상력이 솟구치는 순간, 현실을 돌파할 힘을 얻는다. 일상에 환상 한 스푼이면 또 살아 낼 힘이 난다. 판타지를 품고 사는 사람은 결코 가난하지 않다.

  암스테르담에 도착하면 이틀 레이오버 후 서울로 돌아간다. 그럼 진짜 퇴직이다. 대부분 동기들은 서른 전에 은퇴하고 싶어 안달이었지만 난 오래오래 이 일을 하고 싶었다. 그 사람을 만나기 전까지는.

  잠이 오지 않는다. 벙커 안. 울고 또 울었던 이 동굴도 오늘이 마지막이다. 언제부터였을까. 비행 중에 떠오른 생각을 *끄적이*기 시작했다. 공항 가는 버스 안에서, 갤리에서 식사를 데우다가 문득, 호텔 방문을 열자마자. 툭툭 끊기고 산만하지만 작은 메모들이 하나둘 쌓였다. 그러다 보니 어느새 웹소설이란 걸 쓰고 있었다. 수요 없는 공급. 어처구니없는 짓이란 걸 알지만 도무지 멈출 수가 없다.

  살아 내야 했으니까.

  오늘은 글이 안 나온다. 그래, 차라리 머릿속을 비우자. 그런데 아까 본 커피콩 눈동자가 계속 내 머릿속을 맴돈다. 그 눈을 마주치던 순간, 나는 후쿠오카 시골 마을에서 본 미야마 사슴벌레가 된 기분이었다. 공룡처럼 생긴 그 사슴벌레는 메탈할라이드라는 불빛을 본능적으로 쫓아간다고 했다. 커피콩 같은 그 눈동자에도 내게만 보이는 메탈할라이드가 분명히 빛나고 있었다. 그 눈빛의 파장이 내 영혼을 훑고 지나간 걸까. 왠지 불길한 예감이 든다. 그 눈빛의 지배에서 영원히 벗어날 수 없을 것 같다. 무슨 짓을 해도 다시 그전으로는 돌아갈 수 없을 것 같은, 망한 기분.

몰스킨에 그려버린 눈동자를 지우려다 그만 종이를 뚫을 뻔했다. 결국 확 찢어 버렸다. 이런 소용돌이 같은 감정은 내게서 종종 흘러넘쳤다. 맹렬하고 섬뜩할 만큼 나를 압도했던 순간들. 혹시나 내가 아마추어처럼 비행에서 생긴 이런 사소한 감정을 지상까지 끌고 올까 봐 두려웠다.

'그냥 기분 전환용이잖아! 일회용 칫솔처럼 쓰고 버리라고. 바보야!'

이불 킥 대신 옆으로 누워 새우처럼 몸을 웅크렸다. 발은 심장보다 높게 베개 위로 올려 둔다. 피가 다시 심장으로 몰려들도록. 그러니 지금은 일단 자자.

예정보다 한 시간 늦게 암스테르담에 도착했다. 바퀴가 닿기 직전, 비행기가 갑자기 다시 급상승했다. 비명과 기도, 저마다의

신들이 소환됐다. 나 역시 빌고 또 빌었다. 평소엔 안 한다. 버드 스트라이크로 엔진에 불이 붙었을 때도 이 정도는 아니었다. 그래, 언젠가 죽겠지. 하지만 지금은 곤란하다. 3일 후면 가봉에 들어가는 한정판 디올 드레스를 두고 죽을 순 없다.

두 번째 착륙 시도. 생각보다 오래 하늘을 맴돌았다. 이번에도 착륙을 못 하면 어쩌지. 5년 차 승무원인데도 이토록 불안한 건 처음이다. 진짜 죽을 수도 있겠다는 생각에 두려움은 커져만 갔다. 두 번의 추가 시도를 거쳐 겨우 착륙. 드럼 비트처럼 쿵쾅거리던 심장박동이 평소대로 돌아갔다.

나에게 유럽은 조용한 용기를 주는 곳이다. 폭격 맞은 건물들이 아직도 당당하게 서 있는 곳. 흉터가 있어도 그 자리에 그대로 존재하는 거리. 마치 그런 일 따위는 자신을 망치지 못한다고 말하는 듯하다.

전쟁의 흔적을 품은 채 그곳은 자기 자신으로 남아 있다. 내 상처도 언젠가는 저렇게 자연스런 흔적이 되는 날이 올까? 이 도시는 나와 비슷한 상처를 견뎌 낸 친구 같다.

시끌벅적한 관광지로 몰려간 다른 크루들과는 달리 나는 혼자다. 물론 처음부터 그랬던 건 아니다. 팀장 성격에 따라 '빵지순례'에 끌려다닌 적도 있고 어쩔 수 없이 쇼핑이나 액티비티를 해야 할 때도 있었다.

'개인 시간이라며? 너만 개인이니?'

투어를 하다가 갑자기 쇼핑을 가겠다는 팀장. 사람 돌아 버리게 하는 데 재능 있는 타입이다. 자기가 뭘 좋아하는지도 모르는 인간은 그 자체로 위협적이다. 모든 걸 좋아해서 결국 아무것도 좋아하지 않는다. 취향 없는 인간과 쇼핑이라니, 정말 할 짓이 못 된다.

그러던 어느 날, 팀장의 인형 노릇을 그만두기로 했다. 그날처럼.

아진은 수학여행도, 졸업식도 가지 않았다. 불참 사유는 단순했다.

가기 싫어서.

'수학여행 따위 궁금하지 않아.' 그날 아진의 표정은 딱 그랬다. 인생 2회 차인가? 그 장엄한 기백이 상쾌한 충격이었다. 그 시절, 그런 말을 할 줄 아는 대한민국 고딩은 어디에도 없었다. 아무도 나를 때리지 않았는데 얼굴이 뜨겁게 달아올랐다. 심장이 쾅쾅 뛰었다. 뭐지? 이 멋짐은? 그 멋짐에 생각이 마비된 듯 어느새 나도 따라 불참 사유서를 적고 있었다. 불필요한 고민이 전혀 묻지 않은, 깨끗한 말투로.

가기 싫어서.

그 한 줄이 나를 변호했다.

돌아보면, 그게 우리가 서로를 알아본 순간이었다. 물론 아진은 기억조차 안 난다고 했다. 평소엔 조선왕조실록 뺨치는 기억력을 자랑하는 애인데.

난 그 순간을 이 깊은 인연의 시작점으로 잡는다. 좀 더 거창하게 말한다면 첫 우정의 발화점이랄까. 평생을 두고 닮아 가고 싶은 사람이 생긴 순간.

아진은 멋들어진 말을 툭툭 던졌고, 나는 그걸 바라보는 관객이었다. 받아 적지 않으면 잊을까 봐 안달이 났지만, 티 날까 봐 아닌 척했다. 쫄보처럼 굴었다. 그렇게 시험지를 커닝하듯 아진이라는 인간 자체를 조금씩 베껴 갔다. 나를 위한 커닝 페이퍼가 가까이에 있다는 것만으로 큰 위안이 되었다. 유년 시절 내내 내 위치, 존재의 형태는 짝퉁이었다. 진품과 뭐가 다른지 나만 모르는 짝퉁. 언젠가는 도달할 줄 알고 안간힘을 썼던 서툰 짝퉁. 싫으면 싫다고 말하면 된다는 걸 그때 배웠다. 그래서 팀장의 인형 노릇을 그만둘 때도 그때와 똑같은 감각으로 말했다.

가기 싫다고.

호텔에 도착하면 공식 유니폼을 벗고, 사적인 유니폼으로 갈아입는 게 나의 루틴이다. 검은색 나이키 트레이닝복을 입고 후드까지 뒤집어쓰면 세상과 나 사이에 벽이 생긴다. 비행기 안에선 타인을 돌보고, 지상에선 나를 챙긴다.

손을 꼼꼼히 씻는 중에 핸드폰이 울린다. 프로 의심러, 아진이다.

"그래서, 첫 비행이 떨렸어? 마지막 비행이 더 떨렸어?"

"아직 귀국 비행 남았거든."

사실 진짜 떨렸던 건 처음으로 승무원 유니폼을 받은 날이다. 거울 앞에 서서 한참 동안 유니폼을 몸에 대 봤다. 그 솔기의 단단한 감촉이 아직도 생생하다.

'드디어 내 인생에도 형태라는 게 생기는구나.'

나 자신을 온전히 담을 그릇, 그게 승무원 유니폼이었다. 혹시 잘못되거나 분실될까 봐 드라이클리닝을 맡길 때조차 불안했다.

"설마 내일 마중 나오고 그러는 거 아니지?"

마침 아진의 유럽 출장과 내 비행이 겹쳐 우리는 슬쩍 머리를 굴려 접선 계획을 세웠다. 아진은 파리에서 인터뷰를 끝낸 뒤 기차를 타고 이쪽으로 오기로 했다.

"저도 사람 봐 가면서 합니다, 작가님. 작가님이야말로 마지막 비행이라고 깜짝 축하 쇼 준비하고, 설마 그런 거 아니죠?"

아진은 늘 그랬다. 미리 못 박아 두지 않으면 뭔가 일을 벌인다. 그거 하나는 끝내주게 잘한다. 브라이덜 샤워만으로도 이미 충분히 과했다. 지금으로선 막을 방법이 없다. 베프란 원래 자기 마음대로 일을 벌이는 족속이다.

아진은 아직도 못마땅한 눈치다. 자신한테 상의도 없이 내 인생의 중요한 결정을 해 버린 것에 대해.

솔직히 아진을 잃으면 모든 걸 잃는다. 호캉스, 콘서트, 점집 투어는 물론, 내 삽질을 끝까지 들어주고, 그걸 또 진심으로 까주면서, 동시에 자기 삽질로 환장의 콜라보를 완성하는 그 '케미'까지 전부 다. 이 모든 게 아진이다. 그리고 가장 중요한 '뼈가 아플 정도의 디테일한 팩트 폭행'. 그건 아진만 할 수 있는 독점 기술이다.

이 관계에서 나는 을이다. 이번에도 역시 출제자의 의도를 파악하듯 아진이 내는 문제의 진의를 파악해야만 했다. 다 망할 SNS 때문이다. 하트 한 개 더 받으려고 생쇼를 하는 이 시대, 참 피곤하다. 결론은, 오프숄더 칵테일 드레스 같은 게 필요했다. H&M에서 아무거나 하나 고르자. 웬만해선 호텔에 처박혀 있는 나지만, 오늘은 억지로라도 나가야 했다. 그치만 나란 인간, 미룰 수 있는 건 죽기 직전까지 미룬다. 오늘도 역시 그렇다. '내일 사지 뭐.'

비행을 마치고 공기가 바뀌면 그때부터 글을 쓴다. 장르는 추리 스릴러, 필명은 청산가리. 하지만 아진이 눈치챌까 늘 조심했다. 들키면 골치 아프니까. 문제는 주인공 캐릭터다. 그건 누가 봐도 아진이었다. 뭐 그 정도는 어쩔 수 없다 쳐도 쓰다 보니 모든 인물에 이상하게 아진이 조금씩 묻어났다.

뭐야, 나 아진이 하나로 돌려막기 한 거야?

아진이 알면 얼마나 비웃을지, 벌써부터 짜증이 치민다. 노트북을 닫고 뻑뻑한 한숨을 내쉰다.

도대체 내 인생의 몇 퍼센트가 아진으로 채워져 있는 걸까?

그 생각도 잠시, 다시 침대에 앉아 글을 이어 간다.

침대라는 곳은 의외로 모든 걸 할 수 있는 공간이다. 읽고, 쓰고, 먹고, 자고, 다음 턴의 후배 맞이까지.

"네가 로마 시대 공주야?"라며 아진은 항상 놀렸지만, 그들만큼이나 내게 침대는 중요한 장소다. 침대에서 안 행복하면 어디서 행복해? 결혼 전, 예비 신랑에게 '1인 1침대'를 당부한 것도 다 그 때문이다.

그렇게 계속 쓰다 보니 스르르 잠에 빠져들었다. 눈 내리는 밤 양화대교 위에서 달리던 차가 한강으로 튕겨 나간다. 그 안에 치호가 있다. 저절로 뻗어지는 내 손. 몸은 차갑게 얼어붙었지만 그래도 움직인다. 물살이 자꾸 아래로 나를 끌고 간다. 숨이 턱끝까지 차오른다. 폐가 물로 가득 차기 직전, 몸이 물 위로 떠오른다. 부서진 차체가 내 가슴을 꿰뚫는다. 축축하고 끈적한 피가 온몸을 휘감는다.

그 순간, 눈이 번쩍 떠졌다. 시트는 땀으로 흠뻑 젖어 있었다. 다행히 온몸을 적신 건 피가 아니라 땀이었지만 시계는 아침 아홉 시를 가리키고 있었다. 큰일 났다. 내 마지막 비행! 망했다. 아니다. 일단 뛰자.

마지막만큼은 절대 망치고 싶지 않아, 깔끔하게 은퇴하고 싶다고. 망할 알람은 고장 난 거야? 세상 모든 신이시여, 오늘만 도와주세요, 제발! 미친 듯이 뛰었다.

엘리베이터 문이 열리고 안에 있던 크루들이 놀란다.

"선배님 괜찮으세요?"

모두 유니폼이 아닌 평상복 차림이다. 이게 어떻게 된 걸까.

"쇼업 아홉 시 아니었어?"

"그거 이틀 뒤예요."

요거트와 바나나를 든 무리가 조식을 먹고 올라오는 길이었다. 등골이 서늘했다. 땀이 식는 게 아니라, 땀구멍이 동시에 열리며 차가운 땀이 등허리에 맺혔다.

"…어 그러니까 오늘이 아니라는 거지? 미안, 나 못 본 걸로 좀 해 줘."

한바탕 생쇼를 하고 다시 침대로 돌아왔다. 뜨거운 물로 샤워하고 수면제를 삼킨다. 이번엔 가짜 잠이 아니라 진짜 잠에 빠져든다.

치호의 사고 이후 불면증이 시작됐다. 매일 밤, 똑같은 악몽이 지독하게 나를 쫓아다녔고 약을 먹으며 오늘까지 버텨 왔다. 그러나 이 생활도 이제 끝이다.

그때 전화벨이 울렸다. 이틀 뒤로 예정된 비행이 취소되었단다. 더 황당한 건 비행이 언제 재개될지 모른다는 사실이다. 호텔 전화기를 가슴에 꽉 안았다. 차갑고 묵직한 현실의 감촉이 느껴졌다. 뭐라도 단단하게 붙잡고 있어야 견딜 수 있을 것 같다. 떨리는 손으로 CNN 채널을 틀고 나니 속보가 쏟아진다. 화산이 폭발했다고? 화면 속 장면이라지만 11킬로미터 상공까지 치솟은 화산재 기둥을 살아생전 보게 될 줄이야. 다큐에서나 보던 잿빛 구름이 화면을 가득 채웠다. 히로시마에 떨어진 원자폭탄을 연상시키는, 참혹하면서도 기묘한 풍경. 화산재는 제트기류를 타고 유럽 전역으로 퍼지고 있었다. 어디까지가 현실이고 어디까지가 아닌지… 이런저런 생각을 하다가 나도 모르게 피식, 헛웃음이 났다.

항공 대란이 모든 걸 마비시켰다. 생선, 꽃, 채소 등 농산물과 생필품들은 어디선가 조용히 썩어 가고 있었다. 내 애간장도 함께 녹아내렸다. 이건 단순하게 출장 중 자연재해로 발이 묶인 게 아니었다. 분명 신이 던진 테스트다. 이 상황을 어떻게 돌파할지.

'왜 하필 지금? 어째서 나일까?'

결혼까지 13일, 내 인생이 일시 정지된 듯했다. 타이밍 한번 기가 막힌다. 그치만 당황하고 있을 여유 따위 없다. 똥바가지가 쏟아지든 하늘이 무너지든, 어떻게든 방법을 찾자.

하지만 그건 예측 불가능의 시작일 뿐이었다. 정신을 차리고 마트로 향했다. 마트는 이미 결투장이었다. 사람들은 카트를 방패 삼아 뭐든 닥치는 대로 담았다. 그 와중에 내가 카트에 담은 건 레몬 두 개, 샌드위치 하나, 미니 하이네켄 세트뿐이다. 살아남기 위한 내 전략은 언제나 그렇듯 '미니멀'이다.

마트를 나오자 역대급 반전이 펼쳐졌다. 안은 전쟁터인데, 밖은 그야말로 낭만 그 자체였다. 네덜란드의 최대 축제 킹스데이를 앞둔 운하 주변은 축제 분위기로 들떠 있었고, 야외 테이블마다 가벼운 와인과 작은 타파스가 놓여 있었다. 밤새도록 떠들기 좋은 날씨에 하늘에서 똥이 내려도 낭만적일 것 같은 봄밤. 그런 의미에서 4월의 유럽은 위험하다. 무슨 일이 터질지 아무도 모른다. 화산 폭발도 이 분위기를 망칠 순 없다. 하늘길은 막혔지만, 사람들은 각자의 일상을 지키고 있었다. 낭만과 현실은 이렇게 나란히 흐른다.

운하 주변으로 은은한 조명이 하나둘 켜졌다. 기타를 치는 연인들, 작은 배 위에서 와인을 나눠 마시는 친구들. 누군가는 재즈를 흥얼거리고, 사람들의 웃음소리가 물결처럼 번졌다.

휴대폰 알림음이 울린다. 국내에 단 한 벌뿐이라는 디올 한정판 드레스의 가봉 예약 확인 문자였다. 그래, 드레스가 있었지. 금실로 스티치한 그 우아함은 영국박물관에나 어울릴 법했다. 그 드레스를 사수한 건 내 인생에서 자랑할 수 있는 몇 안 되는 일 중 하나였다.

잠시나마 내 인생의 구멍을 메워 줄 것만 같았던 그 성취감. 과거, 유니폼에 분리불안을 느꼈던 것처럼 드레스 스케줄도 틀어질까 괜히 불안했다. 식장도, 상대도, 솔직히 그다지 중요하지 않았다. 중요한 건 오직 그 드레스뿐이었다. 그 드레스만이 내 전부였다.

결혼은 용기로 하는 게 아니다. 펄떡거리는 호기심으로 한다. 그 드레스는 나의 욕망이자, 다른 세계로 건너가고야 말겠다는 결의의 상징이었다. 그 드레스를 입으면 이런 나라도 전혀 다른 인생을 살 수 있을 것만 같았다.

그런데 화산 폭발이 다 망쳐 버렸다. 지금 나는 무슨 수를 써도 그곳에 갈 수 없다. 그 누구라도 비행기를 띄울 순 없다. 그렇게 나는 디올 드레스의 영향권에서 멀어졌다. 허탈함이 밀려왔다. 상심과 절망을 떨쳐 내려 더 넓은 반경을 그리며 호텔로 돌아섰다.

바람에 실려 온 운하의 비린내가 나를 멈춰 세웠다. 고개를 젖혀 하늘을 바라본다. 눅진한 바람 속에는 화산 폭발의 매캐한 냄새가 스며 있었다. 입술을 오므리니 까슬한 모래알이라고 해야 할까, 민들레 홀씨 같은 꽃가루 질감의 알갱이가 서걱거렸다. 뿌연 안개처럼 내 불안함도 짙어졌다.

호텔로 돌아가려 했으나 방향을 잃고 몇 번이나 같은 거리를 맴돌다가 지쳐 버렸다. 그때 정신을 번쩍 들게 한 건 축축하고 묘하게 쿰쿰한 젖은 개의 냄새였다. 시선을 옮기자 어둠 속에서 두 눈이 번뜩였다. 목줄을 하지 않은 블랙 리트리버였다. 송아지만 한 덩치가 나를 뚫어지게 쳐다보고 있었다.

순간, 시간이 멈춘 것처럼 정적이 흘렀다. 운하의 물결조차 숨을 죽인 것 같았다. 나는 얼어붙었고 개는 낮게 으르렁거리며 다가왔다. 밤공기가 한층 더 서늘해졌다. 숨을 꾹 참았다.

꺄아악!

참았던 비명이 튀어나왔다. 그 소리가 개를 더 자극했는지 당장이라도 내게 달려들 기세였다. 벌어진 입, 날카로운 이빨, 끈적한 침. 이건 분명 비상사태다. 무조건 도망쳐야 한다.

나는 소리를 지르며 전력 질주했다. 그런데 그 아찔한 순간, 마주 오는 자전거와 정면으로 부딪쳤다.

"엄마야!"

엉덩방아를 찧으며 동시에 그 말이 튀어나왔다.

"이 상황에서 엄마를 부르면 엄마가 달려와요?" 차가운 한국말이 들려왔다.

암스테르담 밤거리에서 한국어라니, 그 낮은 목소리가 묘하게 반가웠다.

넘어진 남자는 떼구루루 굴러가는 레몬을 집어 멀리 휙 던졌다. 레몬은 완벽한 반 곡선을 그리며 저 멀리 날아갔다. 침을 질질 흘리던 개는 레몬을 쫓아 달려갔다.

간신히 위기를 넘긴 듯했다. 나는 숨을 헐떡이며 손바닥에 묻은 흙을 허벅지에 털어 냈다.

응급 상황에 단련된 몸이라지만 순간 아무 생각도 할 수 없었다. 머뭇거리는 사이, 갑자기 내 옆으로 자전거들이 휙휙, 바람을 일으키며 지나갔다. 순간 그가 내 어깨를 확 잡아끌었다.

"자전거도로에 서 있으면 위험해요."

어깨에 닿았던 압력 때문에 팔이 빠질 것처럼 얼얼했다.

그러고는 그는 무언가에 쫓기듯 자리를 떴다.

"저기요!"

급한 건 그쪽 사정이겠지, 난 신세 지는 건 딱 질색이라.

"저기, 잠깐만요!" 더 크게 소리를 질렀다. 순간 뇌리를 스치는 불길한 느낌에 주머니를 더듬었다. 지갑이… 없… 있다? 소매치기는 아닌데? 그럼 대체 뭐지?

"아니, 저어기…" 뭐라 불러 보기도 전에 그는 왼손을 가볍게 흔들며 쿨하게 사라졌다.

아, 됐다 됐어.

바닥에선 터진 맥주가 거품을 뿜으며 작고 가벼운 소리를 냈다. 쌉싸름한 냄새가 공기 중에 퍼졌다. 나는 멍하니 서서 숨을 한번 깊이 들이마셨다.

이렇게 간절하게 부르는데 개무시하기냐? 왕재수 대가리!

턱끝까지 차오른 말을 삼켰다. 화가 치밀었지만, 꾹 참았다.

지금 내가 살고 있는 이 시대엔 다정한 남자가 현저히 부족하다. 어쩌면 멸종위기일지도 모른다. 아무르 표범, 자이언트 판다, 수마트라 코끼리, 자바 코뿔소처럼 국제적 보호가 시급하다. 배려, 친절, 공감, 센스 이런 과목을 남자들에게 조기교육시켜야 한다. 그러지 않으면 다정한 남자라는 종이 정말 영영 사라질지도 모른다.

아니, 사실대로 말하자면 자전거도로를 막고 선 내가 바보다.
'아오, 멍청아. 내가 얼마나 얼빵해 보였을까?'
그가 지나간 자리엔 희미한 빛의 소용돌이 같은 잔상이 남았다. 괜히 거슬린다.
에이, 다시 볼 일도 없는데 뭐.

호텔로 돌아가려는데 저 멀리서 아까 그 맹수가 다시 짖는 소리가 들려왔다. 나는 뒷걸음치듯 서둘러 호텔로 도망쳤다. 거울에 비친 내 꼴을 보니, 참으로 가관이었다. 넘어지면서 망할 개똥이 묻었나 보다. 피넛버터 같은 질감과는 반대로 냄새는 고약했다. 유럽의 길엔 개똥이 자유분방하게 토핑돼 있다는 걸 깜빡했다. 목줄이 풀린 개도, 여기저기 널브러진 개똥도, 여기선 그냥 일상이다.

룸서비스로 가장 비싼 스테이크와 와인을 주문했다. 그거라도 먹어야 기분이 풀릴 것 같았다.
"나 자신을 융숭하게 대접해야 해."

도연 선배의 세뇌에 가까운 샤우팅. 한 번도 실천한 적은 없었지만 오늘은 마지막 비행이니까 그동안 못 한 거 다 해 보자! 싶었다.

미디엄 레어라며? 호주산 립아이는 타이어처럼 질겼고 와인은 모래를 뿌린 엔진처럼 텁텁하기 짝이 없었다.

왜 이렇게 기분이 별로일까? 디올 드레스 가봉이 어그러진 탓? 그건 인간의 힘으론 어쩔 수 없는 일이다. 갑자기 구역질이 올라왔다. 정신없이 다 토하고 나서 알았다. 나를 열받게 만든 건 그 손짓이었다. 살랑살랑 흔드는 왼손의 유려한 물결. 그게 날 견딜 수 없게 했다. 내 선의를 무시당했다는 원통함, 바로 그거였다.

뭐야, 그렇게 난데없이 나타나서 날 구한다고? 지가 스파이더맨이야? 아니, 아무리 그래도 그렇지 무슨 인간이 그렇게 순식간에 연기처럼 사라져?

내 어깨를 잡아끌던 순발력은 흡사 농구선수 같았다. 아니, 그 탄탄한 잔근육… 피지컬만 봐서는 오히려 테니스선수에 더 가까우려나. 넘어졌을 때 허벅지에 잔디 풀때기가 붙은 모습까지 그렇게 섹시할 필요는 없잖아. 그 침착함은 또 뭐람. 지가 무슨 구급대원이라도 돼? 사람의 호의를 싹둑 자르는 싸가지는 또 뭐고, 지가 재벌 3세야 뭐야. 그 와중에 손 흔드는 여유까지. 몇 초도 채 안 되는 그 짧은 순간이 뇌리에 선명하게 남아 버렸다. 어깨에 남은 그의 체온도… 생각하면 할수록 짜증이 밀려왔다. 이런 이상한 굴욕은 생전 처음이다.

얼굴을 정확하게 보지 못 했지만 봄밤에 스미든 그의 냄새만큼은 또렷이 떠올릴 수 있다. 달콤하거나 부드러운, 바닐라나 레몬 같은 그런 흔한 향은 아니었다.

굳이 따지자면 갓 뜯은 미나리 풋내랄까.

그것도 맑고 깨끗한 물에서 자란 게 아니라, 흙투성이 구정물에서 기어이 고개를 내밀고 올라온 것. 거머리가 잔뜩 붙어도 아랑곳하지 않고 그걸 뚫고 올라온 싱그러움의 냄새. 그 푸릇푸릇한 냄새가 구질구질하게 내 코끝에 맴돌았다.

우연은 벼락처럼 선명했다. 지금 내가 미치도록 궁금한 건 '내가 왜 이러지?'가 아니라 '개똥 묻은 걸 그 사람도 봤을까?'이다. 그 왕재수 대가리가 왜 자꾸 마음에 걸릴까?

결혼을 앞두고 이런 일에 휘말리는 내가 한심했지만, 지금 나는 그 사실 여부가 무엇보다 궁금했다.

그래, 내가 잠깐 미친 게 분명하다. 인생의 아주 특별한 재난 구간을 지나고 있으니까.

어디서 주워들은 말에 따르자면 이건 결혼을 앞둔 사람이라면 누구나 겪는 비정상 상태일 것이다. 그래, 난 지금 '메리지블루'라는 구간을 지나고 있는지도 모른다. 어쩌면 이 난리도, 봄이면 벚꽃이 피는 것처럼 어쩔 수 없는 자연현상인 것이다.

레몬즙을 꾹 짜 넣은 하이네켄을 들이켰다. 빈속이라 확실히 더 쫙쫙 붙는 느낌이랄까, 세포 하나하나가 알코올을 흡수하는 듯했다. 솔직히 맥주는 술이 아니다. 물처럼 마실 수 있고 실제로도 그러고 있으니까. 역시 술과 인생은 독한 게 제맛. 결국 미니 바에 있던 피츠 위스키를 땄다. 내 구세주는 뜨겁게 식도를 불 지르며 내려갔다. 격렬한 감촉이 느껴진 그 순간, 어떤 호기심이 내 오장육부를 훑으며 올라왔다.

그는 지금, 어디 있을까? 왕! 재! 수! 대! 가! 리.

봄밤의 자전거

어린 시절, 나는 비행기가 두려웠다. 비행기만 타면 숨이 막혔고, 창밖의 하얀 구름은 마치 나를 가두는 벽 같았다. 익숙치 않은 소음에 귀가 삐걱삐걱 울리고 결국 울음이 터졌다. 누구도 울고 있는 날 달래 주지 않았다. 기억은 오래 남았다. 그래서인지 지금도 비행기 안에서 아기가 울기 시작하면 나는 휴대폰을 꺼낸다. 돌고래 울음소리를 재생한다.

바다 깊은 곳에서 울려 퍼지는 낮고 부드러운 주파수. 신기하게도 아기는 금세 울음을 그친다. 마치 파도가 모래사장을 쓰다듬듯, 그 울음소리가 아기의 귀를 어루만진다.

아마 나는 그때의 나를 달래 주지 않은 어른들을 대신해, 지금 누군가의 울음을 보듬어 주고 있는지도 모른다.

"빵은 어떤 걸로 하시겠습니까?"

"사워도우로 주세요."

내가 사워도우에 집착하게 된 건 버터 알레르기 때문이다. 처음엔 버터 같은 걸 먹어 본 적도 없어서 몰랐다. 그걸 먹으면 배가 아프고, 몸이 가렵고, 심장이 두근거렸다. 프랑스 입양아가 버터를 못 먹는다는 건, 한국인이 캡사이신 알레르기 때문에 김치를 못 먹는 것과 같다. 그냥, 망한 거다.

아홉 살 때였다. 원장 손에 이끌려 '홀트'라는 곳에 갔다. 키와 몸무게를 재더니 오른쪽으로 서라고 했다. 무언가의 기준을 통과했던 모양인지 내 눈을 까뒤집고 눈 색깔을 체크했다. 브라운 컬러. 그때 처음 알았다. 까만 줄 알았던 내 눈이 사실은 갈색이었다는 걸.

나중에 알게 됐다. 프랑스 디자이너 부부가 원했던 입양 조건에 나는 가까스로 통과한 것이었다. 키와 몸무게 그리고 쌍꺼풀 없는 사진을 보고 날 합격시켰다고 했다. 그렇게 나는 그들 집 인테리어의 일부가 되었다.

바꿀 수 없는 껍데기는 통과됐다. 바꿀 수 있는 건 바꾸면 되었다. 고객의 니즈에 맞춰, 아홉 살이었던 나는 갑자기 일곱 살이 되었다. 누군가가 나를 원했고 덕분에 큰 바다를 건너야 했다. 프랑스로 입양된 리틀 보이. 몸은 자라서 성인이 되었지만, 내 마음은 그 나이에 멈춰 버렸다.

입양 가기 전, 한국에서 마지막으로 먹은 음식은 설탕이 잔뜩 발린 핫도그였다. 겉은 바삭하고 안은 감칠맛 나는 짭짤한 소시지가 든 핫도그. 그걸 먹고 비행기에서 오는 내내 토했다. 반강제로 며칠을 빈속으로 버틴 끝에 나를 구해 준 건 에비앙 생수였다. 한 모금 삼킨 순간, 눈앞이 선명해졌다. 아무 맛도, 냄새도 안 나는 물. 프랑스라는 나라는 물을 돈 주고 사서 먹는 곳이었다. 내게 물이란, 학교에서 수도꼭지를 틀고 입을 갖다 대면 먹을 수 있는 것이었는데. 가끔은 녹물이 섞여 쇠 맛이 나기도 했던, 익숙한 그 물.

프랑스 물은 투명한 병 속에 담겨 있었다. 의심할 필요가 없는 완벽한 상품. 보리차처럼 여름이면 맛이 가지 않을까? 그런 걱정도 필요 없었다. 누런 때가 꾸덕꾸덕하게 낀 오렌지주스 병의 보리차와 나는 그렇게 작별했다. 대신 투명한 에비앙을 만났다. 내 인생은 국경을 건넌 그 순간이 아니라, 보리차에서 에비앙을 마신 순간을 기준으로 두 갈래로 나뉘었다.

버터 알레르기라는 진단을 받자, 나는 사워도우만 먹게 됐다. 끼니때마다 사워도우를 따로 준비해야 했던 양부모는 귀찮다는 티를 숨기지 못했다.

물론 좋았던 기억도 하나 있다. 한국에선 왼손잡이라는 이유로 손등을 자로 맞았다. 어른들은 내게 억지로 오른손을 쓰게 했다. 하지만 프랑스에선 이런 나도 환영받았다.

"괜찮아, 레오나르도 다빈치도 왼손잡이야."

그 말은 신기하게 따뜻했다. 캐치볼을 할 때도 왼손 글러브를 마음껏 낄 수 있었다. 억지로 바꾸지 않아도 괜찮았다. 있는 그대로의 나여도 충분했다. 그건 내 인생에서 처음으로 '이해'라는 걸 받은 순간이었다. 나도 언젠가 누군가에게 근사한 '이해'를 건넬 수 있을 것이다. 받아 본 적이 있기 때문에.

그 무렵부터 장 자크 상페의 책을 읽기 시작했다. 프랑스어를 몰라도 그림은 모든 감정을 전했다. 작고 귀여운 일상이 거기 있었다. 책은 내 친구였고 보호자였으며 삶의 밑천이자 생필품이나 다름없었다.

시간이 흘러 나는 내 발로 한국에 돌아왔다. 어린이를 팔아먹던 한국에 복수하고 싶었다. 어떻게 사람의 생명을 수출할 수가 있지? 가난해서 어쩔 수 없었다고? 그건 변명이 되지 않는다. 한국보다 더 가난했던 나라들도 어린이를 거래하진 않았다. 서양의 부유한 나라에선 도덕적 우위를 과시할 동양의 어린이가 필요했다. 결국, 우리가 국경 밖으로 던져졌던 이유는 간단했다. 수수료가 꽤 쏠쏠한 장사였기 때문이다. 이 은밀한 뒷거래로 누군가는 꽤 이익을 챙기던 시대였다.

나는 모국어를 잊지 않으려 한국 드라마를 미친 듯이 반복 재생했다. 프랑스어 번역 알바를 하다가 잡지사 어시스턴트가 됐다. 처음엔 돈만 벌 수 있다면 무엇이든 했다. 그땐 생존이 목적이었으니까. 그러다 욕심이 생겼다. 기자는 마음만 먹으면 세상의 모든 사람을 인터뷰할 수 있었다. 대통령부터 노숙자까지. 사람은 모두 자기만의 이야기가 있고, 나는 그 이야기를 우아한 포장지로 감싸 세상에 소개하면 그만이었다. 그러다 결국, 나를 버린 엄마에게 묻고 싶은 게 생겼다. 왜 버렸는지 구차한 변명은 듣고 싶지 않다. 대신 미치도록 궁금한 게 있었다.

당신도 버터 알레르기가 있는지, 버터 따위로 인생이 피곤해져 본 적 있는지, 내가 사라져 당신 인생이 행복해졌는지, 그렇다면 지금 얼마나 행복한지….

나는 당신의 눈을 바라보며 또박또박 묻고 싶었다. 그게 가장 우아한 복수라 믿었다. 단 하나의 질문으로 건네는 복수. 그렇게 나는 돈보다 욕망을 좇게 됐다.

하지만 현실은 달랐다. 나는 잡지사의 톱니바퀴일 뿐이었고, 마감에 치이다 보니 분노는 생활의 피로 속에 조금씩 녹아 사라져 버렸다. 로또에 당첨돼도 계속 이 일을 하고 싶다는 미친놈들 틈에서 나는 그저 마감 노동자로 살아갔다.

그렇게 프랑스를 떠난 지 10년 만에, 출장이라는 이름으로 다시 유럽에 오게 됐다. 암스테르담을 거친, 프랑크푸르트 전기차 모터쇼 취재 건으로.

비행기 바퀴가 땅에 닿았지만, 곧 다시 수직상승했다. 언젠가 죽겠지만, 지금은 아니다. 만약 내가 죽는다면, 그건 반드시 차 안에서여야 한다. 차가 내 관이 되어도 좋을 만큼, 차를 사랑하니까. 비행기는 두 번의 고 어라운드 끝에 겨우 착륙했고, 승객들은 박수를 치며 안도의 웃음을 터뜨렸다.

호텔에 도착하자 피로가 몰려왔다. 출장이 정해진 순간부터 닥치는 대로 주문한 책들. 이동 중에도 나는 테슬라 로드스터 기사, 일론 머스크 인터뷰, 전기차 관련 책들을 반복해 읽었다. 이미 집에 있던 책조차 다시 샀다. 밑줄로 너덜너덜해진 책을 또 트렁크에 넣어 왔다. 다 읽지 못할 걸 알면서도 묵직한 책 더미가 곁에 있어야만 안심이 됐다. 새 책의 잉크 냄새는 갓 구운 빵보다도 포근했다. 그렇게 준비해도 현장은 늘 예측 불허다. 짐을 풀지도 못하고 디지털 칼럼 마감 교정을 보냈다. 잠시 쪽잠을 잤더니 어느새 다음 날이었다. 그리고 편집장의 날벼락이 이어졌다.

"야 5번, 렌터카부터 예약해. 백업 인터뷰 곧 픽스야."

편집장은 우리를 이름 대신 번호로 불렀다. 마치 기계 부품처럼. 종이 잡지는 사라져 가고 있었다. 그 사실을 잘 알고 있지만, 그럼에도 불구하고 나는 이 세계를 사랑, 아니 바보처럼 집착하고 있었다.

그런 와중에 아이슬란드의 화산이 터졌다. 항공편은 줄줄이 결항, 모터쇼도 취소됐다. 내일 프랑크푸르트로 가려던 나는, 대신 렌터카에 올라타야 했다. 편집장은 특집을 놓치자 그에 맞먹는 스케일의 기사로 막으려 이리저리 뛰는 눈치였다. 그렇게 얼마 안 가 내게도 지시가 떨어졌다.

'방금 엠바고가 풀린 기사의 주인공을 당장 인터뷰하라.'

일단 침착해지기 위해 눈에 띄는 아무 펍에나 들어가 에거 라들러를 시켰다. 마시면서 자전거를 탈 수 있을 정도로 가벼운 맥주였다. 펍 안은 뉴스 속 화산 폭발 이야기로 들끓었다. 방금 삼킨 타이레놀과 차가운 맥주가 위장에서 충돌하며 내 안에도 화산이 터지는 듯 쓰라림이 번졌다. 아이패드를 꺼내 일단 렌터카부터 예약했다. 공항에서 급히 산 스폰지밥 케이스가 내 마음도 모르고 해맑게 웃고 있었다. 애플 기기에 케이스를 씌우는 건 내 취향이 아니지만, 출장 중 액정이 깨지면 골치 아프니 며칠만 참자. 안전제일이다.

펍 안은 제각기 인생이 꼬여 버린 사람들로 북적였다. 군 입대를 앞두고 축구 경기를 보러 온 부자, 음악 축제에 참가하기 위해 온 인디 뮤지션, 신혼여행 중 발이 묶여 난감해하는 부부까지… 그때 선배들의 카톡이 날아들었다.

―난 다음 날 인터뷰하기로 한 가수가 자살해서 취소된 적도 있었어.

그들은 인생 최악의 순간을 배틀하듯 쏟아 냈지만, 나는 알고 있다. 뒤에서 조용히 미소 짓고 있다는 걸. 내가 군대를 가지 않았기에 아니, 가지 못했기에 그들은 날 못마땅해했다. 군대 이야기는 물론 군대에서 축구한 이야기에도 끼지 못했다. 마치 입장권이 없는 사람을 파티장 밖에 세워 두는 것처럼.

"걔, 군대를 안 가서 그래."

화장실에서 들었던 그 말은 줄곧 내 인생에 꼬리표처럼 붙어 다녔다. 다시는 그런 말을 듣지 않게끔 칼을 갈았더니 이번엔 엉뚱한 걸로 시비를 걸었다.

"눈깔이 왜 그래? 멜로 눈깔이야."

군대에 안 간 건 객관적 사실이라 쳐도 이건 억울했다.

"눈 느끼하게 뜨지 마."

안경을 쓰고 표정을 바꿔도 그들에게 나는 여전히 군대 안 간 미꾸라지였다. 그건 노력해서 바꿀 수 있는 게 아니었다. 그들의 어떤 고생담도, 황당한 순간도 위로가 되지 않았다. 내가 얼마나 이 취재를 기다려 왔고, 완벽히 준비해 왔고, 잘하고 싶었는지 막상 취소가 되고 나니 내 진짜 마음을 알겠다. 4년을 기다린 올림픽 국가대표처럼 슬펐다. 다음은 아마… 없을 것이다.

테슬라 홍보 담당자와의 미팅을 위해 한동안 그 좋아하던 술도 자제하며 아기 간을 만들어 놨다. 그런데 정성껏 준비해 놓은 내 싱싱한 간을, 뜻밖의 인물에게 바치게 됐다.

"프랑스대혁명도 결국은 화산 폭발 때문에 일어난 거야."

산타클로스처럼 배가 볼록한, 역사광 할아버지였다. 그는 이야기보따리를 들고 나타난 산타였다.

"내가 자네에게 예언을 하나 하지. 앞으로 자네 인생에 깜짝 놀랄 대혁명이 일어날 걸세! 프랑스혁명 같은."

듣다 보니 재밌어서 아이패드를 꺼내 몰래 몇 줄 기록을 남겼다. 이 술 취한 할아버지의 예언이 아니더라도 내 인생에 큰 변곡점이 찾아온 건 분명했다. 보리차에서 에비앙으로 내 인생이 급변했듯이.

"그 혁명이 궁금하지 않나?"

거기까지만 장단을 맞춰 주고 자리에서 일어서려 했다. 산타 할아버지의 말동무를 계속하기엔 나는 바쁘고 피곤했다.

"글쎄요."

그때, 할아버지가 들고 있던 진리키 잔이 눈에 띄었다. 《위대한 개츠비》 속 데이지 남편이 들고 들어오던 그 칵테일. 진리키라면 이야기가 달라진다. 얼음이 찰랑거리며 부딪치는 소리가 귀를 간질였다. 동시에 편집장의 목소리가 머릿속을 쿡쿡 찔렀다.

"5번. 그래서 여기서 야마가 뭐야?"

맞다, 아직 야마가 없다. 이 이야기는 끝까지 파 볼 만한 가치가 있다.

"그 혁명이 뭔데요?"

"아이스 한 대 피게 해 주면 알려 줄 수도 있겠는데."

그게 대마초라는 건 이미 알고 있었다. 암스테르담에선 '커피숍' 간판 아래서 누구나 밥 먹듯 대마초를 즐길 수 있다. 이 나라에선 그게 일상이다.

　사실, 할아버지의 정체 같은 건 궁금하지 않았다. 그저 동네 펍에 매일, 같은 시간에 출몰해서 술을 팔아 주는 단골처럼 보였다. 그런데 만약 이 할아버지의 말대로라면? 지금 내겐 일찍 숙소로 돌아가 컨디션을 조절하는 일보다 혁명과도 같은 미래를 예감하는 일이 더 중요할지도 모른다.

　"잭 블랙으로. 이 얼음이 녹기 전에 구해 와."

　할아버지는 느슨한 턱짓으로 자전거를 가리켰다. 취하진 않았지만 내 안에 어이없는 승부욕이 불타올랐다. 궁금했다기보다는 그냥, 끝장을 보고 싶었다.

　그렇게 승부욕에 휘둘리는 사이, 이미 나는 자전거 페달을 밟고 있었다. 봄밤의 바람이 이렇게 매서울진 몰랐다. 암스테르담의 속도에 이방인이 낀다는 건 꽤 터프한 일이다. 자전거 사이를 뚫고 나가는 감각, 돌진하는 짜릿함에 잠시나마 최악의 현실도 잊을 수 있었다.

　'우이트와이엔.'

　바람을 거슬러 달리는 즐거움이란 뜻이다. 지금이 딱 그런 기분이었다. 내 속도만큼의 바람이 정면에서 나를 밀어내는 그 느낌. 그 균형에서 오는 쾌감이 온몸을 감쌌다. 가파른 내리막에서 가속도가 붙었다.

　좌르르르.

리쳇이 풀리는 소리가 봄밤의 부드러운 공기 중에 울려 퍼졌다. 작은 내리막의 커브를 돌던 순간, 눈앞에 시커먼 무언가가 스쳤다. 이상했다. 네덜란드에는 분명 평지밖에 없는데 어째서 도로의 디테일한 경사가 느껴지는 거지? 다만 현실 속 나는 그런 생각을 할 틈도 없이, 콰당! 무언가와 부딪혔다. 아스팔트 위로 내던져진 몸이 데굴데굴 굴렀다.

그때 "엄마야!" 하는 어떤 여자의 비명이 들렸다. 한국 사람들은 왜 놀랄 때 엄마부터 찾을까.

"이 상황에서 엄마를 부르면 엄마가 달려와요?"

말이 뽀족하게 튀어나왔다. 나는 불러도 달려올 엄마도 없고, 애초에 영원히 저런 식으로 엄마를 부를 일이 없다. 그렇게 말해 놓고 가장 놀란 건 다름 아닌 나였다. 왜 그렇게 말했을까? 아마 그 여자가 "엄마" 하고 부르는 소리가 내 안 깊숙한 곳에 있던 무언가를 건드렸기 때문이리라.

몸을 추스르고 주위를 둘러보니, 여자 옆엔 흥분한 개가 으르렁거리고 있었다. 겁에 질린 얼굴이 어쩐지 낯설지 않았다. 무의식적으로 바닥에 뒹구는 레몬을 집어 개 쪽으로 던졌다.

'내가 먼저 기선을 제압해야 상대가 도망간다. 상대가 덤빌 때 절대 망설여서는 안 된다. 그 순간 물리는 거다.'

분명 강아지의 사랑 같은 걸 받아 본 적 없는 표정이었다. 넋이 나간 여자는 자전거도로 한복판에서 어쩔 줄 몰라 했다. 암스테르담의 속도를 모르는 초행자의 우왕좌왕. 나는 하는 수 없이 그 무개념녀를 인도로 끌어내며 소리쳤다.

"자전거도로에 서 있으면 위험해요."

그러고는 다시 자전거를 일으켜 힘껏 페달을 밟았다. 그때, 뒤에서 목소리가 들렸다.

"저기요, 잠깐만요!"

뒤돌아보지 않았다. 온몸을 검은색으로 휘감은 여자. 괜히 불길한 예감이 들었다. 본능적으로 돌아보면 안 될 것 같은 느낌이 들었다. 무개념녀와 엮여서 좋을 게 없다. 사실, 하마터면 그쪽 때문에 죽을 뻔했다고 소리라도 질러야 했지만 그럴 시간도, 마음도 없었다. 어쩌면 그러는 편이 그녀에게도 좋을 것 같았다. 개똥이 묻은 것도 모르는 눈치였다.

다시 페달을 힘차게 밟았다. 내 목표는 하나, 산타 할아버지에게 아이스를 갖다 바치는 것.

하지만 펍에 도착하니, 그는 이미 술값을 계산하고 사라진 뒤였다. 남아 있는 거라곤 스폰지밥 케이스를 입은 내 아이패드뿐.

바람을 맞아 발갛게 달아오른 뺨, 목덜미를 타고 흐르던 땀도 어느새 식어 버렸다.

문득 이런 생각이 들었다. 대마초 같은 건 사실 아무것도 아니었을지도 모르겠다고. 어쩌면, 그는 자전거 위에서 스치는 바람의 감촉을 알려 주고 싶었던 걸지도 모르겠다고.

팔꿈치가 얼얼해 옷을 걷으니, 피가 살짝 배어 있었다. 아까 넘어지면서 긁혔나 보다. 자칫하면 큰 사고로 이어질 뻔했다. 아니, 무개념녀 때문에 죽을 뻔했다. 이만하길 천만다행이다. 한참을 멍하니 서서 생각했다. 이미 나는 프랑스대혁명을 한 차례 치르고 온 기분이다.

디지털 칼럼 〈나와 선배의 옷장〉 업데이트 시간이다. 이번 화는 파격적으로 짧다. 그냥 핸드폰으로 올리자. 트위터 공유도 걸어 뒀다. 곧이어 실시간으로 쏟아지는 하트 세례. 그래, 이 맛에 기자질한다.

전화 한 통

띠링.

트위터 알림음이 울린다. 〈선배와 나의 옷장〉이 올라왔다. 아무 생각 없이 하트를 먼저 날린다. 쓸모 있는 글은 피곤하고, 쓸모없는 글은 공허하다. 하지만 이건 달랐다. 툭툭 던지는데, 퍽퍽 맞는다. 스탠딩코미디처럼 **빵빵** 터트리면서 뒤통수를 탁 치고 나가는 글. 마지막엔 잠시 '여긴 어디, 나는 누구?' 하고 멍해진다. 나는 그 상태가 좋다. 머릿속이 비워지고 탄산수로 채워지는 듯한 기분.

그때 전화벨이 울렸다. 건영이다.

"어머님… 갑자기 폐렴이 심해져서 일단 중환자실로 옮겼어. 며칠 안 남으신 거 같아."

나는 침대 끝에 주저앉았다.

"나 지금 상 치를 기운 없어, 조금만 기다리라고 해."

"알아, 당신 힘든 거."

"몰라. 당신은 알 수 없어."

괜히 짜증이 튀어나왔다.

"이럴 줄 알았으면 좀 더 빨리 일 관둘걸."

건영은 아무 말이 없었다. 항상 그랬다. 싸우는 대신 침묵으로 받아 주는 사람.

우리는 결혼식을 보름 앞두고 있었다. 사람들은 사랑으로 결혼한다지만, 우리는 우정으로 묶인 사이였다.

'결혼은 좋아하는 사람 앞에서 가장 별로인 내가 되는 거래.'

그렇다면, 좋아하는 사람보다 편리한 사람과 하는 편이 낫다.

엄마는 서울 변두리 요양병원과 대학병원을 끊임없이 오가는 처지였다. 내가 비행하는 동안 상태가 악화되면 중환자실로 옮겼다가, 조금 나아지면 다시 요양병원으로 가는 생활의 반복. 그러던 어느 날, 건영의 전화 한 통이 그 패턴을 깨 버렸다. 엄마는 서울대병원에 입원했다. 내가 결혼을 결심한 순간이었다.

그 전화 한 통으로 내 인생은 편리해졌다. 앞으로 내 인생에 그 어떤 일이 벌어지더라도, 그 전화만큼 결정적인 사건은 없을 것이다.

병실 창밖으로 창경궁이 보였다. 그건 우리에게 새로운 목표가 됐다. 우리 사이에 많은 약속들이 오고 갔지만 대부분 허공에 흩어졌었다. 하지만 엄마가 서울대병원에 온 이후, 우린 구체적인 미래를 말하기 시작했다. 그것도 긍정형으로. 그건 비가 와도 태풍이 불어도 눈이 와도 한결같이 그 자리에 있는 창경궁 때문이었다.

"엄마, 얼른 나아서 저기 창경궁 산책 가자."

그 말은 '해운대 가자'나 '한라산 가자'와는 달랐다. 생각하기에 따라 현실적이고, 손에 닿을 듯 가까운 풍경이었으니까. 그건 우리에게 작지만 확실한 안도감을 줬다.

그 전화 한 통이 그의 권력, 부, 운 때문인지는 알 수 없었다. 하지만 상관없었다. 중요한 건 엄마가 더 나은 환경에 놓였다는 사실 그것 하나만으로 충분했다. 병실은 넓고 쾌적했다. 그렇지만 나를 압도했던 건 병실 창문 너머로 보이는 풍경이었다. 다른 크루들은 직원 할인으로 엄마와 해외여행을 다녔지만, 나는 창경궁이면 충분했다.

그때 처음 깨달았다. 돈은 결국 풍경을 사는 도구였다. 그래서 결심했다. 나도 도구를 모으기로. 속물이어도 괜찮았다. 그 결심이 나를 여기까지 데려왔고, 그렇게 나는 건영을 배우자로 선택했다. 그는 늘 예측 가능한 범위 안에서 움직였다. 장까지 살아서 도착하는 유산균의 보호막처럼, 내게 보호막이 생긴 기분이었다. 그 사람과 함께라면 평범하고 온전한 가족을 만드는 일이 가능할 것 같았다. 그건 국적기 항공사 유니폼보다 더 안전한 무언가였다.

엄마가 위독하다는 전화는 내게 목표를 만들어 주었다. 내가 할 일은 단 하나. 엄마의 마지막 날이 비참하지 않도록 품위를 지켜 주는 것뿐이었다. 그러니 일단 달려야 했다. 아무리 비행기가 결항이어도 여기서 이러고 있을 수는 없다. 여기 있어 봤자, 달라질 건 없다.

회사에 상황을 통보하고 서둘러 짐을 꾸렸다. 도연 선배가 캐리어를 맡아 준 덕분에 몸만 서울로 향할 수 있었다. 치호의 사고 이후로 놓아 버렸던 운전대지만, 지금은 잡을 수밖에 없다. 크루들은 퍼디움을 탈탈 털어 봉투에 담아 줬다. 갑자기 현금 부자가 됐다. 이게 한국인의 정이라는 거구나. 이런 피가 흐르니까 그 가난한 나라가 이만큼 발전한 거겠지.

나는 괴나리봇짐 같은 가방을 들고 렌터카 회사로 향했다. 그곳은 공항만큼 아수라장이었다. 몇 군데서 퇴짜를 맞았다. 자칫 잘못하면 렌터카를 못 구할 것 같았다. 일단, 정신을 다잡으려고 생명수 아이스 아메리카노부터 손에 넣었다. 차가운 얼음 조각이 혀끝에 닿는 순간, 정신이 또렷해졌다. 그들이 부르는 게 값이었고 남은 차는 단 한 대뿐. 서둘러 수속을 마치고 트렁크를 열었다. 그런데 이미 누군가의 짐이 실려 있었다.

'뭐지? 분명 확인했는데.'

제대로 따지려 사무실 방향으로 몸을 돌린 순간, 선글라스를 낀 남자가 나를 빤히 보고 있었다.

"어, 그 개똥?"

순간 얼어붙었다. 어젯밤 마주쳤던 그 왕재수가, 내 차 바퀴를 점검하고 있었다.

아이스 아메리카노

다음 날 아침, 렌터카 사무실에서 차 키를 받아 주차장으로 향했다.

타이어를 손으로 눌러 보고, 혹시 몰라 동영상까지 찍었다. 귀찮지만 사람 일은 모르는 거라 조심해서 나쁠 건 없다. 그런데 카메라에 불쑥 끼어든 사람은 어이없게도 어젯밤 그 여자였다.

"어, 그 개똥?"

"어, 그 레몬?"

나는 그녀를 개똥으로, 그녀는 나를 레몬으로 기억하고 있었다. 상황은 황당하게 꼬여 갔다.

"이거 제 차예요, 짐 당장 빼시죠."

"아닌데, 저도 이 차 키 받았거든요."

우리는 동시에 렌터카 계약서를 꺼내 펼쳤다. 같은 번호, 같은 차.

잠시 정적이 흘렀다. 주차장에서 사무실로 다시 가는 길은 생각보다 멀었다. 직원은 자신들의 실수는 맞지만, 둘이 알아서 해결하라는 듯한 표정을 지었다. 뛰어오느라 등에선 땀이 주르륵 흘렀다. 그 순간, 그녀의 손에 들려 있던 아이스 아메리카노가 눈에 들어왔다. 달그락거리는 얼음 소리가 날 미치게 했다. 유럽 한복판에서 아이스 아메리카노를 사수한 여자라니! '아아족'을 만나서 반가우면서도, 동시에 그 추진력에 감탄했다. 내 목은 이미 고비사막처럼 타들어 가고 있었다. 어느새 내 손은 그 컵을 향해 뻗어 가고 있었다.

"저기… 그거 한 입만…."

내가 말을 꺼낸 순간, 그녀는 남은 얼음을 전부 입에 털어 넣었다.

아그작아그작.

태연히 창밖을 보며 얼음을 씹던 그녀가 나른한 표정으로 내게 물었다.

"그래서 어디로 가는데요?"

"파리요."

"전 이태리 남부로 가요. 거기서 배 타고 빠져나가면 서울행 비행기를 가장 빨리 잡을 수 있거든요."

어젯밤에도 무개념이더니 오늘도 똑같다. 사람 참 한결같네. 저게 대체 말이 되는 소린가?

"한국으로 급하게 돌아가시는 거군요?"

"네, 대충 그런 셈이죠."

"그런데 그렇게 가면, 한 달이든 두 달이든 무한대로 걸릴 수 있다는 거 아세요?"

그녀를 빠르게 포기시켜야 했다. 하나 남은 렌터카는 내 것이어야 했다. 이걸 놓치면 골치 아픈 일만 늘어날 테니까.

"그건 아무도 모르죠. 지금은 아주 특수한 상황이니까."

쉽게 나가떨어질 것 같지 않았다. 전략을 바꿨다. 이번엔 인수합병 작전으로.

"그럼 이건 어때요? 절 기사로 쓰시죠." 그러고는 어깨 힘을 살짝 빼며 덧붙였다.

"겹치는 구간까지만 모셔다드리겠다는 겁니다."

그녀가 나를 쓱 훑어봤다. 마치 슈퍼마켓 진열대에 남은 마지막 생수인 것처럼. 카운터 너머 직원도 은근히 흥미로운 눈빛으로 우릴 지켜봤다.

"운전 경력이?"

"무사고 10년."

나는 한 박자 쉬고 대답했다.

그 말을 뱉는 순간, 느낌이 왔다. 이건 된다.

나는 원래 이런 타입이 아니다. 하지만 중요한 일이 눈앞에 닥치면, 내 안에서 전혀 다른 캐릭터가 튀어나왔다. 기획력이나 '글빨' 같은 건 모두 평균 언저리였다. 하지만 '일단 일이 되게 만드는' 순발력만큼은 자신 있다. 그게 내 개인기니까.

마감이 닥치면 간이고 쓸개고 다 빼 들고 덤벼야 했다. 그렇게 훈련된 몸이라 이번에도 일단 아무 말이나 내뱉었다. 나는 '괜찮은 기사'보다 '질투 나는 기사'를 쓰고 싶었다. 내 재능이 별 볼 일 없다는 건 나도 안다. 하지만 욕망만큼은 명확했다. 팔 수 있는 게 영혼뿐이라면, 그걸 팔면 된다.

그녀가 나를 다시 한번 훑어보더니 나직하게 말했다.

"채용하죠."

그 말이 떨어진 순간, 나는 스트라이크를 맞은 볼링핀처럼 콰르르 넘어졌다.

미나리 풋내

"채용하죠."

그 말을 내뱉은 순간, 내 인생에서 가장 중대한 실수를 저질렀음을 깨달았다.

무언가가 결정되고 나서야 그의 겨드랑이에 끼워진 책이 보였다. 그 책을 타고 올라가니 어깨, 그리고 왠지 모르게 익숙한 목선….

'와 세상에, 같은 사람이었…구나.'

개수작을 부릴 땐 몰랐다. 이제야 기억이 난다. 저 사람, 분명 기내에서 봤다. 거북목에 갓 구운 커피콩 눈동자. 그 눈빛의 온기를 난 분명 기억하고 있었다.

그러니까 일회용 기분 전환, 왕재수 대가리, 임시 대리운전 기사가 같은 사람이라는 거다.

생각보다 괜찮은 거랜데?

치호 사고 이후로 운전대를 잡지 못했다. 다시 운전을 할 수 있을지, 솔직히 자신 없던 참이다. 작가 레이 브래드버리는 우연히 목격한 끔찍한 교통사고 때문에 평생 운전을 못 했다. 나도 그렇게 되는 건 아닐까 은근히 두려웠다.

게다가 장시간 운전이라니… 그런데 뜻밖의 대체인력이 나타났다. 아니, 솔직히 말하자면 구세주가 나타난 것과도 다름없다. 지금 나에게 가장 절실히 필요한 건 바로 이 남자다.

"요통 나부랭이나 멀미, 그딴 거 있으면 미리 알려 줘요. 그래야 안전하게 모시죠."

허리가 끊어지든 토를 하든 일단 엄마에게로 달려가야 한다. 렌터카 안에선 다락방 같은 묘한 냄새가 났다. 분명 처음 타는 차인데 익숙했다. 아빠가 베트남전 때 찍은 오래된 사진들, 빛바랜 일기장 같은 게 아무렇게나 나뒹구는 그 다락방의 느낌과 어딘가 닮아 있었다. 온갖 잡내가 한데 섞인 공간. 그런데 그걸 뚫고, 그의 갓 뜯은 미나리 풋내 같은 냄새가 올라왔다. 어젯밤 혼란한 와중에도 내 코를 장악했던 그 잔잔한 내음. 따뜻한 차 안의 공기와 그 미나리 풋내가 어우러지자 긴장이 풀렸다. 스르르 졸음이 쏟아졌다.

리틀 보이

운전을 시작한 지 10분쯤 지나 깨달았다. 나는 이 여자에게 제대로 낚였다. 낯선 도로, 낯선 이정표, 그리고 조수석에 앉은 낯선 여자. 하지만 정작 내 시선을 사로잡은 건 얼굴이었다.

21세기에 이렇게 화장기 없는 맨얼굴이라니. 갓 샤워를 마친 사람처럼 아직 물기가 마르지 않은 듯 촉촉한 피부, 젖은 생머리… 어쩐지 손을 뻗으면 연기처럼 사라질 것 같은 느낌이 들었다. 긴 속눈썹은 작은 조약돌 하나 정도 올려도 될 만큼 빽빽했고 머리카락은 보물을 감싼 비단처럼 윤기가 흘렀다. 살짝 부풀어 오른 동그란 이마를 손끝으로 누르면 말캉한 탄력감이 느껴질 것만 같았다. 쇄골의 부드러운 곡선은 뷔트쇼몽공원의 아름다운 능선을 닮았다. 곁눈질할 때마다 달라지는 그녀의 얼굴은,

각도에 따라 전혀 다른 신비로움이 느껴졌다. 햇빛이 닿으면 다이아몬드처럼 투명하게 반짝이는 존재 덕에 마치 맑은 아우라가 차 안에 가득 채워지는 것만 같았다.

혹시 귀신한테 홀린 건 아니겠지? 나는 황급히 운전대로 시선을 돌렸다.

차라는 공간은 내게 단순한 이동 수단이 아니었다. 이 안에서 면도하고 물티슈로 세수하며 살아왔다. 내 인생의 중요한 순간들은 늘 차 안에서 일어났다. 유통기한 지난 삼각김밥을 욱여넣던 아침도, 기사를 날려 몰래 울던 어느 날 밤도, 인터뷰를 따내기 위해 죽치고 기다리던 그 새벽도 모두 차 안이었다. 첫 퇴사를 결심한 것도, 첫 책 계약서를 펼친 곳도 마찬가지로 차 안이었다.

데이트라는 개념이 자동차의 발달로 시작되었듯 내 인생도 그랬다. 차 안에서 갑작스러운 전개가 터졌고, 뜻밖의 반전도 있었다. 망한 연애의 시작은 모두 차 안에서였다. 그 우연의 점들이 모여 지금의 내가 되었다. 그리고 지금, 옆자리엔 '무개념'이 앉아 있다. 물론 데이트는 절대 아니다. 이건 업무의 연장이다. 차라리 광고주를 모시고 가는 길이라 생각하자.

핸들을 잡은 손에 조금 더 힘을 주었다. 이상했다. 분명 운전하는 건 나인데, 마치 그녀가 나를 어디론가 데려가는 것 같았다.

이 모든 것 중에 가장 어처구니없는 건 그녀의 태연함이다. 어젯밤엔 그토록 겁에 질렸던 사람이 낯선 남자 옆에서 이렇게 편안하게 늘어져 자다니. 이 무개념은 덜덜거리는 구형 폭스바겐 티구안 안에서도 꿀잠을 잔다.

거장이 남긴 작품 같은 얼굴에, 그렇지 못한 패션은 확실히 옥의 티였다. 까만 트레이닝복에 볼품없이 나온 무릎 라인. 밤에는 개똥을 묻히고 다니는 여자. 차림만 놓고 보면 영락없는 강도나 다름없었다. 정말, 이 또라이는 뭐지?

나는 다시 한번 다짐했다. 또라이는 경계해야 한다. 다신 엮이고 싶지 않다. 내 인생을 한 줄로 요약한다면 아마 이런 문장일 것이다.

'또라이가 날 개또라이로 만들면서 망했다.'

순간, 내 인생을 거쳐 간 또라이들이 떠올랐다. 그들의 얼굴과 목소리가 번갈아 가며 재생됐다.

그때 라디오에서 쳇 베이커의 〈블루 룸〉이 흘러나왔다. 전주가 나오는 순간 어린 시절로 돌아간 듯 마음이 확 풀렸다. 내 안의 무언가가 조용히 해체되고 있었다.

'내 무릎에 그대의 머리가 기댄 채로…'

볼륨을 올리려는 순간, 부드러운 감촉이 내 무릎을 스쳤다. 나는 그대로 얼어붙었다. 노래 가사처럼 정말로 우리 둘만의 작은 방이 생긴 기분이었다. 차 안은 라디오를 틀기 전과 전혀 다른 공간이 돼 있었다. 그 노래는 나를 새로운 세계에 데려다 놓왔다. 정확히 어딘지는 알 수 없지만 확실히 처음 가 보는, 낯설고 신비한 세계. 모서리가 없고 시계는 멈춘 듯한 곳.

그녀의 얼굴 위로 솜사탕과 기찻길, 잠자리채와 애기똥풀이 떠다녔다. 이유는 모르겠지만 그런 아련하고 가벼운 것들이 공중에 흩날리는 기분이었다. 그러다 갑자기 소리 없는 파도가 밀려와 그녀의 얼굴을 흠뻑 적시고 고요함만 남기고 사라졌다.

왜 하필 지금 이 순간, 여기서, 잊고 지내던 어린 시절이 되살아나고 있는 걸까?

내 감각이 지나치게 예민해져 있었다. 눈, 귀, 코, 심장, 심지어 달팽이관까지 쭈뼛 서는 느낌이 들었다. 이렇게 예민한 감각을 지닌 채 살아왔다는 사실이 낯설고 소름이 돋았다. 납작했던 내가 서서히 부풀어 올랐다. 그러자 내 안 깊은 곳에서 영원히 성장을 멈춘 그 리틀 보이가 튀어나왔다. 시간 속에 갇혀 있던 그 소년이 다시 자라나려 꿈틀거린다.

여기까지 부디 단순한 호기심이길 바랐다. 지나가는 작은 소동이길 바랐다. 그런데 살다 보면 불현듯 그런 예감이 들 때가 있다.

이 사람은, 어떤 형태로든 내게 중요한 존재가 될 것 같은 예감. 하지만 지금 이건 그런 표현으로는 부족했다.

내 인생을 거대하게 흔들어 놓을 것 같은 두려움이 밀려왔다.

네덜란드에서 벨기에의 국경을 넘을 때, 나는 이를 핑계 삼아 차를 세우려 했다. 우리가 국가의 경계를 지나고 있다고, 도로에 표시된 엑스 표에서 인증샷이라도 찍으며 잠깐 쉬어 가자고 할 작정이었다. 간단히 통성명을 하며 커피라도 한잔 마실까 했다. 그러면서 자연스럽게 그녀가 운전대를 잡아 주길 바랐다.

 하지만 그녀는 더 깊은 잠 속으로 빠져들었다. 이 차의 승차감은 리어카 수준인데도 말이다. 나는 룸미러로 한 번 더 그녀를 흘끗 보았다. 그녀는 꿈이라도 꾸는 듯 아주 미세하게 눈썹을 찡그렸다. 어쩌면 그녀도 지금, 어딘가의 경계를 넘고 있는 중인지도 모르겠다.

거짓말

"밥 좀 먹고 가죠."

그가 나를 가볍게 흔들어 깨웠다.

"여긴 어디예요?"

"벌써 벨기에 국경을 넘었어요. 두 시간 정도 달렸나?"

"나 그렇게 오래 잔 거예요? 깨우지 그랬어요."

"누가 업어 가도 모를 정도로 자던데요."

"아닌데, 실눈 살짝 뜨고 감독한 건데. 나 그쪽으로 초능력 있어요."

"초능력? 설마 지구 정복하러 온 거예요?"

"쉿! 소문은 내지 말고요"

"우와… 내가 대단한 분을 모시고 가네요. 권력엔 좀 취약해서요. 그 초능력으로 나 계속 감시할 거예요?"

"하는 거 봐서요… 초능력도 가치 있는 곳에만 쓰거든요."

그 순간, '눈'이라는 단어조차 존재하지 않는 아프리카에서 '눈'을 수백 가지로 표현하는 북극으로 들어온 기분이었다.

장난을 받아주는 건, 마음의 리듬을 공유하는 일이다. 무거운 짐이나 금전적 부탁을 들어주는 것과는 전혀 다른 차원의 일이다. 짐과 돈은 누군가 대신할 수 있지만, 즉흥적인 장난은 오직 그 사람만이 할 수 있는 일이다. 그 사람만이 자아내는 자유로운 바이브. 바이브는 인간을 빚어내기에, 나는 그의 바이브에 계속 머물고 싶었다.

그가 앞장서자 나는 무심코 그 뒤를 쪼르르 따라갔다. 잠깐, 이 남자가 혹시 나쁜 사람은 아닐까? 순간 그런 생각이 스치긴 했지만, 거북목이 나쁜 사람일 리 없다.

우리가 테이블에 앉자 메뉴판이 놓였다.

"해산물 빠에야 주시고요, 빵은 사워도우로 부탁합니다. 그쪽은요?"

"같은 걸로 주세요."

우리는 동시에 물을 들이켰고, 잔을 내려놓는 소리가 짧게 교차했다.

눈치 게임이라도 하듯 서로의 오디오가 겹칠까 조심하느라 침묵이 흘렀다. 동시에 냅킨을 뽑다 서로의 손등이 스쳤고, 순간 얼굴이 화끈 달아올랐다.

"근데, 한국엔 무슨 일로 그렇게 급하게 가는 거예요?"

"엄마가 위독하세요."

"…아 그래요?"

"어쩌면 오늘이나 내일…."

"그치만 공항이 언제 열릴지 아무도 모르잖아요. 이렇게 무작정 가는 게 의미가 있을까요?"

"의미는 차고 넘치죠."

"그냥 여기서 가만히 있다가 공항 열리면 그때 가세요."

"가만히? 난 가만히 있는 걸 제일 싫어해요."

"한국 사람들은 왜 그렇게 스스로를 들들 볶아요? 지금 그렇게 온 힘을 다해 달려간다 해도 아픈 엄마가 덜 아파지는 건 아니잖아요."

갑자기 그의 목소리가 높아졌다. 공기가 순식간에 싸늘해졌다.

"왜 갑자기 화를 내요? 내 일이니까 내가 결정해요. 가, 만, 히 계세요."

그는 잠시 숨을 고른 뒤 낮게 말했다.

"한국 여성의 강인한 정신을 꺾으려는 건 아니에요."

"그런데요?"

"나폴레옹이 왜 망한 줄 아세요?"

"왜요?"

"무모하게 일 벌이다가."

풉, 무심코 헛웃음이 새어 나왔다. 한껏 팽팽해진 공기가 다시 부드럽게 풀어졌다.

"근데 나폴레옹이 완전 다 망한 건 아니거든요? 바그람전투에선 왜 이겼게요?"

"…."

"내 사전에 불가능은 없다. 그냥 막 들이대서!"

나폴레옹을 그렇게 무너뜨리긴 싫었다. 나 역시 나름대로 이의를 제기했다.

"결국엔 몰락했잖아요."

그 말은 결국 나도 무모하게 일을 벌이다가 망할 거라는 뜻처럼 들렸다.

"그래서요?"

"그거… 지금 자기만족이잖아요?"

가슴 한가운데를 정통으로 찔린 기분이었다.

"자기만족?"

"어쨌든, 할 만큼 했다는 만족감은 남겠죠."

들켰다. 꿰뚫렸다. 나는 이 난리를 지나 내가 납득할 수 있는 나 자신이 되고 싶었다. 무모해도 상관없었다. 지금 나에겐 그 납득만이 필요했다. 그리고 이 사람은, 이 왕재수 대가리는 그걸 단 3초 만에 알아챘다.

몰랐기에 할 수 있는 일이 있다. 나에겐 그게 엄마의 병간호였다. 엄마가 죽어 가는데 달려가지 않는 자식은 있어도, 자식이 죽어 가는데 달려가지 않는 엄마는 없다. 그렇다. 나는 엄마의 엄마가 되어 있었다. 눈이 뒤집혀서 달려가는 건 당연했다. 자기만족이어도 상관없다. 그게 지금 내가 할 수 있는 전부였다. 굳이 이 왕재수에게 모든 걸 설명할 필요는 없었다. 택시 기사에게 내 인생사를 전부 털어놓지 않듯이.

"누가 봐도 이건 한 달이 넘게 걸리는 일이에요."

"아니요. 저는 5일 만에 한국에 도착할 거예요."

"거기에 곱하기 3 정도? 아니, 5로 합시다. 그게 정신건강에 좋아요."

"이거 하나 분명히 해 둬요. 우리가 언제 찢어질지는 몰라도 그때까지 서로 간에 선 넘지 말아요."

그는 픽 웃었다. 그 모습은 어젯밤 왼손을 살랑 흔들던 모습만큼이나 내 약을 바짝 오르게 하기 충분했다. 나는 저 웃음에 복수를 하기 위해서라도 5일 안에 한국에 도착해야 했다. 지금은 구글도 먹통인 비상사태. 믿을 건 내 직감뿐이다. 나폴리로 가서 배만 타면 유럽은 끝. 그다음은 식은 죽 먹기일 터였다.

"정말로 그게 가능할지 내기할래요?"

"내가 왜 그쪽이랑 그런 걸…."

"자신 없나 보네요."

"…콜! 이기는 사람 소원 들어주기."

거짓말이어도 상관없다. 어차피 다시 안 볼 사람이니 일단 대충 넘기자는 심정이었다.

주문한 음식이 나오자 날카로웠던 우리는 탄수화물 덕에 서서히 부드러워졌다.

"뭐 하나 고백해도 돼요?"

"좀 전 얘기 잊었어요? 선 넘지 말기."

그는 못 들은 척, 말을 이었다.

"사실 여기, 수학여행 왔던 곳이에요. 늘 먹고 싶었던 거라 지나가는 김에 길을 살짝 틀어 봤어요. 그쪽이 자고 있길래."

그 말에 나는 잠시 멈칫했다. 운전기사가 갑자기 말이 많아졌다. 택시 아저씨가 말 많은 건 질색인데. 이 사람… 애초에 내가 생각한 것보다 훨씬 더 수상한 사람일지도.

"수학여행을 유럽으로요? 귀족의 자제였구나! 그랜드투어 같은 뭐 그런 거?"

"어릴 때 프랑스로 입양돼서 거기서 유년 시절을 보냈어요."

"아, 어쩐지…."

어쩐지 재수 없게 느끼하더라니. 그런데 '입양'이라는 단어에 마음이 술렁였다.

"난 수학여행을 안 가 봐서요. 그거, 갈 만해요?"

"왜 안 갔어요?"

"가기 싫어서요."

"왜 가기 싫었는데요?"

"불교 학교였는데, 수학여행 가면 1박 2일 동안 묵언수행을 해야 했거든요."

묵언수행? 하라면 한다. 사실은 돈이 없어서 못 갔다. 묵언수행이라는 핑계가 있어서 다행이었을 뿐.

"오히려 재밌을 거 같은데… 침묵은 금이라잖아요."

"요즘은 침묵이 똥이죠. 그렇게 재밌을 거 같으면 지금부터 묵언수행 한번 해 볼래요?"

그가 조용히 탄산수를 들이켰다. 거품 소리만 들렸다.

"그때처럼 맛있어요?"

"그때는 단체 예약이라 앉자마자 음식이 나왔는데, 이렇게 오래 걸린다는 걸 방금 알았어요."

그러더니 갑자기 그가 나를 똑바로 바라보며 말했다.

"그거 말고, 더 궁금한 거 있잖아요. 내가 입양아라는 거."

자신만 특별히 불쌍하다고 여기는 사람은 밥맛이다.

"아닌데요?"

태연한 척하려고 했지만, 목소리가 떨려서 뭔가 들켜 버린 기분이었다. 괜히 나도 거창한 가족사를 쏟아 내야 할 것 같은 압박이 밀려왔다.

"보통은 다들 가엾다는 눈빛으로 궁금해하던데."

"보통이 아닌가 보죠. 그건 어쩔 수 없는 일인 거잖아요. 어쩔 수 없는 걸 너무 특별하게 바라볼 필요는 없죠."

속으로 다시 외쳤다. 제발 여기까지, 그 입 좀 제발 닫으라고. 미완결로 남게 내 앞에서 다 털어놓지 말란 말이야. 당신의 내밀한 아픔 같은 것과 엮이고 싶지 않으니까. 과자 부스러기처럼 그렇게 다 털어놓지 말라고. 입양아든 외계인이든 내 알 바 아니에요.

내 목표는 유럽을 빠져나가는 것. 우린 잠깐 같은 배를 탔을 뿐이다. 뻔한 사연 팔이, 비릿한 동정심은 딱 질색이다. 그런데도, 언제나 어떤 결핍이 있는 존재에게 끌려 버리고 만다. 나랑 같은 냄새가 나니까.

그는 인생 전체를 다 쏟아 낼 작정으로 커피콩 눈동자를 반짝였다. 나는 일부러 지루하다는 듯한 표정을 지었다.

"오히려 저는 부러운데요?"

가볍게 탄산수를 들이켜며 덧붙였다.

"저는 만약 어릴 때 내가 어디론가 입양됐다면 행운이었겠다, 생각하거든요."

내 이야기를 들으면 나중엔 그도 동의할지 모른다. 하지만 그 역시 내 알 바가 아니다.

"그럼 내가 행운아라는 거네요? 그런 말은 처음 들어요. 어릴 땐 입양아인 게 쪽팔렸죠. 그런데 지금은 아니에요. 이왕 보육원 출신이 된 거, 보육원 출신이 갈 수 있는 가장 높은 곳으로 가 보자, 뭐 이런 생각이에요. 코코 샤넬처럼요."

"샤넬도 보육원 출신이에요?"

"네. 우리 같은 이들의 롤 모델이죠. 부모에게서 완전히 버림받아 본 사람은 욕망을 동물적 감각으로 잘 알아차려요. 결핍이 준 선물이죠."

내가 자꾸 대꾸해 주니까 신이 났는지 그는 브레이크가 고장난 듯 이야기를 쏟아 냈다.

사기꾼의 냄새가 난다. 샤넬이니 뭐니 그럴듯한 이야기로 자신을 마케팅하고 있다. 하지만 당신 사람 잘못 봤어, 난 털어 갈 게 없거든. 한 끼 식사로 각이 나왔다. 그의 개수작에 놀아나지 않게 정신을 바짝 차렸다. 아무리 가진 게 없다지만 이런 나도 '자기만의 촉'은 있다.

그럼에도 그는 지금 내게 '당장' 필요한 사람이다. 덜 조잘거리고 덜 재수 없었으면 편했겠지만, 이 정도의 맥락 파악력, 분명한 태도라면 이틀쯤은 버틸 만하다. 성깔은 있어 보이지만 아무한테나 자기 흑역사를 까발리는 패기는… 뭐 나쁘지 않네.

이쯤에서 끊지 않으면 그는 며칠이고 떠들 기세였다. 장시간 운전을 앞두고, 오직 그의 컨디션만 챙기고 싶었다. 고대 로마 역사서에도 적혀 있지 않은가. 노예를 효율적으로 부리려면 첫

째로는 칭찬, 둘째로는 보상이라고.

"운전 솜씨가 꽤 쓸 만하던데요? 우리 커피라도 마실까요?"

"코너 돌면 괜찮은 카페가 있어요."

좁은 골목 안을 들어서니 와플 가게며 초콜릿 가게가 늘어서 있었다. 코너를 돌자, 새로운 세계가 펼쳐졌다. 《먼나라 이웃나라》에서 봤던 그 그랑플라스였다.

단순히 아주 큰 광장으로만 생각했던 그곳은, 실제로는 관광객이 인산인해를 이루고 있어 웅장하기보다는 복잡했다.

깃발을 든 단체 관광객들은 사진 찍기 바빴고, 버스킹 팀은 즉흥연주에 한창이었다. 그 한복판에서 한 커플이 격렬하게 싸우고 있었다. 급기야 한쪽이 핸드폰을 집어 던지기까지 했다. 깨진 액정이 햇빛을 받아 반짝였다. 누가 더 좋아하는지, 누가 덜 좋아하는지 같은 것들은 제삼자의 눈에는 뻔히 보인다.

"누가 잘못한 거 같아요?"

나는 팔짱을 끼고 이 재밌는 싸움 구경을 이어 갔다.

"홍대입구역 4번 출구 가면 늘 보는 장면인데, 여기도 똑같네요. 사람 사는 게 다 거기서 거긴가 봐요. 근데 유럽이라 좀 다르네요? 쌍욕 하는 거 같은데 보기에는 로맨틱하네요."

프랑스어로 격렬하게 욕을 퍼붓는 장면이지만 아름답다. 왜일까? 두 사람은 다른 이들은 결코 들어올 수 없는 자기들만의 세계에 빠져 있었다. 격정적이고 불타오르는 순간. 지금 내 눈앞에는 지중해의 바삭한 여름 햇살이 쏟아지는 것 같았다.

"던진 쪽이 더 사랑하는 거 아닐까요? 을은 늘 분노에 가득 차 있으니까요!"

"아뇨, 던진 쪽이 덜 사랑하는 거 같아요. 갑은 아쉬울 게 없으니까."

인생에는 그런 특별한 순간이 있다. 비눗방울이 탁 하고 터지는 순간. 아주 짧지만 자기도 모르게 빛나는 때가. 지중해가 여름 햇살을 받아 경이로움을 뿜어내듯, 인간도 혼자서는 빛날 수 없다. 누군가의 뜨거운 사랑을 받아야만 비로소 빛이 난다.

그때 투명한 바람을 타고 이불솜 같은 깃털이 나풀거리며 내 뺨을 스쳤다.

"괜찮아요?"

그가 재빨리 내 뺨을 닦았다. 무슨 소스 같은 질감이 느껴졌다.

"어머 뭐예요? 깃털 아니었어요?"

나는 급히 손을 들어 얼굴을 더듬었다.

그건 깃털이 아니라 새똥이었다. 그가 가까이 다가오자 미나리 풋내가 다시 은은하게 풍겼다.

"깃털 같은 새똥이네요."

그가 엄지로 내 뺨을 닦아 주려 했지만, 로션이 발리듯 새똥은 얇고 넓게 도포되고 말았다. 그 치욕이란.

"아악!"

내가 비명을 지르자 그는 더 급하게 손을 뻗었다.

"잠깐만요. 거 좀 가만히 있어 봐요. 더 퍼져 버렸네."

고소하게 태운 커피콩 눈동자가 성큼 다가왔다. 나도 모르게 손바닥으로 얼굴을 쓸자, 미세한 화산재 먼지가 묻어났다. 새똥과 화산재의 환상적인 조합이 완성되었다.

"똥들이 그쪽을 좋아하나 봐요."

그가 키득거리며 말했다.

"여기서 새똥 맞기 쉽지 않은데. 프랑스에선 새똥 맞으면 좋은 일이 생긴다고 여겨요."

몇 시간 만에 처음 보는 웃는 얼굴이었다. 그의 뺨엔 깊은 보조개가 일렁였다.

광장을 한번 둘러봤다. 이 커다란 광장도 줌아웃을 몇백 번 하면 작은 점이 되겠지? 어쩌면 이 그랑플라스가 벨기에의 보조개 정도일지도 모른다. 웃을 때 깊게 파이는 그의 보조개를 보며 문득 생각했다. 결국 우리는 우주의 티끌일 뿐이고, 한없이 작은 존재라는 걸.

그와 동시에 전화벨이 울렸다. 받지 않았다. 다급한 전화벨은 어떤 경고와도 다름없으니까. 내 현실은 위독한 엄마를 둔 딸이자, 결혼식을 코앞에 둔 예비 신부다. 그 노릇을 제대로 하기에도 충분히 바쁘다는 사실을 고통스럽게 되새겼다.

다시 차로 돌아왔을 때 어쩐지 불길한 느낌이 스쳤다. 차 문이 열려 있었다. 심장이 덜컥 내려앉았다. 트렁크를 확인하니 내 괴나리봇짐은 다행히도 무사했다.

휴.

그러자 다음은 노트북 생각이 나, 또 한 번 가슴이 철렁했다. 나도 모르게 노트북을 부둥켜안았다. 아무도 안 보는 웹소설이지만 연재 중이었다. '찌르레기' 폴더 속에 든 틈틈이 조사한 자료들은 내 전 재산과도 같았다. 그제야 깨달았다. 나는 결국 계속 글을 쓸 거라는 걸. 이게 없으면 내 인생은 아무 의미가 없다는 걸.

그런 생각에 잠겨 있는데, 그가 미친 듯이 트렁크를 뒤지기 시작했다.

"하와이 마라톤에서 처음으로 하프 완주할 때 신었던 거예요. 나한텐 진짜 특별한 건데."

그의 표정이 너무나 절망적인 나머지 나까지 덩달아 앞좌석 아래를 허둥지둥 뒤졌다.

"설마 이거예요?"

너무 꼬질꼬질해서 안 가져간 게 분명해 보였다. 애착 운동화라고 포장했지만 솔직히 거지발싸개 급이었다.

그보다 충격적인 건 그의 아이패드가 사라졌다는 사실이다. 스폰지밥 케이스만 덩그러니 남기고 말이다. 두툼해서 보호력은 뛰어나겠지만 디자인을 보자 피식 웃음이 났다. 공짜로 줘도 안 가질 비주얼이었다. 좀도둑도 통째로 안 가져가고 그것만 쏙 빼놓고 간 걸 보라지. 아무리 급해도 그 정도로 구린 건 싫었던 모양이다. 그걸 본 순간 도둑이 한 손에 아이패드를 들고 '이걸 그냥 가져갈까 말까' 고민하는 모습이 머릿속에 그려졌다.

"내 취향은 아니에요. 공항에서 급하게 사느라."

그도 도둑이 케이스만 놔두고 간 게 은근히 굴욕적이었나 보다. 나는 입술을 오물거리며 '글쎄요' 하는 표정을 지어 보였다.

"공항에서 급하게 산 케이스 가지고 사람 취향을 성급하게 평가하는 그런 사람은 아니에요, 나. 그치만 일단 경찰서 가서 신고부터 해요."

사실은 내 잘못이었다. 핸드폰을 두고 와 다시 가지러 간 참에, 건영과 통화하느라 문 잠그는 걸 깜빡했다. 하지만 내 잘못이라고 실토하기는 죽어도 싫다.

건영은 항공 길이 열리면 오라고 나를 설득했다. 어쩌다가 낯선 남자와 같이 렌터카를 타게 됐다는 건 말하지 않았다.

그때는 몰랐다. 그 차에 탄 순간, 내 인생이 완전히 뒤바뀔 거라는 걸. 작은 거짓말 하나가 눈덩이처럼 커져서, 더 큰 거짓말을 낳게 될 거란 사실마저도.

후진

 눈치를 살피던 그녀가 운전대를 잡았다.
 "얼른 가요, 내가 운전할 테니까. 가까운 경찰서가…."
 손끝이 떨리며 구글맵을 켜는 그 모습은 안절부절 그 자체였다. 자기 탓이라며 발을 동동 구르는 눈치.
 나는 차에 바로 타지 않고 등을 돌려 담배를 꺼냈다. 아이패드가 사라진 건 심각한 문제였다.
 "그쪽이 안 가면 나 혼자라도 갈게요. 지금 결정해요." 그녀가 차창으로 얼굴을 내밀고 재촉했다
 나는 열려 있던 차 문을 있는 힘껏 쾅 닫았다. 그렇게 나쁜 남자 콘셉트까지 챙겼다. 나쁜 남사는 편리하다. 동시에 주도권을 가질 수 있다. 이 위기를 뚫고 나가려면 어쩔 수 없다. 그게 내

가 사는 방식이다.

부아앙.

그런데 망할, 그녀는 진짜 시동을 걸었다. 덜덜거리는 엔진 소리가 주차장에 울렸다. 이 차는 언제 멈춰도 이상하지 않을 똥차지만, 아직 내게 필요하다. 나는 한숨을 푹 쉬며 피해자 코스프레에 더 몰입했다.

"가도 소용없어요. 여긴 서울이 아니라고요. CCTV도 없고, 되찾을 확률이라곤 1퍼센트도 안 되는 유럽이에요."

"그래도 중요한 거잖아요. 끝까지 뭐든 해 봐야죠."

"중요하죠, 그걸로 밥벌이하니까. 근데 잃어버린 게 아니라 훔쳐 간 거잖아요. 그럼 찾기 힘들어요."

말은 이렇게 했지만 나라고 막막하지 않은 건 아니다. 지금 그 안에는 미완성 원고가 들어 있으니까. 눈앞이 제대로 깜깜해졌다.

"내가 문만 제대로 잠갔어도… 미안해요, 내 잘못이에요."

그녀가 이실직고했다. 사실 그녀의 잘못이 아니었다. 문을 안 잠근 게 아니었다. 바닥에 떨어진 테니스공을 주워 들었다. 가볍게 벽에 던졌다가 다시 받았다.

손끝에 닿는 표면, 그리고 얕게 파인 일자 칼집. 손가락으로 그 선을 따라가며 확신했다. 집시들이 테니스공을 이용해 차 문을 딴 게 분명했다. 그 감각이 그때 그 시절로 나를 데려갔다.

아주 오래전 그해 여름, 그 냄새, 소리, 빛의 각도, 그리고 나의 X에게로.

'공에 일자로 칼집을 내서 키 홈에 맞춰. 그러면 공의 압력으로 차 문이 열릴 거야. 한번 해 봐.'

테니스공을 쥔 내 주먹 위로 X의 손이 겹쳤다. 그때의 감촉이 아직도 생생하다. 그대로 함께 돌렸고 거짓말처럼 차 문이 열렸다. 지금 여기서 그 기억이 떠오르다니, 기가 막혔다. 더 신기한 건, 독일 차든 일본 차든 이 방법이면 기종에 상관없이 열린다는 사실이었다. 보안장치가 설치된 차를 빼고는 거의 모든 차가 이 범죄의 대상이 될 수 있었다.

그녀는 속이 바싹 탄 얼굴이었다.

"가다가 애플 스토어 있으면 제가 변상할게요."

미안해하는 그녀를 보는 게 한편으론 흥미진진했다. 얼굴이 붉으락푸르락해지는 게 왜 이토록 귀엽지? 다시 한번 그녀를 난처하게 만들고 싶다는 기묘한 충동을 느꼈다. 그리고 그런 스스로가 놀라웠다. 도대체 왜?

겨우 일대일이 됐다 싶었다. 이제야 균형이 맞는 것 같았다. 안절부절못하는 그녀를 보며 묘하게 이긴 것 같은 기분이 들었다. 동시에, 드디어 동등한 관계가 된 것 같은 안도감도 스쳤다. 하지만 그런 생각도 잠시, 그녀가 핸들을 잡자 기이하게도 막다른 골목이라 생각했던 곳에서 야생의 오프로드가 펼쳐졌다. 흙과 돌이 뒤엉킨 비포장길, 그 너머엔 깎아지른 듯한 계곡이 있었다. 주변은 정글처럼 짙은 녹음으로 둘러싸여 있었고, 계곡은 수심이 제법 깊어 차가 입수할 것만 같은 상황. 아찔함에 끈적한 땀이 등을 타고 흘러내렸다.

"이 길, 맞아요?"

내비게이션을 껐다 켰지만, 신호는 잡히지 않았다.

"꽉 잡아요."

그녀는 입술을 꽉 물고 차를 계곡 쪽으로 매섭게 몰았다.

"어어어어어억, 죽고 싶어요?"

순간, 심장이 튀어나올 것만 같았다. 진짜 죽을 뻔했다.

창밖으로 튀는 물방울, 부서지는 햇살, 젖은 진흙과 미끄러운 자갈들이 공중을 가르며 날아다녔다. 바퀴가 빠져야 당연한 상황인데, 차는 뒤뚱거리지 않고 편안하게 나아갔다. 여기가 사막이든, 정글이든, 암석 지대든 그녀에겐 상관없어 보였다. 태생부터가 이런 야생의 도로를 달리도록 태어난 사람 같았다.

까탈 부리던 덜덜이도 그녀의 손을 타자 부드럽게 달렸다. 풀브레이크를 밟을 땐 한 치의 망설임도 없었다. 위험한 순간엔 외려 더 과감했다. 입술을 동그랗게 오므린 채 고개를 살짝 빼 무게중심을 뒤통수 쪽으로 옮겨 후진하는 모습. 그리고 백미러 대신 고개를 꺾어 뒤를 살피는 그 아날로그적 방식까지! 다이내

믹 그 자체였다.

  그 찰나를 비집고 거칠고 순수한 광기가 공기를 가르며 번뜩였다. 푸른 섬광이 스쳤고, 나는 이미 무장이 해제돼 있었다.

  어떤 후진 하나가, 사람의 인생을 조용히 바꾸기도 한다. 사실 그동안 나는 그녀의 껍데기에 끌렸지만, 진정으로 나를 사로잡은 건 도로를 제멋대로 휘젓는 그 박력이었다. 즉흥적이고도 자유로운 그녀만의 운전 방식. 마치 뱀이 땅의 질감을 더듬으며 자기만의 길을 내듯이 말이다.

  나는 운전을 하나의 외국어처럼 능숙하게 구사하는 사람에게 본능적으로 끌린다. 한마디로 난 그런 것에 뻑이, 간다.

이치고이치에

 이게 뭐라고 그동안 이토록 도망만 다녔나. 막상 핸들을 잡으니 차는 앞으로 나아가기 마련인 것을. 깨끗한 극복이었다. 다시 운전학원을 다니느니 어쩌니 하면서 벌벌 떨 게 아니라 그냥 자기 앞에 들이닥치면 가능한 일이었다.
 한동안 조용하던 그가 다시 입을 열어 전기차에 대한 찬양을 늘어놓기 시작했다.
 "난 일론 머스크 덕후예요. 이번에 인터뷰할 기회가 있었는데 화산이 터지는 바람에 날아갔죠. 나중에라도 꼭 만나고 싶어요."
 왠지 슬퍼 보였지만 동시에 웃겼다. 본인이 원하기만 하면 언제든 만날 수 있는 것처럼 말하는 그 당당함이.
 "아이돌이나 축구선수한테 빠지는 사람은 봤어도, 기업가한테 빠진 건 처음 봐요."

"기업가? 그 정도 수식어로는 부족하죠. 난 머스크가 종합예술가라고 봐요. 아직 뭐라 지칭하기엔 혼란스럽지만, 결국 그는 사람을 화성에 보낼 거고 언젠가 운이 좋다면 저도 화성으로 이사 갈 수 있겠죠."

밑도 끝도 없이 일론의 계보를 잇고 싶어 한다는 점, 칼 세이건처럼 한 세기에 한 명 나오는 아이콘이 되고 싶어 한다는 점, 그걸 진지하게 열망하며 누군가의 앞에서 늘어놓는 점이 신기했다. 허세라고 단정 짓기엔 애매했다. 그러고 보니 언젠가 예능계의 엔니오 모리코네가 되고 싶다는 아진의 선언과 어딘가 묘하게 닮아 있었다. 녹음 도중 편곡을 바꿔 달라는 요구를 다 들어주다가 결국 대가가 된 엔니오 모리코네처럼, 아진도 그런 잔인한 시스템을 즐기고 있었다.

그러는 한편으론 궁금하기도 했다. 다들 어떻게 저렇게 자기가 원하는 걸 구체적으로 술술 입으로 뱉어 내는 거지? 참 신기해. 뭐가 그리들 확실한 거야?

파리로 향하는 길이었다. 내비게이션이 이끄는 대로 가고는 있지만 어느 순간 신호가 끊겼다. 아무리 똑똑한 구글이라도 통신이 좋지 못한 시골 구석에서는 무용지물이 됐다. 그렇게 외진 길로 깊숙이 들어가자 창밖 풍경이 너무 아름다워 운전에 집중하기 어려웠다. 결국 차를 멈췄다.

'이치고이치에(一期一会)'. 일생에 단 한 번뿐인 만남이라는 말이 떠올랐다. 다시 찾아올 리 없는 외딴곳의 진풍경 앞에서.

수선화, 제비꽃, 양귀비… 온갖 색채가 뒤엉켜 자기만의 빛을 뿜내고 있었다. 빨강, 보라, 노랑… 원색의 물감을 풀어놓은 듯한 풍경이 바람에 흔들리며 저마다 춤을 추고 있었다. 꽃밭 사이로 저 멀리 가젤 두 마리가 장난치듯 뛰어놀았다. 산허리를 감싼 올리브나무 숲길은 햇빛에 은색으로 반짝였다.

우리는 그 경이로움 앞에 잠시 멈추어 섰다. 그런 우리 곁을, 차들은 쌩쌩 달리며 지나갔다.

"저 사람들은 이렇게 예쁜 걸 보지도 않고 그냥 지나가네요?"

"굉장히 바쁜 일이 있나 보죠."

"아니, 어떻게 이걸 두고 그냥 갈 수가 있지?"

"그러게요. 그건 예의가 아니지!"

"저들에겐 이게 밥 먹는 것처럼 흔한 일인가 봐요."

경고등

몇 시간을 더 달렸을까. 하늘이 서서히 어두워졌다. 계기판엔 기름 경고등이 깜빡였고, 주변에는 주유소 하나 보이지 않았다.

"여긴 주유소가 다 멸종됐나 봐요. 아무리 시골이라도 이렇게 없다니… 근데 진짜 나중엔 주유소 같은 것도 다 없어지지 않을까요?"

"글쎄요. 공중전화처럼?"

그녀가 물었다.

"태양광으로 충전하는 전기차 시대가 오면요. 그럼 아이들이 묻겠죠. '기름이 뭐야?' 그러면 이렇게 대답하겠죠. '옛날엔 사람이 밥을 먹는 것처럼 차가 기름을 먹었단다' 뭐 이런 식으로요."

그 순간, 우리 앞에 믿기 힘든 광경이 펼쳐졌다. 망해 가는 놀이공원의 쓸쓸한 네온사인이 깜빡이고 있었다.

"이 근방에 분명 주유소가 있을 거예요."

간신히 주유소를 찾아 기름을 가득 채우자, 그녀가 서두르자는 표정을 지었다.

"아니, 어떻게 이걸 두고 그냥 갈 수가 있지? 1번 내릴래요? 2번 후회할래요?"

나는 인생에서 가장 중요한 결정을 내리기라도 하는 듯 진지하게 물었다. 내겐 디즈니랜드보다 여기가 더 흥미로웠다. 시대가 저물었고 처참하게 망했지만 어떻게든 버티고 있는 이곳은 왠지 지금 내가 몸담은 종이 잡지를 닮은 듯해 마음이 갔다. 마지막을 향해 묵묵히 걸어가는 이곳을 응원하고 싶었다.

"딱 하나만 골라서 타 봐요."

놀이기구는 무섭다던 그녀를 설득해 결국 후룸라이드를 탔다. 그녀는 내리자마자 토하러 화장실로 달려갔고, 난 매표소에서 자동으로 찍힌 사진을 바라보았다. 맨얼굴의 그녀는 진짜 귀신처럼 나왔고, 그 귀신에게 엉겨 붙은 내 모습은 한층 더 우스꽝스러웠다. 팀 버튼이 연출한 〈유령 신부〉 같았다. 나도 모르게 그 사진을 샀다. 조용히 지갑 깊은 곳에 꽂아 뒀다.

화장실에 간 것 치고는 아무리 기다려도 오지 않기에 주변을 살펴보니, 행사장을 장악한 그녀의 모습이 보였다. 얼른 출발하자더니 맥주 원샷으로 1등을 거머쥐며 환호를 받고 있었다. 취한 그녀를 데려다 조수석에 앉혀 놓으니 금세 잠들었다. 편히 가려는 그녀의 큰 그림이었다.

그때 엔진에서 뭔가 타는 냄새와 함께 펑 소리가 났다. 밤은 더 깊어지는데 시동은 걸리지 않았다.

"점퍼 케이블 있나 찾아봐요."

지나가는 차를 향해 도움을 청해 봤지만, 케이블이 있는 차는 없었다. 일단 연결만 하면 다시 시동을 걸 수 있는데. 다행히 이내 차 한 대가 섰다. 드디어 케이블을 연결해 시동이 걸리나 싶었는데, 소리만 요란히 내다 도로 퍼졌다.

어찌저찌 차를 끌고 겨우 도착한 근처 시골 마을의 카센터. 사장은 엔진을 들여다보더니 담담하게 말했다.

"엔진 교체해야겠네요. 그런데 지금은 부품이 다 떨어져서 내일 오전쯤 들어올 거예요."

"더 빨리는 안 되나요?"

"여기 오래 살았지만 화산 폭발로 재가 뒤덮인 건 처음이에요. 그 덕에 차들이 많이 고장 나서 바쁘죠." 그는 신난 표정으로 우리를 빤히 쳐다보며 말을 이었다.

"신혼여행 온 거예요?"

우리는 서로를 쳐다보며 웃었다.

"여기 2층에 방이 하나 있긴 한데."

그는 당연히 우리를 부부라고 짐작했다. 굳이 정정할 필요도 없었다. 여기가 최선이었다. 불편해도 더 큰 번거로움을 피하고 싶었다.

"그냥 내가 화장실에서 서서 잘게요. 그냥 나무 막대기라고 생각하면 되잖아요."

"풉." 그녀가 폭소했다.

"설마, 날 여자로 생각했어요? 난 그쪽, 남자라고 의식 안 했는데."

그녀가 어이없다는 듯 의뭉스럽게 웃었다. 식은땀이 났다.

"그쵸? 역시 사고방식이 합리적이시네. 그래요, 캠프 온 기분으로."

나는 억지로 웃어넘겼다. 카센터 바로 앞에는 큰 공원이 있어 아침 조깅을 하기에도 딱 좋아 보였다. 내 눈엔 합격이다.

"그걸… 진짜 믿어요?" 그녀가 사람을 들었다 놨다 깐죽거리듯 쏘아붙였다.

"난 신혼부부 사기극에는 동참 못 해요."

그렇게 난 확인 사살을 당했다.

결국 카센터 사장은 근처에 있는 수도원으로 우릴 데려다줬다. 다행히 빈방이 있었다. 최소한의 것들로만 정갈하게 꾸려진 방. 작은 책상과 아담한 침대가 전부였다. '난 누구, 여긴 어디?' 모든 상황을 곱씹으며 반성할 시간까지 제공되는 풀코스 서비스였다.

뭔가가 잘못되고 있었다. 어디서부터 잘못된 걸까. 이 흐름을 어떻게 끊어 내지?

봄비

그때 전화벨이 울렸다. 아진이었다. 그동안 문자는 주고받았지만 통화는 하지 못했다. 잠시 망설이다 이번엔 결국 받아 버렸다.

"넌 왜 이렇게 연락이 안 되니? 생사 확인은 해야지."

우리는 매 순간 서로의 인생을 생중계했다. 그런데 이상하게도 지금은 아무 말도 나오지 않았다. 뭐라고 해야 할까. 아니 어디서부터 설명해야 할지 몰랐고, 그게 두려웠다.

지금, 내 인생에서 일어나고 있는 이 기묘한 모든 일들을.

아니다. 막상 입 밖으로 내뱉고 나면 아무 일도 아닌 게 될지도 모른다. 몇 번을 망설인 끝에, 그렇게 아진에게도 말 못 할 비밀이 생겨났다. 내가 무언가에 휩쓸리고 있다고 하면, 아진은 나를 붙들어 줄 것이다. 아니면 별일 아니라는 듯 넘어가 줄지도 모른다. 그런데 아이러니하게도, 나는 내가 제대로 정신을 차리게 되는 게 두려운 것 같다. 지금의 이 혼란스러움이 좋다. 가슴이 터질 듯한, 살아 있다는 감각. 이보다 선명한 순간이 또 있을까.

그러니까, 지금은 아무도 날 흔들어 깨우지 말았으면 좋겠다. 심지어 나 자신조차도. 그래서 아진의 전화를 피하다 보니 여기까지 왔다. 지금 이 상황을 아진이 알면 놀라 자빠질지도 모른다.

"어, 정신이 없었어. 유럽 빠져나가는 배편 알아보느라."

정작 아진은 내 말은 듣는 둥 마는 둥, 자기 애기를 하느라 바빴다.

"그러니까 지금 내 기분은, 유통기한이 지난 까나리액젓 같아. 어지간해선 안 상하는 그 액젓 말이야."

"액젓이 참 말이 많네. 근데 너 이 상황, 은근히 즐기는 거 같다?"

아진은 늘 그랬다. 벼랑 끝에 몰릴수록 더 반짝거렸다. 지금쯤 파리에 있어야 할 아진도, 화산 폭발 때문에 서울에서 발이 묶여 수습하느라 정신이 없다고 하소연했다. 그때 밖에서 노크 소리가 들렸다.

"나 배터리 없어. 나중에 통화해." 급히 전화를 끊었다.

"잠깐만 나와 봐요, 여기 우리밖에 없는 거 같아요."

'우리'라는 말이 어떤 멜로디처럼 귓가에 맴돌았다. 그 순간,

깊이 잠들어 있던 내 안의 무언가가 깨어났다. 가 본 적 없는 미지의 장소에 지금 막 도착한 기분이었다.

배가 고팠던 우리는 사력을 다해 먹을 걸 찾았다. 그런데 고작 발견한 거라고는 1유로짜리 와인 자판기뿐이었다. 지금 이곳엔 시설을 관리하는 담당자도 없었고 옆방에 묵고 있는 투숙객도 없는 것 같았다. 모든 게 자율에 맡겨진 무인 수도원이었다.

"식당이 있는지 한번 찾아볼까요? 오늘 하도 화를 냈더니 배고파 쓰러질 거 같아요."

대각선에 있는 건물로 뛰어가려는데 순간 비가 쏟아졌다. 잔잔한 비였기에 맞아도 상관없었지만 화산재가 섞인 흙비였다. 이 비가 화산재를 씻어 주길 바랐다. 그래서 다시 하늘길이 열리길, 모든 게 서둘러 제자리로 돌아가길 바랐다. 한편으로는 그렇게 되지 않길 바라면서. 이 양가감정이 날 괴롭혔다.

그때 양동이를 든 그가 다가왔다. 말없이 내 머리 위에 그걸 툭, 씌웠다. 빗방울이 양동이를 두드렸다.

팅, 팅, 팅.

그 고요한 리듬이 나를 단단히 붙들었다.

숨소리

바람을 거슬러 달리려는데, 양동이를 쓴 그녀가 갑자기 멈췄다.
 투둑, 투둑, 투둑.
 굵은 빗방울이 양동이를 두드렸다. 비가 연주하는 묘한 울림은 명품 스피커보다 더 선명하고 웅장했다.
"잠깐만요, 빗소리 좀 들어 봐요. 되게 예뻐요."
 그녀의 말에 나도 멈춰 섰다.
 수억 개의 빗방울이 지상을 두드리고 있었다. 손을 내밀자 화산재가 섞인 비는 더 차갑게 느껴졌다. 시원해진 공기 위로 옅은 바람이 불었다. 작은 빗방울들이 풀잎을 잔잔하게 두드리는 소리 위로 느슨한 리듬으로 우는 개똥지빠귀의 울음소리가 겹쳐졌다. 빗소리와 새소리, 그리고 우리들의 얕은 숨소리가 묘한 조화를 이뤘다.

　서서히 모든 소리가 빗방울 속에 잠겼다. 풀벌레도, 바람도, 심지어는 우리조차도. 남은 건 투명한 빗소리와 그 틈새의 작은 떨림뿐이었다.

　그 순간 아주 오래전 X와의 추억이 떠올랐다. 비 오는 날이면 우리는 양동이를 뒤집어쓰고 빗소리를 들었다. 피아노 전공생이었던 X는 프랑스에 와서 가장 먼저 이것부터 배웠다고 한다. 소리를 듣는 법, 그 소리에 집중하는 법, 음 하나하나를 손끝으로 더듬는 법을.

　X가 내게 가르쳐 준 건 감각을 열어젖히는 법이었다. 소리를 온전히 받아들이는 법이었다. 빗소리를 듣는다는 건 단순한 청취가 아니었다. 그것은 한순간 모든 걸 빨아들이는 신비로운 몰입이었고 아주 오래된 기억 속으로 미끄러지는 일이었다.

　"이거 듣고 있을 시간 없어요. 뛰어요!"

　나도 모르게 차가운 말이 튀어나왔다. 그녀와 있으면 자꾸 X가 떠올랐다. 그녀와 X가 겹쳐지는 게 점점 신경 쓰였다. 그녀는 계속해서 X를 불러들였고, 난 그것들을 지우느라 피곤해졌다.

　"어떻게 이걸 두고 그냥 갈 수가 있지?"

　그녀가 등 뒤에서 말했다. 어쩌다 보니 우리 사이에 이 말이 몇 번이고 반복됐다.

　그땐 몰랐다. 그 말이 우리 둘만의 유행어가 될 줄은.

베이스캠프

얼른 뛰라는 그의 재촉에 우리 두 사람은 허겁지겁 건물 안으로 들어갔다.

"여기 마음대로 들어가면 안 될 거 같은데."

그러거나 말거나 이미 나는 냉장고 문을 열고 있었다. 다행히 부엌은 열려 있었다. 우리는 먹이를 찾아 헤매는 하이에나처럼 부엌 곳곳을 뒤지기 시작했다.

"근데 이거, 함부로 먹어도 될까요?"

"일단 먹고 기부금을 내면 되지 않을까요? 수도원이니까."

들켜선 안 되는 도둑들처럼, 달빛에 의지해 바나나와 체리파이를 움켜쥐었다.

왠지 불을 켜면 안 될 것 같았다. 닥치는 대로 손에 잡히는 걸

몽땅 안았다. 그때, 멀리서 달그락거리는 소리가 났다. 스릴러 영화의 도입부처럼 누군가가 문을 열고 안으로 들어오는 발소리였다.

또각또각, 또각.

선명하게, 발소리가 우리 쪽으로 다가오고 있었다. 우린 누가 먼저랄 것도 없이 캐비닛 안으로 몸을 밀어 넣었다. 불을 켠 사람은 셰프인 듯했다. 어쩔 수 없이 서로의 몸이 가까워졌다. 그의 체온이 뭉근하게 전해졌다. 머리카락이 뺨에 찰싹 달라붙을 정도로 습기가 몸을 휘감았다. 식재료를 보관하는 캐비닛이라 양파, 마늘, 감자의 온갖 냄새 사이로 서로의 땀 냄새가 섞였다. 그의 숨결이 닿는 순간 내 안의 무언가가 딱, 하고 켜졌다.

젖은 어깨가 파르르 떨리며 닭살이 돋았다. 정신을 차리려 꿀꺽 침을 삼켰다. 살인 사건이 터지기 딱 좋은 분위기였다. 긴장한 나머지 서로의 심장소리가 크게 들리는 듯했지만, 다행히 셰프의 소란스러운 뚱땅거림에 묻혔다.

워이이이잉.

전기 오븐을 돌리는 소리가 났다. 우리는 숨을 죽이고 그저 기다릴 수밖에 없었다. 캐비닛 틈으로 한 줄기 빛이 흘러들었다. 그 작은 빛에 의지한 채 꼼짝도 하지 않았다. 조금이라도 움직이면… 그다음은… 생각하기도 싫었다.

니야옹.

고양이 소리에 움찔해 나도 모르게 그의 팔을 꽉 움켜쥐었다. 내 왼쪽 뺨이 그의 목덜미에 닿았다. 쫄깃하고 포근한 거북목이었다. 그 순간 거대한 에너지에 연결되어 버린 기분이었다. 탄력 있는 맥박 같은 것이 내게로 흘러들었다. 동시에, 전단에 맞은 내 뺨이 다시 따뜻하게 재생되고 있었다. 셰프는 고양이와 짧은 대화를 나누더니 따뜻한 우유를 내어주고는 사라졌다. 쪼그라들었던 심장이 서서히 펴졌다. 그 틈을 타 우리 둘은 냅다 방으로 달렸다. 뭔가 대단한 잘못을 한 건 아니지만 들키면 괜히 모양 빠질 일이었다. 아무도 몰랐으면 했다. 적어도 지금만큼은 우리가 여기서 뭘 하고 있었는지 아무도 묻지 말아 줬으면 했다.

부엌을 빠져나오자 긴장한 몸에서 힘이 빠졌다.
우르르쾅쾅!
천둥번개가 다시 한번 자신의 스케일을 뽐내며 큰 소리를 냈다. 그와 동시에 정전이 됐다.
아악.
깜깜한 화장실 앞, 바닥에 고인 빗물에 미끄러져 버렸다. 발목이 꺾이면서 온몸에 힘이 풀렸다.
그가 위에서 나를 내려다봤다. 내가 망설이고 있자, 그는 이렇게 재촉했다.
"1번 업힌다. 2번 안긴다. 어떻게 할래요?"

그의 질문은 언제나 해답을 품고 있었다.

"위험에 처한 동료를 그냥 둘 수 없죠. 보이스카우트 출신으로서 용납할 수 없는 일이거든요."

그가 등을 보이며 키를 낮춰 앉았다.

'보이스카우트.' 그 이름이 불러일으킨 가벼운 모험에 나는 걸스카우트가 되어 버렸다. 물론 실제로는 돈이 없어서 그런 거 못 해 봤다. 단복비, 배지비, 캠프비 그런 것들을 낼 형편이 못되었다. 하지만 보이스카우트가 업어 주면 그 순간만큼은 나도 걸스카우트다. 어둠이 깔린 밤, 눅눅한 비 냄새, 찌르르 찌르르 하고 우는 귀뚜라미 소리가 더욱 선명해졌다.

결국 나는 더듬거리며 그의 등에 올라탔다. 그 등은 햇빛에 바싹 말린 이불처럼 포근했다. 신기하게도 통증이 사라졌다.

뭐지? 나 죽은 건가? 천국의 문턱에 진입한 건가?

아니, 천국행이 이렇게 쉬울 리가 없지.

그렇지만 만약 생의 마지막에 누군가의 등에 기대야만 한다면, 내 마지막은 그의 등 뒤라면 좋겠다. 나는 핸드폰을 들어 어둠을 밝혔다. 정신을 차리니, 무릎에 힘이 풀려 오들오들 떨렸다. 떨림의 진원은 내 마음속에 어렴풋이 자리한 기억에서 비롯됐다. 아빠의 어부바를 좋아했다. 아빠 등에 업히면 내리기 싫어 잠든 척을 했었다. 따스한 손깍지가 내 엉덩이를 단단히 받치던 그 감촉은, 지금도 선명하다.

그의 등은 내가 생각했던 것보다 다정했다. 하루 종일 뻣뻣하고 재수 없게 굴던 왕재수 대가리도 그 순간만큼은 포근했다. 그 온기가 나를 무장 해제시켰다. 누가 뭐래도 지금 이 순간, 그는 나에게 친밀하고 소박한 안식처다. 적어도 지금만큼은 내리기 싫다. 그때처럼 잠든 척할 수도 없고, 설사 엄마가 나타나 내 등짝을 후려치더라도 나는 지금의 감정에 충실하고 싶다.

누구나 기대어 울 수 있는 자기만의 등짝이 필요하다. 길을 잃었을 때 여기로 오면 되는 베이스캠프 같은 장소가 내게 지금 막 생겨났다. 줄곧 갈망해 온 그 장소가 실재하고 있음을 알았다.

내 일부가 고장 나 버린 걸까. 나는 그동안 충실하게 매뉴얼에 따라 움직이던 사람이었지만, 이제 그런 건 더 이상 내게 중요하지 않았다. 갓 뜯은 미나리 향, 겨울 내내 얼어 있던 땅속을 뚫고 올라온 힘찬 봄기운⋯ 그 모든 게 내 안에서 생생히 펄떡거렸다.

포근한 등의 감촉, 귀에서 목덜미로 이어지는 부드럽고 관능적인 선. 날개 뼈 사이에 얼굴을 파묻으면 어쩐지 딱 맞을 것 같은 기분이 들었다.

작은 숨이 새어 나왔다.

"아⋯."

그 순간, 그가 움찔하며 멈춰 섰다.

망했다. 절대로 티를 내선 안 된다. 내가 그의 등을 환영하고 있다는 티가 나선 안 된다. 그 어떤 환호성이라도 새어 나가선 안 된다. 입꼬리도, 숨소리도, 심장소리도 뭐든 숨겨야 한다. 그 어떤 미세한 움직임이나 흔들림도 들켜선 안 된다. 나는 황급히 후드를 뒤집어썼다.

입양아이기에 더 잘 살아 내고 싶다던 소년의 등. 이 순간만큼은 그의 등짝을 절실하게 응원한다. 그가 가진 반짝이는 상처를, 그 광채를 나만 독점하고 싶다는 이상한 욕심도 들었다. 아무리 조심해도, 이 빌어먹을 감정은 호시탐탐 나를 망치려 했다.

자판기에 있는 와인을 모조리 뽑았다. 기어코 솔드아웃시켰다. 후드티 주머니에선 별게 다 나왔다. 살뜰히 챙긴 미니 케첩도 있었다.

뿌지직.

순간 피식 웃음이 터졌다. 방귀 소리 비슷한 것에도 깔깔거리는 아이가 되었다.

"웃으니까 좋네요. 그렇게 웃는다고 엄마가 죽는 게 아니에요."

그 별것 아닌 말이 내 가슴을 할퀴었다.

나는 엄마를 잊고 있었다. 아니, 이미 한참 전부터 그랬다. 그는 내가 계속 엄마를 걱정하고 있다고 생각했나 보다. 난 아닌데. 아니어서 괴로웠고, 미안했고, 어디론가 사라지고 싶었다. 정말이지 난 글러 먹었다. 엄마를 잊고 바보가 되어 있었다.

와인으로 목을 적시자, 우리 둘 다 엠티라도 온 듯 시끄럽게 취했다.

"그 사람 어디가 좋아요?" 그가 물었다.

"누구요?"

나는 당황해서 되물었다. 도대체 누구를 말하는 건지 알 수 없었다.

"누구부터 말해 줄래요? 1번 곁에 있는 사람, 2번 곁에 있던 사람?"

말문이 턱 막혀 버렸다.

"티가 나요. 누군가를 그리워하는 눈엔 무지개가 비치거든요. 비 그친 뒤처럼 촉촉하게."

"폴 오스터세요? 명언 제조기세요?"

"폴이요? 저한텐 과분하죠. 역설적인 플롯 같은 건 도저히 엄두가 안 나서요."

들켰다. 모든 게 행복해 보이지만 단지 한 사람이 없어서 불행한 나였다.

그를 떠올리면 상처에 소금을 문지르듯 쓰라렸다. 시간이 꽤 흘렀지만 마치 어제의 일처럼 생생하다. 치호는 나의 평일이자 주말이었고 짜장면이자 짬뽕이었다. 동시에 그 이상의 존재였다. 아빠였고 친구였다. 9회 말 2 아웃의 홈런이었고 홀인원이었다. 내 인생의 일확천금이었다.

야간 대학원을 간 이유는 도연 선배 때문이었다. 그곳에선 수업 중 벨 소리가 울리면 스피커폰으로 받는 게 벌칙이었다. 그날은 하필 수업 끝나기 5분 전, 망할 내 핸드폰 벨이 울린 날이었다. 내 생일 파티 때문에 온 전화인 줄만 알았는데, 믿기 힘든 소식이 날아들었다. 나는 강의실 뒷문으로 뛰쳐나가며 토했다. 헨젤과 그레텔이 과자로 자기 동선을 표시하듯 내 위장에 있던 내용물들이 예각을 그리며 흩어졌다.

그 순간, 모든 것이 부서졌다. 생일날 남자 친구가 죽은 사람의 기분을 묻는다면, 평생 최악의 형벌을 받은 기분이라고 대답하지 않을까. 진눈깨비가 내리던 저녁, 달려간 그곳엔 두 사람으로 보이는 세 사람이 누워 있었다. 치호와 후배 민소. 민소의 배엔 두 사람의 관계를 설명하는 흔적이 있었다. 방금 세상과 작별을 마쳐 이제는 말을 걸 수 없는 사람들. 모든 게 차갑게 식어 있었다.

"아니에요. 아직 못 잊은 사람 같은 거 없어요."

"거짓말."

"죽이고 싶은 사람은 있죠, 그런데 이미 죽었어요."

내가 그렇게 잔인한 말을 뱉을지 몰랐다.

"어떻게 죽이고 싶은데요? 1번 잔인하게, 2번 더럽게 잔인하게."

"2번."

"구체적으로 어떻게요?"

"얼굴 가죽을 벗겨서 내 얼굴에 쓰고 죽을 때까지 뺨 때리고 싶어요."

나는 잠시 생각하다가 대답했다.

그는 내 말을 듣더니 손을 들어 허공에 휘휘 저었다.

"어떻게요? 이렇게 축 늘어지게? 이 정돈 돼야겠다. 그리고 손의 속도는 이 정도?"

"인디언 방식으로?"

"인디언 방식으로!"

우린 누가 먼저랄 것도 없이 이렇게 외쳤다.

어디선가 주워들은 단어가 동시에 튀어나온 게 신기했다. 그는 직접 손으로 시범을 보이며 내가 상상한 게 맞는지 확인해 나갔다. 순간, 문득 영화 〈컨택트〉의 한 장면이 떠올랐다. 루이즈 박사가 외계인과 몸짓으로 소통하는 장면. 말로는 통할 수 없는 걸 몸짓으로 조심스럽게 설명하려는 사람. 지금 그가 딱 그랬다. 새로운 언어를 배우려는 사람처럼 신중했다. 그의 손짓과 표정, 그리고 내 머릿속에서 점점 확장되는 이미지들. 나는 그를 관찰하는 과학자가 됐다.

서서히 비가 그치고 풀벌레 소리와 비 냄새가 올라왔다. 언어보다 더 정확한 무언가가 우릴 감쌌다.

"얼마 동안 만난 거예요?"

"거의 10년?"

"그건 아직 못 잊고 말고의 문제가 아니라… 뭐랄까 잊는 게 더 이상한 거 아닐까요? 그 사람이 당신의 인생을 10년 동안 가장 가까이에서 봐 온 목격자니까."

목격자. 그 말이 가슴 깊숙이 쿵 하고 내려앉았다. 묘한 울림이 있었다.

맞다. 치호는 내 인생의 블랙박스 같은 존재였다. 치호는 내가 도시락 공장 알바생에서 승무원이 되는 과정을 가장 가까이에서 지켜본 사람이었다. 그건 단순히 한 사람의 기억이 아니라 우리 둘만의 작은 역사였다.

그때 치호의 말이 아니었다면 나는 승무원이 되지 못했을 수도 있다.

"넌 웃는 게 광활한 사바나 대초원 같아. 그러니까 그 스케일에 어울리는 웅장한 세계로 날아가."

그 말의 울림. 그 울림이 내 가슴을 전율시켰고 그게 날 여기까지 데려왔다. 자본주의 미소가 날 먹여 살렸다. 그게 아니었다면 도시락 공장에서 매니저를 시켜 준다고 했을 때, 거기에 만족하며 평생 그 레일 앞에서 도시락을 만들고 있었을지도 모른다.

처음 승무원 시험에 떨어졌을 때 학원비를 내준 것도 치호였다. 하지만 그렇게 10년 동안 쌓아 온 우리만의 세계는 사고와 함께 무너졌다.

"내가 사랑한 사람이 사라진 것보다 내 인생의 목격자가 사라졌다는 상실감이 더 큰 것 같아요."

사라진 건 단지 하나의 생명이 아니었다. 내가 나아갈 방향을 응원해 주던 그 시선, 내 걸음마다 박수를 쳐 주던 그 눈빛, 그 모든 게 통째로 사라진 것이다.

"그 사고가 없었다면, 난 둘 사이를 평생 몰랐겠죠?"

치호가 다른 사람을 만났다는 사실보다, 그걸 전혀 몰랐던 내가 더 용서가 안 됐다.

"그 사람에게도 사정이라는 게 있지 않을까요?"

"지금 치호 변호하는 거예요?"

"그냥 잘은 모르지만… 그 사람 입장도 들어 봐야죠."

"들을 수가 없다면요?"

"'오히려 개이득!' 뭐든 다 알려고 하지 마요. 열린 결말처럼 열린 상처가 좋지 않겠어요?"

그가 말한 것처럼 정말 무슨 사정이라는 게 있었던 걸까? 죽은 치호는 언제나 억울한 표정으로 내 꿈에 나타났다. 잡아도 잡히지 않는 술래잡기. 가끔은 의심해 보기도 한다. 그 뉴스며 사고며 장례식이며 뭔가 착오가 있었던 건 아닌가 하고. 사실은 어딘가에서 치호가 조용히 살아가고 있는 게 아닐까 하고.

ㄱ는 내 인생의 편집자였다. 지워진 문장에 각주를 달아 주고, 물음표에 쉼표를 찍어 주었다. 의문의 순간들이 그의 말을 거치며 근사한 의미로 바뀌었다.

아침이 밝았다. 속이 부글거렸다. 걷지 않으면 터져 버릴 것 같았다. 겨우 밖으로 나와 수도원 근처를 산책했다. 지금 이 순간, 내게 필요한 건 뜨끈한 순댓국이다.

저 멀리 지평선이 아침 안개에 잠겨 있었다. 밤새 내려앉은 이슬이 발목을 훑었다. 그 싱그러운 감촉이 나를 깨웠다. 부스스한 얼굴로 마른세수를 하다가 문득 깨달았다. 이곳은 감히 까만 트레이닝복으로 거닐 곳이 아니었다. 어제는 어두워서 미처 몰랐던 풍경. 지금 내가 서 있는 이곳은 유네스코 세계문화유산 롱샹성당이었다. 2차 세계대전으로 무너진 성당을 재건해 탄생한 걸작. 멀리서 다시 보니 버섯 지붕 아래 토끼가 문을 열고 어디론가 사라질 것 같았다. 이게 인간이 만든 거라고? 그냥 자연이 낳은 또 하나의 생명체 같았다.

이곳은 분명 프랑스 시골, 그로부터도 깊숙이 들어간 마을이다. 와 본 적 없는 곳이지만 어딘가 익숙했다.

'그래, 치호의 졸업 작품.'

건축학도였던 치호의 버킷리스트이자 그가 그토록 동경했던 장소다. 그 시절 치호는 늘 이렇게 말했다.

"언덕의 능선을 느낄 수 있는 집을 짓고 싶어. 그 숨 차오르는 기분에 취하고 싶다."

그랬던 장소를 어쩌다가 와 버렸다. 그것도 화산이 터진 바람에 엮인 엉뚱한 남자와 오게 되다니… 인생 참 알 수 없다.

'박치호, 보고 있어?' 속으로 물었다.

안으로 들어가보니 성당의 창들은 하나하나가 모두 다른 모양이었다. 그 틈새로 아침 햇살이 밀려들었다. 스테인드글라스를 통과한 빛줄기는 폭포처럼 쏟아져 내려 내 몸을 통째로 삼켜버렸다. 그렇게 나는 그 빛과 단둘이 마주했다.

밝고, 맑고, 깨끗한 빛.

그 빛이 뒤에서 나를 부드럽게 감싸안았다. 마치 말없이 사라져 버린 치호가 마지막으로 건네는 백 허그 같았다. 치호는 빛으로 존재하고 있는 게 분명했다. 이토록 맑고 따스한 빛이라면 치호가 맞다.

지붕과 벽이 만나는 미세한 틈. 바늘 하나 겨우 지나갈까 말까 한 숨구멍. 그 틈으로 빛이 새어 들어왔다. 지붕은 마치 공중에 떠 있는 듯했다. 중력 따윈 아랑곳하지 않고 자기 멋대로 떠 있는 듯한 모습. 딱 치호 같았다. 치호는 늘 현실에 발을 딛고 있으면서도 어딘가 붕 떠 있는 듯한 사람이었다. 인간은 결국 자기가 동경한 공간을 닮아 가게 되는 걸까.

방으로 들어와 손을 씻고 있는데 그가 내 방문을 두드렸다.

다급한 예감

"혹시 노트북 좀 빌려줄 수 있어요?"

그녀의 방문을 다급히 두드리며 물었다. 연재 중인 〈선배와 나의 옷장〉에 광고가 붙었다. 파타고니아를 칼럼에 녹이라는 수정 요청. 어젯밤 그녀와의 대화에서 나온 영화 〈컨택트〉를 활용하면 될 것 같았다. 외계인에게 지구의 옷을 건네야 한다면 역시 파타고니아지. 어느새 그녀는 내 뮤즈가 되어 버렸다.

물론, 핸드폰으로도 원고를 수정할 수 있었지만 그건 예의가 아니다. 그녀는 말없이 노트북을 건네주었다.

방으로 돌아와 조용히 원고를 수정하려 했지만 도저히 집중이 안 되었다.

폴더 이름은 '찌르레기'.

미치도록 궁금했다. 보면 안 될 것 같기도 했다. 귀에선 '공지사항! 선 넘지 말기'가 윙윙거렸다. 그러나 손가락은 이미 움직이고 있었다.

이런 세상에. 〈엽기적인 살인법 99〉라니.

목구멍에서 눈알이 튀어나올 만큼 기이한 제목이었다. 청산가리 스무디? 줄줄이 나열된 문장들을 읽으면 읽을수록 머리털이 쭈뼛 섰다. 있지도 않는 면도칼에 베여 피가 콸콸 쏟아져 나올 것 같았다. 냉장고에 든 토막 시체, 불에 구운 심장… 멈출 수가 없었다. 스크롤을 내리는 내내 피가 낭자했다. 내 방에선 이미 시체 썩은 냄새가 진동하고 있는 것만 같았다.

그러고 보니 그녀는 처음부터 수상했다. 줄곧 검은색 트레이닝복만 입고 있었다. 직업이며 나이며 아는 게 없었다. 어젯밤엔 이상한 소리도 막 해 댔다.

"누구나 죽이고 싶은 사람 하나쯤은 있잖아요."

그야 물론 있을 수 있지만 그 말을 하는 그녀는 이미 사람을 한번 죽여 본 것 같았다. 기고만장한 태도, 일단 들이미는 성격… 그 어떤 누구보다도 스릴러 주인공다웠다. 그녀의 글을 훔쳐본 것만으로도 나는 이미 공범이 된 기분이었다. 손끝에 그 감촉이 남아 있는 것만 같았다. 무겁고 끈적거렸다. 불법을 저지른 것도 아닌데 숨을 한 번 들이마실 때마다 목덜미가 서늘했다.

아이패드를 잃었지만 동시에 새로운 사실을 얻었다. 어제까진 보통 사람이었던 그녀가 경계해야 할 대상으로 바뀌었다는 것.

지구인을 염탐하러 온 외계인? 진짜 수배자? 아니 그 맨얼굴에 어이없는 트레이닝복을 보면 탈북민 같기도 하다.

다시 마음을 다잡고 원고 수정에 집중했다. 하지만 글은 점점 이상한 방향으로 흘러갔다. 아무리 봐도 이건 패션 에세이가 아니라 그녀에게 바치는 러브레터였다.

가끔은 허를 찌를 정도로 사람을 궁지로 몰아넣는 그녀. 반대 의견을 내며 당황하는 내 표정을 즐기는 듯했다. 그 의뭉스러운 웃음이 몇 번이고 거슬렸다. 그러는가 하면 갓난아기처럼 천진난만하게 웃을 때도 있었다. 한국에서 사회생활을 한 사람에게서는 나올 리 없는 순수하고 맑은 웃음. 본심을 꿰뚫어 보면서도 아닌 척하는 능구렁이 같은 애매모호함.

결정타는 새벽이었다. 맨발로 빗속으로 나가 춤을 추고 노래하던 모습.

"젖은 흙냄새가 너무 좋아요. 그쪽도 나와 봐요."

그 순간, 그녀는 레이디 가가 같았다. 무대를 씹어 삼켰다. 그 퍼포먼스는 날 당황하게 만들었고 또 동시에 날 만족시켰다. 살면서 또라이를 꽤 많이 봤다고 자부하지만, 이런 야생 또라이는 처음이다.

그중에서도 가장 섬뜩했던 건 그녀가 업혔을 때의 그 감촉이다. 내 목덜미에 닿았던 숨결이 마시멜로처럼 포근했다는 사실이다. 그 달콤한 숨결에 내 모든 게 무장 해제됐다. 누군가가 그 모습을 보고 있었다면, 그녀의 숨결에서 투명한 빛이 뿜어져 나오는 걸 봤을지도 모른다.

어쩌면 나 따위가 감히 상대할 수 없는 생명체일지도 모른다. 모든 게 다 이상했다. 그런데 그중 가장 이상한 건 이 모든 게 급조한 티가 난다는 것이다.

'엄마가 위독해서 한국에 간다.' 이 시국에? 공항이 닫힌 이 상황에서? 아무리 또라이라지만 그건 선을 넘었다. 그런데 그 허술한 멘트를 나는 그냥 믿었던 거다. 그녀에겐 발각돼선 안 되는 미스터리가 있는 게 분명하다. 대체 그 미스터리가 뭘까?

그 순간 묵직한 진동과 함께 아이클라우드에 무언가가 올라왔다. 그럴 리가 없다. 내가 업데이트한 적이 없으니까. 사진이다. 누군가의 뒷모습이 찍힌.

뭐지? 사진들이 연속으로 올라왔다. 이번에는 얼굴이다. 나는 손가락으로 화면을 확대했다. 낯익은 얼굴. 어디서 봤더라? 암스테르담의 펍에서 만난, 그 산타 할배와 닮았…다고 생각했는데, 아니 그놈이 맞다. 미리 몰아넣은 물고기처럼 그의 그물에 걸려든 기분이었다. 설마 그때? 거기서? 점점 기억이 또렷해졌다. 나는 확신했다. 그때, 알맹이만 빼 가고 남은 케이스만 들고 온 게 분명하다고.

곧장 그녀의 방문을 다시 두드렸다. "내 아이클라우드에 사진이 올라왔어요. 아이패드 훔쳐 간 놈이 올린 거 같아요."

"어디 봐요."

"여기 뒤에 나온 농장 이름을 검색하니까 이 근방이더라고요."

그녀는 고개를 끄덕이며 깊은 숨을 내쉬었다.

"여기 간다고 해도 못 찾을 수도 있어요."

"아뇨, 난 가야겠어요."

"더 이상 지체할 시간이 없어요. 카센터에서 차 돌려받고 서둘러 가야 한다고요."

솔직히 여기서 그녀와 갈라지는 게 나았다. 차라리 잘된 일이다. 나는 혼자 다녀오겠다고 둘러댔다. 그녀는 기다리는 걸 싫어하니 아마 기차를 타겠다고 하겠지. 그러면 자연스럽게 서로의 길이 갈라진다. 그게 맞는 길이다. 왠지 그녀와 엮이고 내 인생이 자꾸 지연되는 기분이었다.

"그래요. 그럼… 어차피 기다려야 하니까 나도 같이 갈게요."

순간 멍해졌다. 내 계획이 완전히 틀어져 버렸다. 카센터에서 빌려준 출동차에 우리는 또다시 나란히 앉게 되었다.

2장

경로 이탈

양 떼들

 나의 두 번째 실수였다. 나는 계획이 틀어지는 걸 끔찍이 싫어한다. 원래라면 기차를 타야 했다. 최대한 빨리 화산재에 뒤덮인 유럽을 빠져나가는 것, 그게 내가 생각해야 할 전부였다.

 그런데 이상했다. 그날은 어디서 그런 용기가 났는지 모르겠다. 아니, 용기라기보다는 호기심에 가까웠다. 조금 이상해진 내 모습을 지켜보고 싶어졌다. 이 상황에서 나는 어디까지 갈 수 있을지. 그건 내 호기심에 대한 예의 같았다. 여기서 멈추면 나 자신에게 돌이킬 수 없는 무례가 될 테니까.

 서서히 속도를 늦추던 그가 돌연 차를 세웠다. 양 떼가 길을 건너고 있었다. 느릿느릿 걷는 양들은 콧김을 내뿜으며 목에 달린 방울을 짤랑거렸다. 무리의 맨 끝에는 새끼 양을 지켜보는 어미 양이 서 있었다. 양들은 새끼를 위해서라면 절대 물러서지 않고 차라리 죽음을 선택한다고 했다.

"와, 양들이 단체로 시위라도 하나 봐요."

내가 넋을 잃고 양 떼를 바라보자, 그가 조용히 턱짓을 했다. 내려서 양들을 몰아 달라는 뜻이었다.

"그쪽이 인간 대표로 나가 봐요."

"제가요?"

어쩔 수 없이 차에서 내렸다. 가까이서 보니 양들은 꽤 무심하고 대담했다. 걷는 도중 똥을 싸는 것도, 언제 힘을 조이고 푸는지도 생각하지 않는 듯했다. 그걸 보는데 괜한 해방감이 들었다. 하지만 해방감도 잠시, 바닥은 이내 똥으로 흥건했다.

내 운동화는 온통 똥칠이 됐고, 휴지를 찾는 그의 손이 다급해졌다. 차에 휴지 같은 건 없었다. 그렇다고 양말을 벗어 닦기도 망설여졌다.

다시 차에 오르려던 그때, 그가 일론 머스크 평전을 건넸다. 표지가 햇빛을 받아 반짝거렸다.

"이거라도."

"이거 아끼는 거 아니에요?"

"집에 똑같은 거 있어요."

나는 잠시 머스크의 얼굴을 봤다. 똥을 닦기엔 어울리지 않는 복잡한 표정이었다. 결국 가장 두꺼운 첫 장을 찢어 제일 큰 덩

어리부터 털어 냈다. 그는 눈을 질끈 감았다. 하지만 해결은 안 됐다.

잠깐의 대치 후 결국 나는 그의 운동화를 신고 차에 올랐다.

"도대체 운동화가 몇 개예요?"

"여분으로 챙긴 건데, 인류 평화에 기여하게 될 줄은 몰랐네요."

그의 운동화에 내 발을 넣던 순간을 기억한다. 왼쪽이 더 늘어나 닳아 있었다. 그래서 왠지 모를 편안함이 느껴졌다. 나 역시 어린 시절 왼쪽 발이 더 컸기에 익숙한 감각이 선명하게 떠올랐다.

그 순간 창밖을 보는데 양 떼 무리에서 혼자 이탈한 양 한 마리가 우릴 따라왔다.

"어머, 쟤 우리 따라오고 있나 봐요."

"그새 마음을 내줘서 어떡해. 저런 애들이 꼭 같은 사람한테 두 번 사기 당해요."

어느 순간 격차가 벌어져 양은 멀어졌지만 나는 백미러로 끝까지 양을 지켜봤다.

낌새

"어떻게 오셨어요?"

"이분을 좀 만나고 싶은데요."

나는 아이클라우드에 올라온 할아버지 사진을 내밀었다. 사진 속 남자는 농장 팻말 앞에서 삽을 들고 있었다.

"손자 데리러 갔는데 곧 돌아올 겁니다."

잠시 뒤, 그가 돌아왔다.

"오, 젊은 친구 여긴 어떻게? 여기서 다시 만나니 반갑네."

전혀 반갑지 않았다. 난 사진을 내밀며 말했다.

"실은 아이패드를 잃어버렸는데, 여기서 찍힌 사진이 클라우드에 올라왔어요. 혹시 여기 있는 게 아닐까 해서요."

그 순간, 할배의 표정이 미세하게 일그러졌다. 작게 헛기침을 하고는 얼버무렸다.

"오 이 사진 말이야? 우리 손자가 찍어 준 거라네. 그 녀석이 선물받은 아이패드로."

할배가 사진을 한참 들여다보다가 멍한 얼굴로 고개를 끄덕였다.

"니클, 니클! 이리로 와 봐."

그 짧은 순간, 그는 이미 거짓말을 지어내고 있었다. 도둑이 중고로 팔아 버린 걸, 손자가 선물로 받았다는 시나리오. 허술하기 짝이 없는 사기였다.

나는 기억을 되짚었다. 그날 밤, 펍에서 내 아이패드를 훔쳐 간 건 분명 이 할배였다. 빌어먹을 스폰지밥 케이스 때문이다. 두꺼운 그 속이 텅 빈 것도 모른 채.

"이것도 인연인데, 식사라도 하고 가지."

그는 태연하게 말했지만 서둘러 이곳을 떠야겠다는 본능이 날 이끌었다.

"식사는 됐어요."

반지

그가 주인과 이야기를 나누는 동안, 나는 손을 씻고 농장을 한 바퀴 돌았다.

들판엔 연둣빛 파도가 출렁이고 있었다. 강렬한 햇빛에 눈이 절로 찡그려졌다. 마치 인상파 화가의 작품 속으로 발을 들여놓은 듯한 기분이 들었다.

"서둘러 돌아가는 게 좋겠어요. 여긴 우리한테 무슨 일이 생겨도 대사관이 손쓸 수 없는 외딴 지역이에요."

"잘 생각했어요. 얼른 서둘러요."

나는 시계를 보면서 재촉했다. 그 순간, 어디선가 아이들이 우르르 쏟아져 나왔다. 어느새 나를 빙 둘러싼 그들 가운데 한 아이가 민들레 홀씨를 꺾어 내게 후 하고 불어 주었다. 격하게 환영한다는 의미 같았다.

아이츄 아이츄.

꽃가루알레르기 탓에 연신 재채기가 나왔다. 재빠르게 고개를 돌렸지만, 이미 그의 얼굴은 내 침으로 흥건했다. 다행히 누런 콧물 같은 건 나오지 않았다. 그 모습에 아이들은 까르륵거리며 웃었다,

"이 아이들 표정을 봐요. 어떻게 이걸 두고 그냥 갈 수가 있지?"

그 순간 농장 주인인 할아버지가 나타났다.

"여기 있었군요. 구스베리는 처음 보죠? 유럽에서만 나는 베리에요. 한번 맛봐요. 올해는 비가 안 와서 더 새콤달콤할 거예요."

하나 따 보니 화산재가 내려앉아 겉이 포슬포슬했다. 엄지를 굴려 먼지를 털었다. 열매를 깨물자, 눈앞이 환해지는 기분이 들었다. 과즙이 손끝을 타고 흘러 팔꿈치에 맺혔다. 입술 끝으로 흐르는 건 쪽 빨아 먹었다.

"5월이 제철인데, 우리는 북유럽으로 수출하기 때문에 미리 따죠. 오늘 맛본 건 VIP 시식용이에요."

열매는 수확 후 이틀 뒤가 가장 달다고 했다. 그래서 신속하게 항공편으로 보내야 했는데 문제가 생긴 것이다.

"그런데 화산이 터지는 바람에 구스베리들이 다 썩어 갈 판이야."

언젠가 런던 비행을 갔다가 크래커에 구스베리 잼을 발라 먹어 본 적이 있다. 그때 그걸 맛있다고 했더니 도연 선배가 한 박스나 사 줬던 기억이 났다. 여기선 그 귀한 게 조용히 버려진다니, 괜히 아까웠다.

"이 베리들 너무 아까운데 좀 도와주고 가면 안 돼요? 어차피 차 찾는 시간까지 조금 여유 있잖아요."

그는 당장 중요한 일을 앞둔 사람처럼 안절부절못했지만, 기어코 난 아이들과 함께 구스베리 잼을 만들었다. 식초에 열매를 담가 깨끗하게 씻고 양쪽 끝을 잘라 냈다. 설탕과 레몬즙을 넣고 팔팔 끓이자 상큼한 과즙 향이 진동했다.

일부러 잼을 흘리고 주의를 끄는 아이도 있었다. 어쩔 수 없이 그가 보조를 맡았다. 잼으로 범벅이 된 아이들을 닦는 건 그의 몫이었다. 그는 아이들을 직접 닦아 주기보다 그걸 놀이로 바꿨다.

"자 이제 서로 닦아 주기! 제일 깨끗하게 해 주는 사람이 이기는 거예요. 시작!"

아이들은 깔깔거리며 서로를 닦아 주었다. 일을 저지른 사람이 아니라, 일을 해결하는 사람으로 느끼게 하는 그의 방식이 좋았다. 그 삼각이 아이들의 앞으로의 인생에 자리 잡긴 바랐다. 서로가 서로를 도우며, 그것이 자연스럽게 놀이가 되는 것.

떠나려는 순간, 한 아이가 잼 한 병을 건넸다. 그 잼의 온기를 감싸안으며 차에 탔다. 뚜껑을 열어 향을 맡으려는데, 나비 한 마리가 잼 통으로 날아들었다. 너무 샛노란 색이라 순간 착시현상인 줄 알았다.

돌아가는 길목, 다시 110번 국도로 달렸다. 2차선이라 갑자기 속도가 줄었다. 아까 양 떼를 목격한 딱 그 지점. 어느새 도로는 주차장이 되어 있었다. 가속과 감속이 반복되어 나무에 고개를 숙이고 토하는 사람도 있었다. 조금 더 가자 경찰차가 도로를 통제하고 있었다.

"무슨 일이에요?"

그가 차창을 내리고 물었다.

"트럭이 전복됐어요. 구제역 걸린 돼지들을 싣고 가던 트럭이요. 소독이 끝나야 도로를 다시 열 수 있습니다." 경찰이 담담하게 말했다.

사람들은 차 밖으로 나와 각자 하소연을 했다. 시합을 앞둔 어린이 축구단 아이들은 나와서 각자의 방식으로 몸을 풀기도 했다. 삼삼오오 모여 스몰토크를 나누는 이들도 있었다. 난 창문을 살짝 내려 바람에 얼굴을 씻었다. 봄바람이 얼굴을 스치자 나른해졌다. 여전히 바람엔 화산재가 섞여 까끌거리는 느낌이 들었지만.

쯔쯔쯔삐이.

호랑지빠귀였다. 그 소리를 시작으로 숲에 있는 새들은 각자의 목소리로 합창을 시작했다. 인생이 잠시 멈춘 듯한, 그런 효과음처럼 들렸다. 포근하고 몽롱한 공기가 나를 감쌌다. 졸음이 몰려왔다.

잠을 깨려, 무심코 손에 쥔 잼 뚜껑을 열었다. 아직 식지 않는 열기와 상큼한 과즙 향이 올라왔다.
"잠깐 차 좀 돌려요."
"무슨 말이에요? 차 찾을 시간 다 됐어요. 지금 늦었다고요."
"아까 손 씻고 반지를 두고 왔어요."
"반지 같은 거 그냥 포기해요."
그가 짜증스럽게 한숨을 내쉬었다.
"돌려요."
"그딴 게 뭐라고 차를 돌려요? 얼마든지 다시 사면 되잖아요."
"아니요. 다시는 못 구하는 한정판이에요."
그가 계속 고집을 부리기에 그냥 차에서 내렸다. 이 뒤에 어떤 운명이 날 기다리고 있는지 따위는 지금 알 바가 아니었다. 일단 직진! 도로는 막혔고, 휴대폰엔 권외 표시가 떠 있었다. 인터넷도 디지지 않아 오로지 직감만 믿고 가야 했다. 한참 뛰다가 지쳐서 헉헉거리는데, 저 언덕에서 쉬고 있는 말이 보였다. 그는 말을 보더니 반가워하며 올라탔다.

"타요."

"지금 뭐 하는 거예요? 말을 어떻게 타요?"

"학교에서 승마 배웠어요."

망설임 없는 나 자신에게 스스로도 조금 놀랐다. 거북목의 꼭짓점을 부드럽게 감싸며 팔을 두르고 몸을 띄웠다. 그 순간, 잔디밭에서 귀뚜라미 떼가 한꺼번에 튀어 올랐고, 그 바람에 뒤로 나자빠질 뻔했다. 마치 '우리 두고 가지 마'라는 듯, 이 광활한 초원은 너무 지루하다고 장난을 거는 것 같았다.

"내 허리 잡아요. 인류애니까 괜찮아요."

나는 그의 어깨를 꽉 잡았다. 탄탄하게 다져진 근육이, 내 몸을 단단히 지지해 주는 느낌이 들었다. 익숙한 실루엣과 이 속도감이 날 미치게 했다. 자칫 정신을 잃으면 말에서 떨어질 것만 같은 이 짜릿함. 그래서 어쩔 수 없이 의지할 수밖에 없는 부드러운 등.

나도 모르게 그의 양 날개 뼈 사이에 얼굴을 묻었다. 그 등이 내겐 하나의 랜드마크가 되었다. 아무도 모르는 장소, 오직 내 얼굴만 묻을 수 있는 비밀의 공간. 하지만 등기를 칠 수도, 내 거라고 침을 바를 수도 없다.

그렇게 도착한 농장은 연기로 가득했다. 바싹 타들어 가는 입술을 핥으니 소금 맛이 났다.

만약 우리가 청춘 로드무비를 찍고 있다면 바로 이 순간이 장르가 바뀌는 지점일 것이다. 이제까지 우정, 스릴러, 로맨스 모든 걸 아우르는 짬뽕물이었다면 지금부터는 히어로물이다. 중간에 뜬금없이 악당의 공격이 시작되고 숨겨 온 초능력을 꺼내야 하는 식. 사람들이 보기엔 멋지지만 당사자들은 병찌고 어이없는 그 장르 말이다.

"저 연기, 불난 게 아니라 연기로 구스베리 곰팡이를 없애는 거예요."

그가 나를 막아섰다. 거짓말이다. 마른 봄바람을 타고 불길은 빠르게 번지고 있었다. 학교에서 배운 화재 대피 훈련이 떠올랐다. 일단 아이들을 구해야 했다. 혹시 아까 잼을 만들던 부엌에서 불길이 시작된 게 아닐까 의심됐다. 하지만 그가 내 어깨를 잡아끌며 소리를 질렀다.

"내 말 들어요. 지금 들어가면 인생에서 많은 일들이 꼬일지도 몰라요. 우리가 현장에 있었다는 것만으로도…"

그러곤 잠시 말을 삼켰다.

"…용의자가 될 수도 있다고요."

그는 냉랭하게 말하며 뒤에서 내 어깨를 거세게 감싸안았다. 나 역시 내가 가진 힘을 다 끌어모아 그의 팔을 뿌리쳤다.

"아뇨, 뭐가 됐든 난 고결한 사람이 되고 싶어요. 여기서 포기하면 내 자신이 너무 구리게 느껴질 거예요. 가야겠어요."

"고결한 게 뭔데요, 그게 밥 먹여 줘요? 일단 안전하게…"

"안전? 그럼 관짝에 들어가 누워 있어요. 그게 젤 안전하니까."

진짜 관짝에 누우면 어떤 기분일까? 죽을 때까지 발버둥 쳐도 자신의 일부만 간신히 알게 될 뿐이다. 다만 내가 지금 아는 건, 도전이 안전이라는 것. 적어도 내게는 그랬다.

나는 안다. 내가 왜 이렇게 자꾸 오버하는지. 난 원래 이런 인간이 아니다. 살면서 한 번도 나의 도덕적 만족감 따위는 생각해 본 적 없다. 나조차 처음 보는 내 모습이다. 지금 내가 이렇게 나서는 이유는 어떤 인간, 오직 단 한 사람, 그러니까… 당신이… 날 보고 있기 때문이다.

"난 사실 아까 여기 들어섰을 때부터 불길했어요. 제발 가지 마요."

우린 뒹굴면서 레슬링을 했다. 올림픽에서만 본 그 '빳데루'를 여기서 하게 될 줄이야!

"그럼 우리 여기서 헤어지죠. 혼자서 실컷 만수무강하세요."

세상에…. 나도 모르게, 그의 급소를 찼다. 비명과 함께 순간 모든 게 얼어붙었다.

내 인생에서 이렇게까지 다이내믹한 폭력은 처음이었다. 도대체 뭐가 날 이렇게 터프하게 만든 걸까. 치사하지만 나도 모르게 그의 안경을 낚아채 내던졌다.

빠직.

타이밍 좋게 말이 발굽으로 안경을 뭉개 버렸다. 쿠키 부스러기처럼 산산조각 났다. 이런 식으로 안경을 벗길 생각은 아니었는데…. 서로에게 집중하느라 옆에 있는 말이 똥을 싸는지도 몰랐다. 방금 싼 말똥은 갓 구운 쿠키보다 뜨거웠다. 뒹굴다가 알게 됐다. 서로에게서 꼬릿한 냄새가 났고, 그게 말똥 때문이라는 것을.

드디어 그를 따돌리고, 나는 대충 입을 막은 채 불길 속으로 뛰어들었다. 스프링클러에서 쏟아진 물이 소나기처럼 차갑게 내리꽂혔다. 아이들을 대피시키고 나서야 이미 흠뻑 젖은 걸 깨달았다. 불 속으로 들어갔지만, 물에 빠진 생쥐가 되어 나왔다.

모든 게 부엌을 향해 쓰러져 있었다. 불에 탄 모든 것들은 불씨 쪽으로 고개를 향하는 법. 그 아수라장 한가운데에서 앞을 제대로 보지 못하는 그가 흐느적거리고 있었다. 단 1초. 그 짧은 순간, 수많은 생각이 머리를 스쳤다.

어떤 자세로 그를 들어야 할지, 만약 들쳐 업으려다 힘이 빠지면 어쩌지?

그런 생각도 잠시, 결국 나는 공주님 안기로 그를 번쩍 들어 올리고 말았다.

그 순간이었다. 분명 그때 미지의 존재를 느꼈다. 모두를 구한 뒤, 마지막으로 그를 안고 나왔다. 내 팔은 버들나무 가지처럼 파들거렸지만, 기적처럼 버텼다. 911 생존자들의 이야기가 떠올랐다. 마지막 탈출을 할 때 미지의 존재가 나타나 계단 통로를 알려 줬다고. 내게도 그런 순간이 왔다. 그건 엄마였다. 그 순간 엄마의 목소리가 생생하게 들렸다.

"이쪽이야."

매캐한 연기에 눈물이 뒤엉켜 줄줄 흘러내렸다. 눈물 탓인지 시야가 갑자기 극단적으로 밝아졌다. 아무리 눈을 닦아내도 그 빛은 사라지지 않았다.

"저기요! 좀 일어나 봐요."

그 순간, 눈꺼풀이 스르륵 열렸다. 꿈이었다. 도로에 갇힌 차 안에서 깜빡 잠이 들었나 보다. 부은 손에는 반지가 끼워져 있었다. 서둘러 그의 안경을 더듬었다. 다행히 멀쩡했다.

"안경 괜찮은 거죠? 어디 다친 데 없는 거죠?"

"무슨 잠꼬대를 그렇게 심하게 해요?"

순간 코끝을 찌르는 냄새가 났다. 설마 말똥 냄새인가? 아니었다. 전복된 돼지 트럭의 냄새였다. 습기를 머금은 봄바람을 타고 고약한 냄새가 차 안으로 스며들었다. 가다 서다를 반복하는 동안, 내 안의 작은 파도가 큰 파도로 합쳐졌다. 결국, 목구멍까지 차고 올라온 구렁이가 튀어나오려 했다. 저항할 겨를도 없이, 그대로 그의 얼굴을 향해 토하고야 말았다.

쪽팔림의 끝. 그는 조용히 안전벨트 버클을 풀어 주었다. 최악의 상황이지만 어쩐지 웃겼다. 이게 사랑이 아니면 뭘까. 안 된다. 사랑이면 안 된다. 그럼 인생, 피곤해진다.

그런데, 적어도 이 순간만큼은 인정하고 싶었다. 딱 1분만이라도. 그 사실을 인정하자, 살아 있다는 기분이 들었다.

"차 안에서 이렇게 잘 자는 사람 처음 봐요."

"태어날 때부터 승객이었대요. 달리는 차에서 태어나서. 그래서 여기가 편한가 봐요."

뻥이다. 뻘쭘할 때마다 이런 말이 줄줄 입에서 잘도 나온다. 그런데 정말 이상하다. 불면증으로 늘 뒤척이던 내가, 어째서 여기선 이리도 잘 자는 걸까? 왜 그의 옆에선 편안해지는 걸까? 정말 미스터리다.

깊은 목소리

 그제야 알았다. 그녀가 차에서 토하던 순간, 나도 그날이 떠올랐다.
 파리에 처음 도착하던 날, 양부모 집으로 가던 길도 이랬다. 좁은 길을 달리던 차는 가다 서다를 반복했고 나는 결국 참지 못하고 토해 버렸다. 그때 내 입가를 닦아 주던 양어머니의 손길을 기억한다. 그녀는 담담한 얼굴로 손수건을 꺼내 조용히 내 입가를 닦아 주었다.
 그리고 안전벨트 버클을 풀어 주던 그 손길. 그 순간, 살 것 같았다. 답답했던 가슴이 조금씩 편해졌다. 차 안의 공기도 조금은 부드럽게 느껴졌다. 많은 기억들이 세월 속에 희미해졌지만, 그 감촉만은 선명하게 남아 나를 따라다녔다. 나는 다시 그녀를 바라보았다.

'이 또라이는 뭐지?'

왜 이 사람은 내 인생의 중요한 편집점들을 떠올리게 하는 거지? 그것도 모자라 내 기억들을 흔들어 놓고, 아픈 구석을 툭 하고 건드린다. 그녀는 아무것도 하지 않았다. 그런데도 그냥 존재만으로 내 상처를 부드럽게 감싸고, 그 감촉이 나를 지켜준다.

차 안은 시큼한 냄새로 가득했다. 우리 양부모가 그랬듯, 나도 아무런 티를 내지 않고 묵묵히 핸들을 잡았다. 차창 밖으로 스쳐 지나가는 풍경을 보며 속으로 숫자를 셌다. 하나, 둘, 셋. 이상하게도 숫자를 세면 생각이 정리됐다.

그때였다. 전파가 다시 잡혔다. 인터뷰 시간을 미뤄야 했다. 편집장에게 보고하지 않고 곧장 전화를 걸었다. 이번 호는 창간 특집 기념호였다. 내 생일보다 더 중요한 축제. 편집장은 당연히 예민했다.

신호음이 두 번 울리다 상대가 전화를 받았다. "초이입니다." 낯익은 목소리였다. 나는 순간 핸들을 틀 뻔했다. 초이, 파리에서 가장 핫한 라이징 스타 셰프.

수화기 너머로 들리는 목소리는 분명 너무나도 익숙했다. 잊을 리 없다. 아니 단 한 번도 잊은 적 없다. 깊고, 낮고, 어딘가 멀리서 들려오는 듯한 소리. 서늘하면서도 동시에 따스한.
그 소리는 나를 아주 오래전 그 자리로 데려가는 듯했다.

불나방

 통화권 이탈 지역을 벗어났다. 신호가 안 잡히면 고립감을 느낄 줄 알았는데 오히려 해방감이 컸다. 세상과 단절된 그 시간이 내게 뜻밖의 자유를 선사했다. 토했더니 몸이 뭔가를 채워 달라는 신호를 보냈다. 구멍가게에서 말라비틀어진 피자를 샀다. 탄산이 다 빠진 콜라는 미지근했지만 지금은 이게 최선이다.

 피자를 한입 베어 물려는 순간 핸드폰이 울렸다. 매번 듣는 건영의 '여보세요'에서 슬픔의 색깔이 짙어졌다. 뭔가 큰일이 벌어졌음을 직감했다.

 "어머님, 돌아가셨어."

 차분하다 못해 차가운 말투였다. 말문이 막혔다. 엄마가 가 버렸다니. 전화가 터지지 않는 구역에 있어서 무슨 일이 벌어지는 중인지 나는 전혀 모르고 있었다.

"아버지라는 분이 찾아오셨어. 그런데…"

건영이 말끝을 흐렸다. 서늘한 침묵이 흘렀다. 도무지 뭐라고 대답해야 할지 알 수 없었다. 정의할 수 없는 감정들이 언어가 되지 못한 채 입안에서 맴돌다가 사라졌다.

"그런데 말이야… 아니, 아니야…."

건영은 얼버무렸다. 나는 안다. 그 인간이 왜 나타났는지. 돈 때문이다. 건영에게 무례한 짓을 하지 않았을지 걱정되었다.

엄마가 아빠에게 받은 모멸, 수치, 그 치욕을 내가 대신 갚아 줘야 했기에, 나는 내 손으로 장례식을 치르고 싶었다. 나 대신 법적 배우자인 아빠가 그 중요한 의식을 치르게 냅둔다면 지금껏 내가 해 온 모든 게 물거품이 될 것만 같았다. 엄마의 마지막 배웅만큼은 반드시 내 손으로 해야만 한다. 그래서 나는 불나방처럼 여기까지 달려온 거다.

엄마는 끝내 이혼 서류에 도장을 찍지 않았다. 법적으로 남편의 자리를 남겨 둔 채 생을 마감했다. 설마 끝까지… 아빠를 기다렸던 건 아니겠지? 그렇다면 정말 실망이다.

아직도 엄마의 목소리가 귓가에 생생하다.

"남자 고르는 거, 생선 고르는 거랑 똑같아. 이 눈만 보면 돼. 네 아빠 눈빛이 얼마나 초롱하니."

죽어서까지 자기에게 남긴 돈이 있는 걸 알면 기어이 찾아올 그 동태 같은 눈깔.

인간이란 어째서 생의 마지막 순간까지도 이토록 어리석은 걸까? 어째서 자신을 버린 사람의 얼굴이 한 번 더 보고 싶은 걸까? 그 구역질 나는 꼴은, 그 어리석은 눈깔은, 어지간히 마음의 준비를 하지 않고는 견디기 힘들다.

엄마의 기저귀를 처음 갈던 그날부로 나는 이제 엄마의 인생이 끝장났다고 생각했다. 동시에, 엄마가 아기였던 내 기저귀를 이렇게 갈았다고 생각하니 조금 울컥했다. 결국 진정한 삶의 목격자란, 서로의 똥오줌을 받아 주는 관계가 아닐까. 우리는 살아 있기에 배설한다. 결국 모두가 똥싸개로 태어나 똥싸개로 죽는다. 아무리 잘난 인간이라도 늙고, 아프고, 죽는다. 그렇기에 우리는 사랑을 하는지도 모르겠다.

엄마는 평생 허리 라인을 강조하는 원피스를 입었다. 엉덩이엔 뭔가를 집어넣어 삼대칠 황금비율 같은 걸 맞추려 애썼다. 시대의 유행은 변하는데 오직 자신만의 그 '투머치'한 스타일을 고수했다. 모든 옷엔 어깨 패드가 있었고, 그 패드 볼륨 정도의 컬을 넣은 파마머리 스타일을 유지했다. 그 볼륨이 꺼지면 당장 죽는 사람처럼, 집에서도 늘 구르프를 말고 있었다.

그런 엄마에 질려 버린 나는 내내 까만 나이키 트레이닝복만 입고 다녔다. 그러니까 이러고 다니는 건 스티브 잡스보다 내가 먼저였다. 다만, 세상에 등장한 순서가 조금 늦었을 뿐이지.

내 전화가 다시 쉴 새 없이 울렸다. 장례를 앞두고 유일한 혈육인 내가 지구 반대편에 있으니 당연했다.

"입관식에 어떤 걸 넣을까?"

"립스틱. 샤넬 루주 코코."

"잘 타는 걸로 고르래."

"하이힐, 아 그것도 잘 안 타지. 머리에 돌돌 마는 구르프. 그래, 그게 좋겠다. 하늘에서도 **빵빵**해야지."

전화를 끊고 나니 가슴이 서늘해졌다.

우리 엄마… 그 볼륨 하나로 인생 버텼는데… 그 모든 게 이제 한 줌의 재가 된다니.

돌고래 울음소리

전화를 끊자마자 그녀가 울음을 터뜨렸다. 갓 태어난 아기가 첫 울음을 터뜨리듯, 소리 내어 울음을 토해 냈다.

"막상 눈물이 안 날 줄 알았어요. 엄청 후련하고 개운할 줄 알았거든요."

"다 울어 버려요."

그녀의 눈물이 내 어깨에 스며들었다. 나도 모르게 그녀를 안고 있었다. 디즈니랜드 알바생처럼. 손님이 먼저 포옹을 풀기 전까진 절대 먼저 풀지 않도록 훈련받은 그들처럼, 나도 성실하게 그녀를 안았다. 동시대를 살아가는 한 인간으로서, 한 지구인으로서 힘껏 끌어안았다. 그녀는 내가 안아 줄수록 더 크게 울었다. 처음에는 응앙응앙, 나중에는 마치 들짐승이 포효하듯 그르

렁거렸다. 손님이 계속해서 울 때, 어떻게 대처해야 하는지에 관한 매뉴얼은 모르겠다. 그건 디즈니랜드 알바생도 모를 거다.

괜히 어설프게 위로했다간 이도 저도 안 될 거 같아 나는 가만히 입 다물고 옆에 있었다. 피자는 그 자리에서 돌덩이처럼 굳어 갔다. 그 위로 서서히 내려앉은 화산재가 토핑처럼 보였다. 얼음이 녹아 싱거워진 콜라로 겨우 목을 축였다. 출발 시간이 이미 지나 있었지만 나는 그 자리를 떠나기 어려웠다. 어떤 핑계를 대야 할지 머릿속으로 조용히 리스트를 만들기 시작했다.

멀리서 편집장의 목소리가 들리는 듯했다.

"넌 프로가 출장 중에 아프냐?"

그 소리는 죽어도 듣기 싫다. 아파서 늦었다는 핑계는 쪽팔림의 극치다.

"그래서? 대안 가지고 와!"

그 뒤엔 이렇게 소리를 지를 테고, 대안… 그래 대안이 있다. 울음을 그치지 않는 그녀에게 돌고래 울음소리를 틀어 주었다. 기내에서 아기가 울면 이거 하나로 영웅이 되곤 했다.

부우우우 부우우우.

"어, 이거 어디서 들어 본 건데?"

그럼 그렇지. 좀 전까지만 해도 아기처럼 울어 재끼던 그녀가 신기해하며 소리에 관심을 보였다.

"돌고래 울음소리인데, 자궁 안에서 듣던 소리랑 비슷해서 이

소리를 들으면 아기가 울음을 뚝 멈춘다고 해요."

그렇게 그녀의 관심을 돌려 이 상황을 벗어나려 했다. 그런데…

"내가 아기예요?"

"그럼 아니에요?"

나도 모르게 그 말이 튀어나왔다.

"근데 저 이 소리 최근에 들은 적 있어요. 비행기에서 어떤 손님이 틀었거든요…."

"며칠 전 암스테르담행?"

"맞아요."

"우리 그럼 같은 비행기?"

아이스크림 장례식

울고 있는 내게 그가 돌고래 울음소리를 틀어 줬다. 이륙 중 아기가 심하게 울어 댔고, 어떤 손님이 이걸 틀어 아기가 울음을 뚝 그치게 만들었다. 그 순간을 생생히 기억한다. 거북목, 커피콩 눈동자, 그 다정한 사람이 바로 이 남자라니. 내가 오해했다. 다정한 남자는 멸종위기가 아니다. 다만, 잠재된 다정함을 우리가 보지 못할 뿐이다. 그 다정함을 누군가가 꺼내 줘야 하는 것일 뿐.

"우리 그럼 같은 비행기?" 그의 물음에 순간 정적이 흘렀고, 내 배에서 꼬르륵거리는 소리가 울리고 말았다.

"엄마가 마지막으로 드시고 싶어 하셨던 게 뭐예요?" 그가 센스 있게 물었다.

"빵빠레 아이스크림이요."

바닥에 엉덩이를 붙이고 앉은 지 몇 시간이 흘렀다. 돌덩이가 될 거 같아 일어섰다.

"커피는 의사 모르게 콧줄로 슬쩍 넣어 줬는데 빵빠레는 방법이 없더라고요."

"그래도 돼요?"

"안 되죠. 엄마는 뜨거운 커피가 아니면 입에도 안 댔어요. 차가운 건 향이 없다고 질색. 그래서 뜨거운 믹스커피를 주사기에 담아 콧줄로 넣어 줬는데, 그때 진짜 엄마 보내는 줄 알았어요."

엄마는 속에서 천불이 나도 커피만큼은 뜨거워야 했다. 그 미지근한 커피를 주사기에 담아 콧줄로 넣어 주는 순간이 가장 마음 아팠다.

"우리도 아이스크림 먹을래요? 지금 우리한테도 필요할 것 같은데."

그가 아이스크림을 사서 조용히 근처에 있는 묘비로 차를 몰았다.

"묘비가 있는 동네에 사는 아이들은 성취율이 높대요. 죽음을 인식하며 살아간다는 게 그런 거겠죠?"

"난 왠지 지나갈 때마다 무서울 거 같은데."

나는 아이스크림을 한입 베어 물며 묘비를 바라봤다.

"내가 살던 동네에도 묘비가 널렸어요. 유럽은 선생 기념비가 동네 장식이죠. 그쪽은 묘비명에 뭐라고 쓰고 싶어요?"

"글쎄요… 잘 놀다 갑니다? 아! 이게 중요해요. 괄호! 괄호 치고 떡볶이 먹다 죽다."

"떡볶이?"

"임종 직전엔 역시 떡볶이가 최고죠. 언제 죽을지 모르니까 자주 먹어 줘야 해요."

그 말 뒤로 침묵이 흘렀다. 난 말없이 울면서 아이스크림을 먹었다. 그가 그런 나를 아무렇지 않게 내버려둬서 좋았다. 휴지를 주면서 울지 말라거나 하는 식의 다독임이 없어서 마음이 편했다. 눈물과 아이스크림이 범벅돼서 솔티드 바닐라 아이스크림이 되어 버렸다.

"이거라도 쓸래요?"

그가 자기 선글라스를 벗어 내 얼굴에 얹어 줬다.

"서른 돼 보니까 울면 너무 못생겨져서. 그러고 있어요."

이거 의외로 굉장히 안심하게 되는데.

"〈아이스크림의 황제〉라는 시 알아요?"

"처음 들어요."

"중학교 문학 시간에 배웠어요. 냉장고가 없던 시절, 더운 날 장례식을 하면 손님에게 아이스크림을 직접 만들어서 대접했대요."

"장례식에 육개장 대신 아이스크림이라니."

잠시 내 입안의 아이스크림이 조금 더 달게 느껴졌다. 그 순간, 우리는 전혀 다른 교육을 받으며 자랐다는 사실을 새삼 실감했다.

"프랑스 문학 시간엔 그런 걸 배워요? 아름다운 거, 아이스크림 장례식 같은 거. 난 쓰레기 같은 《춘향전》을 배웠는데."

"《춘향전》도 아름답죠. 충절, 뚝심, 기개?"

"충절은 개뿔, 사또가 수청을 들라 말라, 그걸 우리가 왜 읽어야 해요?"

"음…."

"그 시궁창 같은 걸 왜 어린애들한테 읽히냐고요, 예쁜 것만 보여 줄 순 없었나?"

"…."

"나도 춘향전 말고 《마담 보바리》를 읽었으면 좋았을걸."

"그쪽은 춘향이보다 보바리다?"

"나는요, 사또의 수청을 들지 말지 그딴 건 관심 없어요. 보바리 부인이 어떻게 자기 욕망을 풀어내는지, 그런 게 더 궁금하다고요."

그가 고개를 끄덕였다.

"확실히, 춘향이보다 보바리랑 더 드라이브하고 싶기 해요."

그래 어쩌면 그건 '무엇'의 문제가 아니라 '어떻게'의 문제일지도 모른다.

"프랑스에서 《춘향전》을 읽었다면 어땠을까요?"

"정조의 아이콘이 아니라, 19금의 여신으로 재해석할 수도 있겠죠."

무심코 프랑스에서 교육받았을 나를 상상해 본다. 상상은 언제나 나를 살아 있게 한다. 그를 향한 별난 질투심이 고개를 쳐들었다. 분명 비슷하다고 생각했다. 어느덧 서른을 넘긴 혼란스러운 마음, 방향 없는 불안… 그런데 그의 이야기를 들을수록 우린 샹송과 트로트만큼이나 섞일 수 없는 존재란 걸 깨달았다. 그는 나보다 훨씬 크고 우아하고, 웅장한 세계에 있는 것 같았다. 마치 내가 닿을 수 없는 별을 올려다보는 느낌이었다.

그가 이 어설픈 추모에 '아이스크림 장례식'이란 이름을 붙였지만 특별할 건 없었다. 그냥 아이스크림을 먹으면서 엄마에 대해 추억했다. 마지막으로 그가 불어로 '해피버스데이 투 유'를 불렀다. 그 순간 장례식이 축제가 됐다.

"이 나라에선 죽음은 사라지는 게 아니라 새로운 곳에서의 탄생으로 여겨요."

낯설지만 이곳의 방식이 그렇다면 나쁠 게 없었다. 그들에겐 장례식조차 낭만적이어야 했다. 나도 모르게 박수를 쳤다. 엄마가 죽었는데 웃으면서 박수를 친다는 이 상황이 기묘했지만, 동시에 자연스러웠다.

왜 하필 지금일까?

엄마는 죽음의 문턱을 몇 번이나 들락날락했고, 하필이면 지금 아주 영영 떠나 버렸다. 그리고 그 순간, 나는 고작 며칠 전에 알게 된 이 낯선 남자와 생의 가장 굵직한 의식을 함께 치렀다. 그런데 어째서인지, 이 사람에게서 내가 평생 찾아 헤맨 소속감이 느껴졌다. 직업으로, 일로 채우려 했던 소속감이 그의 품에서는 아무것도 안 해도 그냥 느껴졌다.

뿌리

 그녀는 내가 엄마가 없는 사람이란 걸 조금도 신경 쓰지 않았다. 아니, 애초에 그런 여유가 없었겠지. 그녀의 엄마 이야기를 들으면서 가까워졌다는 기분이 들었지만, 어쩌면 내 착각이었을지도 모른다. 언젠가 나도 우리 엄마를 누군가에게 설명할 날이 올까?
 "솔직히 엄마가 평생을 하루도 빼놓지 않고 괴로워하길 바랐어요. 근데 그쪽 엄마 이야기를 들으니까 우리 엄마가 궁금해졌어요. 그것도 상당히…."
 처음이었다. 자신의 단단한 뿌리를 내 앞에서 자랑하는 여자. 그게 자랑인지도 모르는 여자. 그게 제법 근사하게 느껴졌다.
 뿌리가 송두리째 뽑힌 나는, 외딴곳에 옮겨 심어진 사람이다.

그딴 게 없이도 잘 살아왔지만 처음으로 그 뿌리가 궁금해졌다. 한국도 낯설고 프랑스도 여전히 낯설다. 두 개의 언어, 두 개의 시간대, 두 개의 삶이 날 불안정하게 만들었다. 언제나 이쪽과 저쪽 사이에서 균형을 잡으며 흔들렸다. 그녀를 만난 뒤 그 진폭은 더 커졌다. 그녀라는 변수가 내 안의 균형을 흔들어 놓은 것이다.

출발 전 홍콩으로 보내 놓은 내 DNA 검사 결과가 문득 궁금해졌다. 은행 이벤트로 유행처럼 번진 이 검사가 잃어버린 쌍둥이를 재회시키기도 했다. 설마 이런 게 가능해? 싶은 것도 가능해져 버린 시대다. 마침 내 생일에 무료 키트를 선물받았다. 물론 보육원을 뒤지거나 입양 기관을 다시 수소문한다면 찾아낼 수도 있을 것이다. 하지만 난 그 복잡하고 비효율적인 과정이 싫었다.

이렇게 간단해도 되는 거야?

긴 면봉으로 입안을 10초 동안 긁으면 끝난다니, 기가 막혔다. 그걸로 샘플을 채취하고 유전자 정보를 분석한다. 그 면봉 하나에 내 모든 운명이 걸려 있다는 게 어이없고 동시에 화가 났다. 개인의 유전자 프로필이 생성되면 검사 결과가 등록된다. 데이터베이스가 알아서 일치하는 사람을 찾아 준다. 주사위는 던져졌고 내겐 기다리는 일만 남았다.

'만약 내가 버려진 게 아니라 어떤 사정이 있었던 거라면?' 내

심 이런 상상을 해 봤다.

　분명 사정이 있었던 거지? 맞지? 그래, 그럴 리가 없지.

　엄마를 잃는다는 감정이 어떤 건지 짐작조차 안 된다. 하지만 내겐 엄마를 잃을 수 있다는 것조차 부러웠다. 내가 엄마를 잃었다면 어떻게 울었을까? 얼마나 슬플까? 애초에 만나 본 적 없는 나의 엄마에 대해서 궁금한 게 많아졌다. 엄마의 옷장은 어떤 모습일까?

　그러나 더 이상 한눈을 팔아선 안 됐다. 편집장의 재촉 문자가 연달아 울렸다. 인터뷰까지 시간이 촉박했다. '여기까지만 들어주고 이제는 내 길을 가야지' 그렇게 다짐했건만, 어디서 대화를 끊어야 할지 몰라 시간이 훌쩍 흘렀다.

　당장 내가 해야만 하는 일은 지금 그녀와… 헤어지는 것뿐이다.

　나는 펑크 난 지면을 메꾸러 뛰어가야 하는, 그저 일개 에디터다! 나는 그렇게, 뛰었다.

3장

당신의 흔적

말린 어깨

차는 조용히 기차역을 향해 달렸다. 서로 아무런 말이 없었다. 우리는 어쩌면 그 어떤 말보다 더 많은 걸 공유하게 되어 버렸는지도 모른다.

"무사히 귀국하시길 바라요."

그의 담담한 말투, 그건 정중한 무관심이었다.

겨우 할 말이 그것뿐이야? 우리가 그렇게 뻔한 말 한마디로 헤어질 수 있는 사이가 아니잖아.

"며칠간 고마웠어요."

하마터면 "며칠간 보고 싶을 거예요"라는 말이 튀어나올 뻔했다.

순간 목구멍이 말라붙었다. 입 밖에 꺼내는 순간, 돌이킬 수 없는 일을 저지를 것만 같았다. 내 마음을 들킬까 두려웠다.

"등이 왜 이렇게 굳었어요? 누가 보면 거북인 줄 알겠네."

그때, 그가 조심스럽게 손을 뻗어 내 등을 쓸어 주었다. 장황한 인사도, 어설픈 작별도 없었다. 조용하고 단단한 손길이, 내 어깨와 등을 천천히 감쌌다. 그 순간, 말린 어깨가 부드럽게 풀어졌다.

내 등의 세포가 하나하나 다시 살아나 척추가 제대로 맞물렸다. 영영 잊을 수 없는 감촉이었다. 딱딱하게 굳은 날개 뼈가 말랑하게 펴지는 느낌. 나는 그 순간 잠시 멈춰 섰다. 말하지 못한 감정이 손끝에 남았다. 그 온기를 내 몸 깊숙이 품었다. 그렇게, 마지막으로 그가 내 등을 쓸어 주며 우리 두 사람은 헤어졌다.

어쩌면 그때부터인 것 같다.

셔츠에 번진 땀자국,

겨드랑이에 끼워진 책 한 권,

세상에서 가장 환상적인 거북목,

늘 해결책을 주는 질문,

갓 뜯은 미나리 향.

내가 이상하게 변해 버린 시작점이, 바로 그 순간이었던 것 같다.

역 끝 볼록 거울에 비친 그의 뒷모습을 힐긋 훔쳐본다. 뒷모습이란 참 이상하다. 고작 뒷모습인데 그 안에 모든 게 들어 있다. 일말의 미련없이 단박에 돌아서던 그의 몸짓에 내 다리가 풀려 버렸다. '아니 그럼 뭘 해야 서운하지 않은 건데?'라고 스스로 물어본다.

"저기요."

분명 서로 등을 돌린 채 멀어지고 있었다. 그런데 반대편에서 그가 날 불렀다.

"만약 하와이에 눈이 내리면, 우리 그때 만날래요?"

그건 다시 만날 수 없다는 말이다. 지금이 마지막이란 말이다.

"그래요! 나이아가라폭포가 거꾸로 흐르면 그때 삐삐 쳐요."

난 야호라고 외치듯 크게 소리치며 대답했다.

"근데 우리 서로 이름도 몰라요. 내 이름은 오해든이에요."

그 순간 기차가 플랫폼으로 들어왔고 굉음이 모든 말을 삼켰다. 그의 목소리는 소음과 섞여 더 이상 들리지 않았다. 물론 내 이름을 알려 줄 생각은 없었다. 아니 용기가 없었다. 왜냐하면 내 이름은 정원이기에, '해든 정원'이 되어 버린다. 그런 사소한 연결조차 신경 쓰였다.

그냥 기자라고 했을 땐 몰라봤다. 그런데 그 이름을 들었을 때, 그대로 얼어붙었다. 즐겨 읽던 〈선배와 나의 옷장〉의 에디터. 나는 이미 그의 글을 읽었다. 하트도 눌렀다. 심지어 리트윗까지… 프로필 사진과는 전혀 다른 얼굴이었다. 그 사진엔 커피콩 눈동자도 갓 뜯은 미나리 향도 없었다. 거북목인지 아닌지는 확인할 길도 없었다. 그런데 신기하다. 우리의 육체가 만나기도 훨씬 전에 이미 나의 영혼은 그를 만나고 있었던 것이다. 혹시라도 그 사람이 누군지 미리 알고 만났다면, 동경해 온 사람을 실물로 영접한 최악의 눈빛을 하고 있었을지도 모른다.

그와 진짜 작별하려면 적어도 이 유럽에서만큼은 서둘러 벗어나야 했다. 손가락 사이로 봄바람이 빠져나갔다. 묘한 그리움이 느껴졌다. 우연히 만나, 유럽의 먼 길을 함께했던 시간들. 고작 며칠 만에 한 사람으로 인해 내 인생에 거대한 변화가 감돌았다.

그렇게 우린 각자의 인생 속으로 흩어졌다. 어차피 돌아갈 곳은 정해져 있다. 이제는 정말 내 인생에 집중하고 싶다. 엄마가 남겨 주고 간 모든 것을 남김없이 활용할 생각이다.

다시 공항이 열리기 전까진 마냥 기다려야만 했다. 건영의 말로는 장례식에서 사람들이 아진을 딸로 착각할 정도였다고 한다. 고마웠다. 그걸 무엇으로 갚을 수 있을까. 그런데 나 역시 그랬을 거다. 만약 아진의 엄마가 돌아가셨고, 딸인 아진이 화산 폭발로 유럽에 발이 묶였다면 나 역시 친구 대신 극성스러운 딸이 되었을 것이다. 허리가 끊어지라고 육개장을 나르고, 흩어진 국화꽃을 정리하고, 조문객들에게 머리를 숙였을 것이다. 아진처럼 나훈아 노래를 틀 자신은 없겠지만.

마침 아진이 뜻밖의 부탁을 했다. 그래서 이젠 내 차례다. 이번엔 내가 아진을 대신할 차례다. 어떤 우정은 가족애보다 끈끈

하고 사랑보다 실용적이다.

'엄마. 하필이면 지금, 세상이 이렇게 엉망이 될 줄은 몰랐어. 유럽 하늘이 닫혀 버렸을 때, 나도 순간 멍해졌어. 다들 장례식장으로 모이고 있을 텐데, 나만 파리로 가고 있네. 조금만 기다려 줘. 어떻게든 하늘길을 열어 볼게.

웃기지 엄마. 나는 늘 중요한 순간마다 엉뚱한 장소에 서 있는 것 같아. 모두가 수학여행을 떠날 때 나 혼자 음악실에서 피아노를 두드렸던 것처럼. 왜 그런지는 나도 몰라. 남들이 가지 않는 자리에서, 남들이 듣지 못한 소리를 들으며 서성이는 것. 그 유별난 체험이 이제는 조금 특별한 명예처럼 느껴져. 엄마, 엄마라면 이런 내 운명을 이해해 줄 수 있지?'

아진이 조금 이상해졌던 건 S사 16층 예능국에 막내 작가로 출근하면서부터였다. 우리가 처음부터 친했던 건 아니다. 연극반이었던 나와 방송반이었던 아진은 그 시절엔 앙숙이었다. 도서관에 들어오는 신간 《에이프릴 점프트리》 만화책을 먼저 빌리기 위해 늘 신경이 곤두서 있었다. 막상 빌려 놓곤 읽지도 않았다. 새 책을 내 손에 먼저 넣었다는 기쁨 정도가 다였다. 모두가 무라카미 하루키를 끼고 다닐 때 우린 좀 달라 보이고 싶었다. 나는 이언 매큐언을, 아진은 줄리언 반스를 선택함으로써 에고를 뽐내곤 했다. 물론 실상을 말하자면 이언 매큐언을 좋아한 게 아니라 이언 매큐언을 좋아하는 나를 좋아했다. 우린 그렇게 겉멋을 부리는 족속이란 걸 서로가 알아봤다.

그러다 어느새 겉멋이 아니라 진짜 이언 매큐언에 빠져들기 시작했다. 아진이 내게 책을 빌려 달라고 했을 때 왠지 나도 질 수 없다는 생각에 끝까지 읽었다. 다시 내 손에 돌아온 책엔 옅은 담배 냄새와 그걸 덮으려는 달콤한 휴고 향수의 향이 잔잔히 배어 있었다. 이언 매큐언을 읽고 나면 체육대회 다음 날처럼 삭신이 쑤셨다. 전력 질주를 한 것도 아닌데 머리에 땀 냄새가 나는 기분. 고작 소설 한 권이 몸을 이렇게 만들 수 있다는 걸 그때 처음 알았다.

"오늘 야자 제껴."

"왜?"

"오늘 젝키 오빠 공개방송 있어."

"다음 주는 에쵸티 오빠들 품앗이 해 주는 거다? 그럼 따라갈게."

우리는 문제집 푸는 기술 대신 조금 다른 걸 공유했다. 공개방송 스케줄, 오빠들 응원법, 콘서트에 가기 위한 최단 루트. 젝키파였던 나와 에쵸티파였던 아진. 시간이 흘러 우린 결국 버스커버스커로 대통합됐다. 배드민턴 치자고 꼬시는 남자는 없었지만 벚꽃엔딩은 늘 함께했다.

아진은 연희동 부자 교회 목사 딸로, 태어날 때부터 모든 게 세팅된 금수저였다. 그래서였을까, 내가 만만해 보였을지도 모르겠다. 그 당시 나는 도시락 공장에서 밤새 일하고 학교에 갔다. 학교에서도 하는 거라고는 교실 맨 뒷자리에서 잠을 자는 것뿐. 그런데 나 말고 퍼질러 자던 애가 한 명 더 있었다. 나이트에서 밤새 놀다가 새벽기도까지 소화하고 온 아진이었다. 그때는 아진도 나를 친구로 생각하지 않았던 것 같다. 그저 옆자리에서 잠만 자는 애 정도로만 생각하지 않았을까.

"오늘은 무슨 반찬 만들다 왔어? 오징어볶음?"

"오늘 새벽기도는 요한복음 몇 절?"

그러던 중 우리가 친구가 될 수 있었던 '그 사건'이 일어났다. 당시 아진에겐 꽤 진지하게 진도를 빼던 남자 친구가 있었다. 그런 그가 사실은 아진네 교회 비리를 캐기 위해 접근한 기자라는 걸 알고 아진은 집을 나왔다. 그때부터 아진은 자기 힘으로 살아 보려다 다단계에 빠지기도 했다. 그 늪에서 아진을 끄집어내는 건 늘 내 몫이었다. 고시원을 알아볼 때는 내가 보탠 돈으로 창문 있는 방을 구했다.

"너 창문은 있어야 해. 그래야 울어도 다시 일어나."

"내가 왜 울어?"

"그 방 들어가면, 알게 될 거다."

아마 그 순간, 아진이 나를 진짜 친구로 생각하기 시작하지 않았나 싶다.

내겐 생활력이란 무기가 있었다. 그것만큼은 어디에 내놔도 1등이었다. 내 손으로 스스로를 먹여 살리는 그 재미가 지금껏 날 살렸고 아진도 살렸다. 참 신기했다. 난 아진을 돌보면서 오히려 힘이 솟았다. 사람은 누군가를 돌볼 때 생명력이 넘치기도 한다는 걸 그때 처음 알았다. 어쩌면 자식이라는 존재가 그런 걸까? 누군가를 보살피며 저도 모르게 생의 의지를 불태우고 그로부터 기쁨과 충만함을 얻는 경험. 그 경험이 인간을 살아가게 하는지도 모르겠다.

치호가 세상을 떠났을 때 나를 구해 준 건 아진이었다. 그렇게 우리는 서로를 구했다.

가까워졌다 멀어졌다 하던 순간도 있었다. 한동안 연락이 끊겼던 때도 있었다. 그러다 아진은 예능작가가 돼서 나타났다. 부모가 원했던 목회자 대신 선택한 직업이었다. 예전엔 남자를 돌처럼 대하더니 이젠 연애도 스펙이라는 소리를 녹음기처럼 반복했다. 소개팅을 워크숍이나 프로젝트 해치우듯 했다. 다시 만난 우리는 티모시 샬라메의 열렬한 팬이 되어 있었다. 각자 다른 곳에서 같은 영화를 일부러 찾아보고 있었다는 사실에 놀랐다. 아진은 영화 〈콜 미 바이 유어 네임〉을 본 뒤로 좀처럼 일상으로 돌아오지 못했다고 했다. 그때부터 자신이 좀 미쳐 버렸다고, 자신의 변곡점을 생생히 증언했다.

"발랄함 속에서 피어나는 먹먹한 표정, 어떻게 안 사랑하겠어?"

한때 멀어졌던 우정도 어느새 다시 끈끈해졌다. 남자 취향이 늘 달랐던 우리도 시간이 흐름에 따라 어느 정도 닮아 버린 것이다. 그 평범한 공감이, 훗날 우리의 운명을 흔들어 놓을 줄은 상상조차 못 했다.

아진은 〈솔로시대〉 작가였다. 멋진 싱글 출연자를 섭외하는 게 주된 업무라며, 어느 날 남자 사진 두 장을 내게 툭 던졌다.

"누가 더 끌려? 얼른 골라."

"둘 다. 왜 내가 고르는데?"

"너도 감각 좀 키워야지."

그 이후 나는 남자가 많은 곳에 자주 끌려다녔다. 일과 우정 둘 다 놓치기 싫다는 명분 아래 하얏트 제이제이에서 새벽까지 술을 마셔 대곤 했다. 그렇게 우리의 아지트는 평창동 '절벽'에서 한남동으로 바뀌었다. 아진은 청춘을 다 갈아 바쳐 만든 프로그램을 자신의 목숨처럼 여겼다. 가끔 그 무모한 열정이 무서웠다. 왜 매번 일에 모든 걸 거는지 이해할 수 없었다. 이번에도 목숨 걸고 일한다고 했다. 도대체 왜?

"하늘이 두 쪽 나도 이건 꼭 성사시켜야 해."

아진은 〈솔로시대〉 유럽 특집을 준비 중이었다. 방송용으로 오랫동안 공들인 치명적 비주얼의 셰프가 있었다. 내가 봐도 역대급이었다. 그런데 단박에 거절당했단다.

"이보다 완벽한 출연자는 없어."

그래도 포기하지 않고 직접 만나 오케이를 받아 내겠다며 미팅을 잡았다. 그런데 하필이면 그때 아이슬란드 화산 폭발로 비행기가 취소된 것이었다. 아진은 발을 동동 굴렀고 이 기회를 놓치기 싫다며 마침 거기 있는 내게 무리한 부탁을 했다. 그렇게 나는 지금 파리로 향하고 있다. 가면서도 이게 맞는 거야? 싶었다.

인터뷰

차를 반납하러 가는 길. 무언가 텅 빈 기분이다. 전력 질주했지만 늦어 버렸다. 렌터카 반납을 앞두고 차를 점검하는데 그녀가 떨어뜨리고 간 립밤이 나왔다. 무심코 입술에 바르다가 정신이 번쩍 들었다. 그대로 쓰레기통에 던져 버렸다. 쓰레기통 끄트머리를 맞고 그대로 튕겨져 나온 립밤. 그 여자 앞에선 자꾸 내가 딴사람이 된다. 꼬마 하나가 왜 멀쩡한 걸 버리냐는 눈빛으로 날 쳐다봐서 립밤을 다시 주머니에 쑤셔 넣었다.

 렌터카 회사와 실랑이를 벌이느라 안 그래도 늦은 인터뷰에 더 늦어 버렸다. 최악이다. 불안한 마음에 녹음기와 수첩을 다시 한번 확인했다. 모든 것이 제자리에 있었다. 그래도 뭔가 빠뜨린 것 같은 느낌이 들었다. 카페에 도착해 자리를 잡으려는데, 날카로우면서도 익숙한 목소리가 들렸다.

"늦는 건 못 고치나 보네."

설마 했는데 역시나였다. 전화기 너머로 들었던 그 목소리. 나의 X, 최요한이었다. 10년이 흘러도 올곧은 등뼈는 그대로였다. 내가 그토록 피하고 싶었던 단 하나의 존재가 거기 있었다.

"오랜만이다, 최요한."

"초이로 불러. 그 이름 재수 없어."

"네가 셰프가 되다니, 오래 살고 볼 일이다."

어색함이 공기를 가득 채웠고 그 틈을 메우려고 생각 없이 중얼거렸다. 우리 둘 다 서로의 목소리가 떨리고 있다는 걸 알았다. 이 떨림을 진정시키려면 또 10년쯤은 걸릴 것만 같았다. 우리가 각자의 인생으로 흩어진 뒤, 그는 주방 보조로 5년을 지냈다고 한다. 겨우 이제 갓 레스토랑을 차렸다는데, 어느새 이 업계의 라이징 스타가 되어 있었다. 궁금한 게 아주 많았지만, 사적인 감정은 접어 둬야 했다. 아무리 프로인 척해 봤자 그의 앞에선 내 감정이 고스란히 새어 나오기에 입술을 꽉 물었다.

피차 놀란 건 마찬가지일 터. 아니, 막상 만나 보니 외려 그가 나보다 더 놀란 눈치였다. 언젠가 다시 마주칠 수도 있겠단 생각은 해 봤지만 그게 하필 지금일 줄은 몰랐다. 중학교 2학년 때 피아노 신동으로 소문이 난 요한은 대기업의 후원을 받아 파리로 유학을 왔다. 겉모습은 피아니스트라기보단 농구 특기생에 가까울 만큼 체격이 좋았다. 피아노 치는 덴 쓸모없어 보이는 근육, 꼿꼿한 등뼈는 보는 사람마저 꼿꼿하게 만들었다.

요한의 어머니는 서교동에서 미용실을 했다. 파마를 말던 손으로 정성스런 반찬도 만들었다. 그는 배낭에 큰 냄비와 고추장을 싸 들고 다니던, 유별난 밥심으로 사는 아이였다. 그때까지 나는 계속 변함없이 반복되는 일상을 보내고 있었다. 하지만 그의 등장이 내 일상을 흔들어 놓았다. 같은 학교에 다니는 유이한 동양인이었기 때문에 나는 반가운 마음이 드는 한편, 괜한 놀림거리가 되지 않기 위해 본능적으로 그를 피해 다녔다. 공연한 소문에 휩싸이지 않도록 조용히 살았다. 그건 생존에 가까운 습관이었다.

내가 그랬듯 그 역시 파리에 쉽게 적응할 리 없었다. 그도 나와 같은 정도로 이곳과 겉돌았으니까. 내가 맞아 가며 불어를 배웠듯이, 더 머리가 굳은 그가 이 길을 걷는다는 게 괜히 신경이 쓰였다. 서로 미끄러지고 휘청거리는 걸 알아봤기에 이상한 연대감이 생겼을지도 모른다.

혹시라도 그가 흑인 무리나 아랍계, 즉 말썽을 일으키는 애들의 먹잇감이 될까 걱정됐다. 그는 만만하게 보이기 딱 좋은 조건을 갖추고 있었다. 과녁의 중심은 늘 언어였다. 아직 불어에 서툰 특별반 애송이들로서는 인종차별을 피할 도리가 없었다. 오히려 안 당하는 게 이상한 일이라는 걸 아무도 내게 가르쳐 주지 않았다. 그래서 난 그에게 그 현실부터 알려 주고 싶었다.
 그리고 욕심도 났다. 불어를 사용하면서 느끼는 즐거움 같은 걸 그가 하루빨리 알게 되길 바랐다. 이유 없이 여성형이나 남성형으로 나뉘는 명사의 구간을 지나 불규칙한 문법들, 몸으로 부딪치며 찾아가는 발음과 리듬… 그러다 서서히 그 발음들이 입 안에서 춤추는 순간을, 그도 언제가 만나게 될 테니까.

 수학여행을 앞둔 오후, 우연히 학교 옥상 난간에 서 있는 요한을 발견했다. 누가 봐도 뛰어내릴 듯한 위태로운 발끝. 나도 모르게 가까이 다가가 뒤에서 그의 팔을 냅다 잡아당겼다. 그가 휘청이며 내 쪽으로 무게중심이 기울었고, 나는 그를 붙잡기 위해 무릎을 꿇었다. 엉덩방아를 찧어도 상관없었다. 중요한 건, 그를 낚아채 단단히 붙들어 놓치지 않는 것이니까.
 바람과 무게와 근육의 방향이 묘하게 맞아떨어진 그 짧은 찰나.
 그 순간, 이 세상에 태어난 이래로 가장 큰 쾌감을 맛봤다.
 그의 몸이 내 손에 닿았을 때, 뭔가가 흘러 들어왔다. 두려움, 절망, 그리고 동시에 희망 같은 것. 단순히 육체적으로만이 아니라 마음까지 이어진 듯했다.
 옥상 위를 스치던 바람, 추락하려던 사람을 낚아채 일으키는 중력을 거스르는 듯한 그 감각, 손끝에 감긴 그 작은 균형이 내 안에 이상한 전율을 남겼다.

그때 결심했다. 나는 앞으로 이 감각을 따라 살아가야겠다고.

"넌 엄마도 있는 애가 왜 죽어? 죽으려면 내가 죽어야지 네가 죽으면 엄마가 얼마나…."

그러다 말문이 막혔다.

"근데 옥상은 좀 별로잖아. 죽을 거면 더 폼 나게, 방법을 바꿔 봐. 적어도 내 눈에 절대로 띄지 않게 좀 창의적인 걸로."

그 일 이후, 우리는 자연스럽게 가까워졌다. 그의 발걸음에서 더 이상 어디서 죽을까, 어떻게 죽을까 하는 고민의 흔적은 사라졌다. 그 대신 우리는 함께 책을 읽기 시작했다. 《순수의 시대》를 시작으로 꽤 많은 고전을 독파했다. 책장을 넘기면서 나의 불안도 서서히 잦아들었다. 인생의 문장을 찾은 사람은 적어도 자살 같은 건 하지 않을 테니까.

그런 우리가 멀어지게 된 건, 그가 마약에 손을 대기 시작하면서부터였다. 어떤 방법을 써도 막을 수가 없었다. 마약중독자 모임에도 끌고 가도, 그조차 거부할 땐 내가 대신 그 자리에 앉아 있기까지 해 봐도 소용없었다. 가장 순수했던 시절의 나를 그에게 모두 쏟아부었지만 그를 변하게 만들기에는 역부족이었다.

우린 그렇게, 영원히 모르는 사람으로 살아가자고 약속했다. 그러니까 감상 따위는 필요 없다. 10년 만의 재회에 마음을 쏟는 일은 시간 낭비다. 지금 내게 중요한 건 오직 다음 질문이다.

"마지막 질문, 앞으로 어떤 셰프가 되고 싶어?"

요한은 아주 잠깐 고민하는 듯했다.

"칼 같은 사람이 되고 싶어."

"칼?"

"두렵지만, 주방에선 절대 없어선 안 되는 존재."

대답은 짧았고 그만큼 선명했다. 다시 녹취록을 들어 보려는데, 망할… 파일이 사라져 버렸다. 아니, 어쩌면 애초에 녹음 버튼을 누르지 않았던 것 같기도 하다. 아무리 기억을 더듬어도 머릿속은 새하얗다. 녹음기라는 존재에 의지하고 있었기에 정작 내 뇌는 제 기능을 하고 있지 않았다. 사실 그가 대답하고 있을 때 난 과거에 빠져 허우적대고 있었다.

망했다. 편집장이 누누이 강조하던 '녹취는 반드시 백업할 것'이라는 기본도 지키지 못했다. 인터뷰는 그 순간 오직 나만 감각한 걸 기록하는 거라고. 그리고 그 순간의 아름다움은 편집을 통해 극대화되는 거라고 했다. 서면으로 다시 답변을 정리해 달라고 하기엔 너무 쪽팔렸다. 이 일을 시작하고 처음으로 저지른 돌이킬 수 없는 실수였다.

다음 날, 식당 불이 꺼질 때까지 기다렸다가 거기서 나오는 요한을 따라갔다. 왜 아직도 그에게서 벗어나지 못하는지 모르겠다. 내가 바라는 건 단 하나. 그가 잘 살아 주는 것. 그게 전부였다.

하지만 내 걱정대로 그는 결국 범죄 소굴인 씨떼로 향하고 있었다. 아직도 마약을 배달하며 살아가고 있었다. 나는 그가 오토바이에 시동을 걸려는 순간, 그에게 다가가 어깨를 붙잡았다. 팔을 잡아끌어 소매를 걷어 올렸다. 예상대로 그의 팔뚝은 주삿바늘 자국으로 엉망이었다. 멍과 상처들 사이로 '1982'라는 숫자가 보였다. 글렌 굴드를 숭배하던 시절 새겼던 문신은 아직 위풍당당하게 빛나고 있었다.

"아직도 좆밥으로 사냐."

목소리가 갈라졌다. 요한은 인터뷰 때와는 전혀 다른 얼굴을 하고 있었다. 가소롭다는 표정, 더 이상 상대조차 하지 않겠다는 얼굴.

"엄마가 이러는 거 아셔?"

그는 피식 웃더니 고개를 옆으로 휙 돌렸다.

"그 엄마 친엄마 아냐. 퉤."

요한이 침을 뱉으며 어둠 속으로 사라졌다. 친엄마가 아닌 게 마치 내 잘못이라도 되는 양 쏘아붙였다. 아마도 그의 엄마가 만든 밥을 그보다도 더 많이 먹었을 나. 지금의 내 뼈와 피 그리고 살과 세포들은 그녀의 밥이 만든 것이다. 마늘장아찌, 오징어채조림, 들기름을 발라 구운 곱창김, 갓김치… 우린 그걸 밥 대신 바게트에 끼워 먹곤 했다. 반찬 밑엔 언제나 용돈과 손 편지가 있었다. 그게 내가 어렴풋이 경험한 '엄마'라는 존재였다.

요한이 침을 뱉은 그 순간, 내 안에 이상한 울림이 일렁였다.

이 문제를 해결하지 않으면 앞으로 나아갈 수 없을 것 같았다. 망가지는 요한을 모른 체하고 지나가면 나 자신을 용서할 수 없을지도 모른다. 어쩌면 그간 얻어먹은 밥값을 더 늦기 전에 치러야 한다는, 스스로에게 강제한 작은 채무이행 같은 걸지도 모르겠다.

화이트아스파라거스

 아진의 부탁으로 온 이곳은 하루에 단 하나의 테이블만 오픈하는 레스토랑이었다. 손님이 요청한 콘셉트로 메뉴를 구성하는 레스토랑. 이곳의 이름인 'bon vivant'는 '인생의 사소한 기쁨을 만끽하다'를 의미했다. 아진은 나를 위해 특별한 저녁을 예약해 두었다. 애초에 메뉴판 같은 것도 없었으므로 나는 그저 주는 대로 먹기만 하면 그만이었다.

 아담한 테이블 위로 핀 조명이 쏟아졌다. 긴 투병 끝에 돌아가신 엄마와 그 곁을 지키느라 지친 딸을 위한 밥상. 다소 상투적인 스토리로 구성된 상차림이었지만 진심이 담긴 저녁이었다. 식사는 해풍을 맞고 자라 달큰한 시금치수프로 시작됐다. 해풍을 견딘 그 강인함을 함께 먹는 기분이었다. 그냥 먹는 것과 이

재료의 여정을 알고 먹는 건 달랐다. 각 요리마다 설명이 적힌 카드가 곁들여졌다. 송로버섯이 흩뿌려진 간장게장, 노르망디산 까망베르치즈가 올라간 토마토마리네이드, 고소하게 튀겨 낸 아란치니를 백김치가 위풍당당하게 휘두르고 있었다. 순댓국을 재해석한 익숙하지만 낯선 요리, 무 대신 켄달롭으로 만들어 달콤한 깍두기 국물, 샐러드엔 고춧가루가 터프하게 흩뿌려져 있었다. 바삭하게 구워진 바게트는 그 속에 매콤하고 짭조름한 갓김치를 품고 있었고, 곁들어진 버터의 부드러움이 갓김치의 강한 개성을 감싸 주었다. 하나같이 한국적인 손길로 마무리된 음식들이었다.

화룡점정으로 프로방스에서 봄의 절정에만 나온다는 화이트 아스파라거스로 만든 튀김은, 놀랍도록 바삭하고 또 동시에 부드러웠다. 끝에 남는 달콤한 여운이 입안을 천천히 휘감았다. 햇살을 머금은 것처럼 눈부신 비주얼… 그 순간, 어깨가 봉긋 솟아올랐다. 인생을 바꿀 만한 만남은 언제나 조용히 찾아온다. 팡파르도, 카운트다운도 없이. 아주 사소한 전율, 나만 알아차리는 미세한 떨림만이 이 공간을 채우고 있었다. 그냥 튀김 하나 먹었을 뿐인데, 나는 전혀 다른 사람이 된 것만 같았다.

단지 난 아진의 빅 픽처를 따랐을 뿐이다. 그냥 맛있게만 먹으라고 했다. 애초에 맛없게 먹는다는 게 불가능하지 않은가. 식재료들은 워낙 신선해 딱히 요리하지 않아도 그 풍미만으로도 맛있을 것 같았다. 그런데 이것저것 시도해 자신만의 스타일을 찾아가는 그 열정이 요리를 더 빛나게 했다. 도대체 얼마나 비싼 저녁이길래 샹젤리제 한복판에서 원 테이블로 버틸 수 있는 걸까? 싶은 생각이 잠깐 들었지만, 곧 디저트가 나왔다. 소르베 위에 올라간 크리스피한 누룽지를 와그작 씹고 있는데 그가 나타났다.

셰프의 등장은 순간 공간의 온도를 바꿔 놓았다. 왜 아진이 이 남자에게 인생을 걸고 있는지, 단박에 이해가 됐다. 사진과 실물의 일치 여부? 그건 일치를 뛰어넘어서 상상을 초월했다. 압도. 초과. 머리부터 발끝까지 딱 방송용. 그는 한눈에 봐도 어깨가 딱 바라진 살아 있는 조각상이었다. 잘생겼다는 말로는 부족했다. 만년설을 뒤집어쓴 장엄한 산봉우리 같은 얼굴. 하얗다 못해 눈부시게 빛나는 피붓결과 담백한 쌍꺼풀이 지금, 내 앞에, 있다.

"연락드린 예정원 작가예요."

아진의 스파르타 교육을 받고 나는 막내 작가 역할에 집중했다. 구워삶으라 했으니 말마따나 구워삶으면 나의 역할은 끝이다.

악수를 건네는 그의 악력에 탄력감이 있었다. 어느 타이밍에 손을 놓아야 할지 몰라 악수가 길어졌다.

"오시는 길은… 힘들지 않았나요? 마침 화산까지 터져서 교통도 엉망인데."

그 순간이었다. 잔잔한 울림을 머금은 그의 목소리에, 이상하게도 욕심이 났다. 나와는 아무 상관없는 일이지만, 아진의 인생이 걸린 이 일을 무조건 성사시키고 싶어졌다.

"아주 많아요."

그가 내 검은 트레이닝복을 슬쩍 보더니, 표정이 살짝 굳었다.

"아, 이거요? 작업복이에요. 작가들은 촬영 때도 거의 이러고 다녀요. 실용성과 투혼의 상징 같은 거라고 봐 주세요."

나는 스파클링와인을 한 잔 들이켰다. 마치 무대의 막이 올라가기 직전처럼 심호흡을 했다.

"셰프님, 저희 프로 한번 출연해 보시는 거 어때요?"

그 순간만큼은 연극반 시절로 돌아간 듯했다. 오로지 목적을 달성하기 위해 극에 몰입한 캐릭터처럼.

"출연을 망설이시는 이유가 있을까요?"

"작가님, 사랑해 봤어요?"

이런 질문은 처음이다. 뭐라고 대답해야 하지? 눈알을 굴려 봤지만 생각나지 않았다.

"사랑은 둘이서 하는 건데 무대 위에서 하라고요? 전 연애를 무대가 아니라 전쟁터에서 배워서요. 그리고 저 남자 좋아합니다."

엄청 대단한 사랑이라도 해 본 듯이 굴기는,

"성적 취향이라는 거, 음식 취향처럼 살다 보면 바뀔 수도 있지 않나요? 고수가 싫다가 갑자기 좋아지는 날도 오는 것처럼요."

"아니요, 고수는 처음부터 좋았고 끝까지 좋아요."

잠시의 망설임도 없이 단호했다.

"아무래도 한국 방송에서 게이의 아름다운 사랑을 그릴 수 있는 그날을 기다려야겠네요. 아시잖아요? 아직은 구닥다리인 거."

아진이 알려 준 두 번째 매뉴얼을 떠올렸다.

'분위기가 망했다 싶으면 바로 가게 홍보를 건드려.'

연극이 길어지면 들켜 버린다. 어떻게 결론이 나든 빨리 이 연극이 끝났으면 했다.

"아시다시피 방송 출연하시면 가게 홍보도 되고 셰프님 명성도 높아지고 일석이조일 텐데요?"

"그런 건 더 싫어요. 성공엔 관심이 없어서요."

"듣던 대로 '시벨놈'이시네요. 아시죠? 제가 제일 좋아하는 프랑스어예요."

시벨놈은 미남이란 뜻으로, 급할 때 아진이 써먹으라며 알려 줬다.

"시벨놈이 아니라 시베에르노-옴이에요."

그가 프랑스어 발음을 교정해 줬다. 그 발음 교정을 누룽지를 씹으며 받게 되리라고는 상상도 못 했다.

"아뇨, 입술에 힘을 더 빼셔야 해요. 이렇게 에르노-옴."

그의 혀가 유려하게 미끄러졌다. 그는 자기 마음에 들 때까지 내 발음을 교정했다.

"이렇게요? 으에르니옴?"

그 순간, 작은 레스토랑 안에 경찰들이 들이닥쳤다.

순식간에 내 눈앞에서 첩보영화의 한 장면이 펼쳐졌다. 어찌 된 영문인지 셰프가 연행되고 있었다. 그런 와중에도 그는 당황하지 않고 담담한 표정이었다. 깜짝카메라는 아닌 듯했다. 순식간에 내 손에도 철컹 하고 차가운 수갑이 채워졌다.

이 모든 게 내 인생에서는 처음 있는 일이었다. 한국에서도 못 타 본 경찰차를 파리에서, 그것도 수갑까지 찬 채로 타다니. 룸미러 너머로 멀리 반짝이는 에펠탑이 보였다. 은은하게 빛나고 있는 비현실적인 자태가 희미하게 멀어지고 있었다.

에펠탑을 등진 채 나는 어디론가 끌려가고 있다. 셰프는 나와 다른 차에 태워졌다. 뭔가를 물어볼 겨를도 없었다. 통역은 붙여 주는 건가? 설마 아진이 범죄자를 섭외하려 했을 리는 없는데? 그리고 난 아무 죄도 없는데 왜?

파리는 경찰서조차 미적 감각이 넘치는 미술관 같았다. 심지어 수갑조차 로맨틱하게 느껴졌다. 여긴 국밥 대신 바게트에 버터를 발라 주려나? 커피 같은 거라도 주려나? 나는 이 상황이 좀처럼 실감 나지 않아 경찰서에 견학 온 심정으로 앉아 있었다. 물론 얼마 안 가 현실을 직시하게 됐지만. 그들은 모두 바빴고 난 한쪽에 꿔다 놓은 보릿자루가 됐다.

실내 공기가 건조해서 그런지 자꾸 재채기가 났다. 내가 재채기를 할 때마다 모두가 쳐다봐 주었다. 그러지 않았으면 내가 여기 있다는 것조차 모를 정도로 그들은 바쁘게 자신들의 일을 처리했다. 엉덩이는 점점 차가워졌고 내 몸은 서서히 얼어붙었다. 겨울도 아닌데 실내에는 알 수 없는 냉기가 감돌고 있었다.

어디서 들은 적이 있다. 프랑스는 행정 처리가 욕 나오게 느리다고. 그럼 내 억울함도 쉽게 풀리지 않겠지? 문득 영화 〈집으로 가는 길〉이 떠올랐다. 프랑스에서 억울하게 마약범으로 몰려 외딴섬에 있는 교도소에 2년이나 수감된 여성의 이야기. 그 영화를 볼 때만 해도 저게 말이 되나 하며 콧방귀를 꼈지만, 이젠 내 이야기로 시즌2를 만들 수도 있겠다는 두려움이 몰려왔다. 그래, 인생은 언제 어떻게 꼬일지 모른다. 결혼식을 코앞에 두고 대체 이게 다 무슨 일이람.

그 순간 어디선가 익숙한 목소리가 귓가에 날아들었다.

"괜찮아요?"

감기 기운에 열감이 돌더니 이제 헛것이 보이나 보다. 입은 바싹 말라 가고, 목이 간질거려 자꾸만 나오는 기침을 참느라 머리가 어지러웠다. 그런 와중에 내 앞에 서 있는 사람은 분명 그 사람이었다. 조금 지친 얼굴, 그새 자란 수염. 유창한 프랑스어로 뭔가를 해결해 내고 있었다.

불법적인 일에 가담하지 않았다는 진술서를 작성하고 그제야 나는 풀려났다.

"전생에 혹시 까마귀였어요?

"…네?"

"까마귀 아니면, 그럼 모나리자라도 돼요? 옷이 그거밖에 없어요?"

"네."

그가 다짜고짜 화를 냈다.

"이런 검정 트레이닝 후드티는 안 돼요! 여기선 무조건 검문당해요. 특히 씨떼라고 마약 거래하는 쪽 가면, 다 이러고 다녀요. 그래서 아무도 이렇게 안 입어요. 옷만 다른 거 입었어도 이런 어이없는 일은 안 당했을 텐데…."

"패션의 도시 파리에서 그게 말이 돼요? 르네상스 시대 상류층은 블랙만 입었거든요? 내 눈엔 블랙이 가장 시크하고 화려한 색채인데."

"블랙은 나도 사랑하지만, 여기서만은 자제해 주세요."

"그런데 어떻게 알고 왔어요? 혹시… 안보 실장이에요?"

"내가 신고했으니까요."

"뭐라고요? 설마 나를? 난 아닐 테고, 그 셰프를 신고한 거예요? 무슨 잘못이 있길래?"

"근데 그쪽은 왜 거기 있었어요? 일단 가면서 이야기해요. 이러고 다니면 또 검문당할 거 같으니까 우선 옷부터 삽시다."

생각지도 못한 내 스타일이 오해를 불렀다. 경찰서를 나온 우리 두 사람은 파리의 밤거리를 걸었다.

"초이 셰프랑은 친구였어요. 원래 이름은 최요한. 말하자면 복잡한데 그냥 꼴통이에요. 나도 걔를 10년 만에 봤어요. 자세한 사연을 말하긴 좀 그렇고. 근데… 우리 뭐 좀 먹을래요?"

"밥은 제가 살게요. 대신 순댓국 파는 곳으로 좀 데려가 줘요."

"순댓국?"

"감기 기운이 있어서 그게 땡겨요."

"그건 파리에 대한 예의가 아니죠. 1번 양파수프, 2번 어니언 수프."

"하하, 그게 뭐예요. 1번 계핏가루, 2번 시나몬 가루, 뭐 그런 건가요?"

어쩔 수 없이 양파수프를 앞에 두고 며칠 굶은 사람처럼 흡입했다.

"이 나라는 컨디션이나 여명808 같은 거 없어요. 양파수프가 감기약이나 숙취해소제, 진통제 등의 기능을 한다고 보면 돼요."

내가 재빨리 계산을 마쳤다.

"요 앞에 제가 다녔던 학교가 있는데, 구경할래요?"

그의 말에 잠시 고민하다가 고개를 끄덕였다.

"그냥 가면 파리에 대한 예의가 아니죠."

그렇게 우리 두 사람은 밤의 운동장에 갑작스럽게 방문했다.

"여기예요. 별건 없죠?"

"이게 학교라고요? 이렇게 큰 정원이 있다니 놀라운데요. 학교에서 좋은 추억이 많았나 봐요? 난 다시 가 보고 싶진 않은데."

"가끔 여기가 생각나요. 내가 제일 풋풋했던 시절을 보낸 곳이니까요."

"첫사랑 같은 거?"

"그런 비슷한 거죠. 이 나라에선 전 연인과도 계속 연락을 주고받고 인간적인 친구로 지내요. 인생의 한 시절을 같이 보낸 인연을 관계가 끝났다고 해서 매몰차게 내치진 않거든요."

"그쪽도 그렇게 지내요?"

"음… 또라이 1기랑은 그렇게까진 못해요. 저도 프랑스식이 완벽하게 맞는 건 아니라서요. 그럴 땐 영락없는 한국인이죠."

또라이 1기, 그러니까 자신의 첫사랑을 말하는 것 같았다.

"우리 학교가 원래는 귀족의 대저택이었대요. 저기, 중정 분수대 아래로 내려가는 비밀 계단이 있어요. 들어가 볼래요?"

그가 아무렇지 않게 말했다. 계단이 어두웠으므로 나는 손을 더듬거리며 조심스럽게 내려갔다.

"잠깐."

그가 내 손목을 잡으며 조용히 경고했다.

"먼지 많아요. 여긴 만지지 말아요."

커튼 앞엔 낡은 피아노 한 대가 있었다. 그는 먼지 쌓인 뚜껑을 조심스레 열고 건반 위에 손을 얹었다. 캐논의 첫 소절이 흘러나왔다. 그런데 뭔가 이상했다. 분명 캐논인데, 서태지와 아이들의 〈마지막 축제〉가 스며들어 있었다.

"첫사랑이 알려 줬어요. 피아노 전공이었거든요. 다른 사람 꼬실 때 쓰라고. 자기만 바라보는 건 숨 막힌다나. 이런 얘기는 처음 듣죠?"

"캐논 변주곡에서 어째서 서태지가 나와요?"

"편곡한 거라서요. 우리 둘만 아는 악보예요."

"아껴 두지 왜 지금 쳐요? 지금 대놓고 꼬시는 거예요?"

"언제 써먹을지 몰라서 틈틈이 연습해 두려고요."

그는 그렇게 말하며 커다란 벨벳 커튼을 힘껏 밀어젖혔다.

커튼 뒤로 무대 뒤편에 자리한 아담한 소품실이 나타났다. 오래된 낙서들이 벽을 뒤덮고 있었고, 나무 바닥은 우리 발걸음을 따라 삐걱거렸다. 이상했다. 이 낯선 공간과 낯선 사람 그리고 이 낯선 밤이 신기하게도 자연스럽다고 느껴졌다. 마치 오래전부터 우리가 이곳에 드나들었던 것처럼.

나는 선반 위에 걸린 찰랑거리는 금발 가발을 집어 들고 머리에 썼다. 그러고는 그 위로 작은 리본이 올라간 화관을 얹었다.

"어울려요?"

팔짱을 낀 채 그가 나를 바라봤다.

"어 이거, 어디서 본 거 같은데?"

그는 귀족 청년이 했을 법한 허리띠를 두르고 나섰다.

그 순간, 내 입에서 짧은 대사가 튀어나왔다.

"장미를 다른 이름으로 불러도 그 향기는 사라지지 않아요. 로미오라는 이름을 다르게 부른다 해도 그가 지닌 고결함은 그대로 남아 있죠. 로미오, 당신과 상관없는 그 이름을 버리고 대신 저의 모든 것을 가지세요."

연극반 오디션 때 외웠던 대사. 하지만 신기하게도 이 순간에 딱 들어맞는 대사였다. 이름과 과거를 포함해 우리가 가진 모든 맥락에서 벗어나고 싶다는 마음이 들어서일까.

"설마…《로미오와 줄리엣》?"

"2막 2장." 나는 덧붙였다.

"그런 걸 어떻게 다 외우지?"

그가 고개를 갸웃거렸다.

"연극반이었거든요, 3년 내내."

그 대사를 지금껏 품고 다녔다는 게 스스로도 좀 놀라웠다. 하지만 그보다 놀라운 건 이 타이밍에 튀어나왔다는 거다. 생각해 보면, 소중한 건 다 연극반에서 배웠다. 매 순간 진심일 수는 없고, 진심이어선 곤란할 때가 있다는 것. 진심과 연기 사이를 오가며, 때론 일부러 경계를 넘나들 줄도 알아야 한다는 걸 연극반 생활을 하며 배웠다.

가발의 먼지들이 나부꼈다. 재채기가 연이어 터져 버렸다.

그가 내 손을 잡더니 갑자기 뛰었다. 운동장으로 나와도 기침은 멈추지 않았다.

"재채기 부자네요. 나도 조금만 나눠 줘요."

그러고는 그가 얼굴을 슬쩍 내 앞으로 들이대며 이렇게 덧붙였다.

"나 열나고 멍해지고 싶어요."

그 순간 마침 기침이 나와 그의 얼굴에 미스트처럼 침을 뿜고 말았다.

그는 분수를 맞고도 깔깔거렸다. 이런 장난은 건영과는 절대 할 수 없는 일이었다.

분명 건영은 기침하는 나를 앞에 두고 "물 마셔"라고 건조하게 말하겠지.

열일곱

 그녀가 기침을 시작했다. 좀처럼 멈추지 않는 그 소리에, 나는 어떤 신호 같은 걸 감지했다. 신이 보냈는지 우주의 장난인지, 혹은 내 머릿속에서만 존재하는 어떤 흐름인지 알 수 없었지만 확실히 '지금'이라는 느낌이 왔다.
 '레디, 액션!' 누군가 그렇게 말하는 것 같았다. 물론 아무도 없었다. 나는 혼자였다. 그러나 동시에 혼자가 아니었다. 바람이 가볍게 스쳤고, 운동장의 공기는 미묘하게 달라졌다. 온도, 습도, 그녀가 내뱉은 기침 소리의 떨림. 모든 것이 묘하게 하나로 얽히고 보이지 않는 흐름이 나를 밀어붙였다. 급기야 나는 속으로 이렇게 선언했다. '선수 입장!'
 다시 그녀의 기침이 터져 나왔다. 나는 조심스럽게 그녀의 숨을 가만히 틀어막았다. 대신 내 숨을 천천히 밀어 넣었다. 아주 조심스럽고 부드럽게. 입술이 맞닿는 순간, 예상과는 다른 감각이 찾아왔다. 그건 맥주 한 모금의 청량함도, 탄산이 목을 긁고 내려가는 자극 같은 것도 아니었다. 쫄깃하면서도 촉촉한, 샤워도우를 씹을 때 느끼는 부드러운 감각. 입술이 그런 질감을 가질 수도 있다는 걸 그때 처음 알았다.

나는 생각했다. 이 장면은 다시 찍을 수 없는 원테이크다. 만약 NG가 난다면 끝이다.

달콤한 숨결이 입술을 타고 내게 스며들었다. 그녀의 영혼이 내 몸에 흘러 들어오고 있었다. 입술이란 참 기묘한 기관이다. 그 조그마한 접점에서 어째서 이토록 감미롭고 웅장한 게 흐를 수 있는 걸까? 입술을 타고 흐르는 미세한 떨림이 온몸을 전율케 했다. 어째서 닿았다는 것만으로도 그동안의 경험, 구체적인 느낌, 기묘한 상상, 울퉁불퉁한 기억… 이 모든 것들이 전달될 수 있는 걸까? 늘 궁금했다. 나는 도대체 왜 태어난 걸까? 아마도, 나는 지금 이 순간을 위해 태어난 것 같다.

십여 년 전, 같은 운동장.

어쩌면 나는 그때 요한을 상대로 지금 이 순간을 위한 리허설을 한 건지도 모르겠다. 뭐가 됐든 그때와 마찬가지로 나는 열입곱으로 돌아갔다. 그전까지는 헷갈렸었다. 이 여자 앞에만 서면 내 인생이 일시정지된 듯 멈춰 서곤 했다. 도대체 이 또라이는 뭐지?

이상했다. 늘 내가 나서야 하는 상황이 자꾸만 벌어졌다. 아마 나는 그 역할을 즐기고 있었는지도 모른다. 내가 아니면 안 된다는 착각, 내 힘으로 구해 냈다는 이상한 우월감에 들뜬 채 까불었는지도 모르겠다. 그러면서도 정작 무슨 일이 벌어지고 있는지, 앞으로 어떤 일이 생길지 정확히 알지는 못했다.

그러다 문득 깨달았다. 나는 이 기분을 알고 있다. 그건, 예전에 옥상에서 떨어지려는 요한을 잡아끌어 올렸을 때, 그때의 감각을 뛰어넘는 쾌감이었다.

파리지앵

 그의 입술에서 미나리 잎의 맥이 느껴졌다. 거친 환경에서 생존을 위해 싸워 온 원시적인 생동감. 내 감기나 바이러스, 취약함과 온갖 더러운 것까지 넉넉히 다 품어 줄 것만 같은 다정함이 느껴졌다. 나는 지금 그 풍요로운 다정함 속으로 빨려 들어가고 있다.

 무심결에 감았던 눈을 슬며시 떴다. 궁금했다. 눈앞엔 그의 가느다란 눈썹이 떨리고 있을 줄 알았다. 그치만 다시 눈을 질끈 감을 수밖에 없었다. 너무도 눈부신 세계가 펼쳐지고 있어 눈이 멀어 버릴 것 같았으니까. 지중해의 한여름, 그 눈부신 햇빛이 왜 여기에 있는 걸까?

 심장이 다시 쿵쾅거렸다. 그 뜨거운 파동이 손끝, 발끝, 머리끝까지 퍼졌다. 내 몸은 물기를 머금은 작약처럼 윤기가 돌고 생글거렸다. 그 기묘한 떨림이 내 안 가장 깊숙한 곳까지 가닿았다. 서로의 숨결을 확인하고 달큰한 호흡을 주고받았다. 오랜 시간 서로를 떠나 있다가 다시 딸각하고 꼭 맞물린 레고 조각처럼.

  그의 수염이 내 얼굴을 훑었다. 내 욕망의 전율이 얼굴 위로 흐르고 있었다. 미나리 향이, 어느새 내 얼굴에도 옅게 배어들었다. 오랫동안 짓눌린 한 마리 짐승이 봉인 해제됐다. 그토록 갈망하던 자유를 만난 순간, 끝에서 두 번째 꼬리뼈가 간질거리더니 이내 녹아내려 연체동물이 된 듯 흐물흐물해졌다. 이제 제대로 설 수도 없을 것 같았다. 이미 우리는 서로에게 녹아내렸다. 약지에 끼고 있던 결혼반지를 엄지로 매만지며 굴렸다. 지금 내겐 뭐라도 좋으니 현실적인 버튼 같은 게 필요했다. 그 반지는 이미 내게 신호를 보내고 있었다. 서둘러 현실로 돌아오라고.

  바로 그 순간, 전화벨이 울렸다. 건영이었다. 이상하게도 그 벨 소리는 우리에게 '다시는 주어지지 않을 시간'이라는 것을 알려 주는 알림 같았다. 끈질긴 진동이 계속되다 뚝 하고 멈췄다. 벨이 울려도 상관없다는 듯이 우린 하던 일에 집중했다. 난 숨막히게 안전한 고속도로를 벗어나 이제 막 미지의 세계로 떠난 참이었다.

  헷갈렸던 감정은 어느새 분명해졌다. 그와의 거리가 너무 가까워진 나머지 경박하게 뛰는 내 심상소리가 그의 귀로 흘러 들어갈 것만 같았다. 하루키가 장편을 쓸 때 매일 멈춰야만 계속 쓸 수 있다고 말했듯, 나는 스스로에게 브레이크를 걸었다. 아마도 난 그와 멀리 가고 싶었던 건지도 모르겠다.

우리는 덩굴이 감긴 벤치에 걸터앉았다. 그는 마침내 셰프의 이야기를 꺼냈다.

"늘 깨진 유리 조각을 주머니에 넣고 다니는 기분이었어요."

할 수만 있다면 내 손에 피가 나더라도 그 유리 조각을 치워 주고 싶었다. 이 사람을 괴롭히는 게 약쟁이라면 그를 숨겨 주고, 도박쟁이라면 그걸 치워 주고, 가스라이팅이라면 어떻게든 벗어나게 도와주고 싶었다.

"그런데…" 그가 잠시 말을 멈췄다.

"그 친구가 아직도 마약 배달을 하고 있어요. 내가 빼내지 않으면 아마 평생 그렇게 살 거예요."

그의 말을 들으니 인간은 의외로 아주 쉽게 범죄의 늪에 빠지는 존재 같았다.

"그래서 경찰에 신고한 거였구나."

이 말 한마디에, 우리 사이의 공기가 바뀌었다. 막다른 골목 같던 순간에 그가 다시 말을 이었다.

"환각버섯 키우는 걸 신고해서 조직과 떼어 놓을 생각이었어요. 그런데 봤죠? 이 나라 경찰은 아무 힘도 없어요. 바로 훈방 조치로 풀려나잖아요. 별일 아니라는 듯이."

그의 말투에는 씁쓸함과 분노가 섞여 있었다.

"그런 건 영화에서나 나오는 건 줄 알았어요."

"현실이에요. 아편전쟁 리턴즈 프랑스판. 이러다 이 나라는 마약으로 망할 거예요. 이건 뉴스에선 보도조차 안 되는 팩트예요."

이게 이렇게 화낼 일인가? 이렇게까지 분노하는 그의 모습이 왠지 낯설고 신선하게 느껴졌다.

진지하게 프랑스의 미래를 걱정하는 청년이라니, 왠지 응원하고 싶어졌다. 그 열정에 나도 덩달아 뜨거워지는 기분이었다. 그도 그럴 수밖에. 인생의 역경을 용기 있게 마주하고 진실되게 견뎌 내려는 아름다운 한 사람을 눈앞에 두고 있으니까.

다시 만난 우리는 어떤 말도 필요 없었다. 시선이 닿는 순간, 눈빛만으로도 충분했다. 부드럽게 번져 오는 공기, 가만히 흔들리는 숨결, 서로에게 빠져 있다는 깊은 확신. 그건 격렬한 고백보다도 솔직했고 지금 여기, 우리만이 읽을 수 있는 투명한 신호였다. 눈빛은 이상하다. 아무런 문법도 없는데, 그런 걸 배운 적도 없는데, 가장 완벽한 언어가 된다. 고소하게 그을린 그의 커피콩 눈동자는 목소리보다 정직하고 손끝보다 강렬하다. 거짓말은 꿈도 못 꾸고, 통역조차 필요 없다. 그냥 그 눈빛 하나로, 우리는 완전히 이어졌다.

우리를 뭐라고 불러야 할까? 세상 어디에도 없는, 이름 없는 관계. 이걸 분류할 카테고리도 없었다. 없다면 까짓것 우리가 만들어 나가면 되지 뭐.

내 인생의 일시적 투 트랙이 재생되고 있었다. 전혀 다른 종류의 감정이 동시에 재생되고 있어 복잡했다. 충돌하는 두 개의 세계가 날 미치게 했다. 한쪽은 뼈가 녹아내릴 듯한 관능이었고 다른 한쪽은 평온한 풍경이 있는 편리함이었다.

그렇게 우린 시한부 연인이 되었다. 우리에게 주어진 단 하루. 그 하루가 지나면 인공호흡기를 떼야 하는 관계. 공기처럼 사라질 기억이지만 그래도, 그 하루에 진심을 다하기로 했다. 시간을 빌릴 수 있다면 설령 불법 사채라도 괜찮았다.

파리는 매일이 축제였다. 우리는 도시 곳곳에 둘만의 축제 흔적을 남기고 싶었다.

"파리지앵이 되려면 기본 세팅이 필요해요."

그가 장난스럽게 말했다.

"일단 '실 부 쁠레' 이 말을 무조건 입에 달고 다녀요. 안 그러면 그냥 관광객에 불과해요."

"좋아요. 그럼 이건 내가 부탁해 볼게요. 이 정돈 나도 가능해요."

나는 웨이터를 향해 자신 있게 주문했다.

"투 스푼, 실 부 쁠레."

웨이터는 고개를 끄덕이더니, 곧 스콘 두 개를 가지고 왔다.

"스푼을 스콘으로 알아들었나 봐요. 파리지앵 더럽게 힘드네."

"우리가 스콘을 먹을 운명이었나 보죠."

그가 웃으며 말했다.

사람들이 우르르 몰려다니는 곳에서 일부러 손을 잡았다. 불쑥 단체 관광객 틈에 끼기도 했다. 손을 놓치면 흩어졌다가 다시 잡는 놀이. 우리는 그런 뒤섞임을 즐겼다. 누군가 우리 사이를 갈라놓으면 잽싸게 다시 붙어 손깍지를 꼈다.

노천카페에선 커피를 시켜 놓고 지나가는 사람들을 구경했다. 거리 위 모든 이들이 사랑에 빠진 바보들 같았다. 배낭여행 중인 노부부와 합석도 했다. 이야기를 나누다 보니 자기들은 부부가 아니라 바람난 커플이라고 했다.

"우린 할리데이비슨 타다가 만났어요."

그들의 얼굴에 핀 주름 사이사이엔 자그만 별들이 박혀 있는 것처럼 반짝거렸다. 나는 그 노부부보다는 그 뒤에서 조용히 책을 읽고 있는 한 신사에게 눈길이 갔다. 분명 단정한 거북목의 소유자였다. 자리를 뜨면서 해든이 말했다.

"움베르토 에코 맞죠?"

역시 거북목 세계의 시민이 그를 못 알아볼 리 없다.

"어떻게 알았어요?"

"지금 책 축제 기간이라 작가들이 여기저기서 막 출몰하거든요."

"근데 진짜로 우리가 영화 〈미드나잇 파리〉처럼 과거의 작가들을 만날 수 있다면 누굴 만나고 싶어요?"

"저는 커포티요."

"《티파니에서 아침을》?"

"맞아요, 커포티를 다시 만난다면 《인 콜드 블러드》를 쓸 그 용기가 어디서 나온 거냐고 물어보고 싶어요."

"영업비밀이라 안 알려 주면요?"

"내 영업비밀로 꼬셔야죠."

그가 씨익 웃으면서 이렇게 덧붙였다.

"그나저나 왜 영업비밀을 안 알려 줄 거라고 생각했어요? 보통 글 쓰는 사람이나 그렇게 생각할 텐데…."

"글 쓰는 사람…이라서요."

그는 살짝 놀란 눈치였다. 나도 이 말이 튀어나올 줄은 몰랐다. 내 심리적 마지노선이 그 순간 무너지고 말았다.

"아니, 그냥 뭐 혼자서요. 취미 생활이랄까요."

나도 모르게 고백하고 말았다.

"어떤 글이에요? 막 섬뜩한 살인이 일어나는 스릴러 같은 건 아니죠?"

"글쎄요. 그런 걸 잘 쓰게 생겼어요?"

일단 얼버무렸다. 아니라고 잡아떼지는 못했다. 어떤 결심은,

입 밖으로 내보내야 진짜가 된다.

그가 파리에서 가장 맛있는 집이라고 데려간 곳은 쌀국수집이었다. 골목에 숨어 있는 그곳은 허름하다 못해 금방이라도 쓰러질 것 같았다. 테이블 곳곳에 손때가 묻어 있었지만, 사람들은 마치 세상에서 가장 귀한 장소에 온 것처럼 열광하며 길게 줄을 섰다.

그가 손을 씻으러 간 사이 조각 레몬에다가 스폰지밥 얼굴을 그렸다.

"어, 설마 스폰지밥?"

그럴 의도는 아니었는데, 그는 내 장난을 알아차리곤 레몬을 만지작거리더니 짜지 않고 젓가락 받침대로 썼다.

"아까워서 이걸 어떻게 먹어요."

그는 스폰지밥 표정을 흉내 내면서 비슷하지 않냐며 어린아이처럼 해맑게 웃었다.

노트르담성당보다, 그 뒤편에 있는 작은 꽃집을 구경하는 게 더 좋았다. 그와 함께 진정한 파리지앵의 장소를 누볐다. 에펠탑이 가장 예뻐 보이는 장소에 관해서는 의견이 갈렸다.

"난 여기서 보는 에펠이 젤 예뻐요."

몽파르나스타워에 올랐다. 워낙 높은 건물이라 파리에 있으면 피할 수 없는 그 못생긴 건물.

정작 이 건물 꼭대기에 있으면 그 못생김이 보이지 않아서 좋다는 그였다. 나는 아니었다.

"난 퐁피두센터였었어요. 그림 다 보고 마지막에 에펠탑, 디저트 같잖아요."

"근데 왜 과거형이에요?"

"최근에 갱신됐거든요, 내 최애는."

나는 작게 웃었다.

"어디로?"

"차 안. 백미러에 비친 등 뒤로 멀어지는 에펠탑을 보는 거. 먹먹한데 숨 막히게 아름다워요."

경찰서로 연행되던 그 불안한 순간, 에펠의 아름다움에 마음을 뺏겨 전혀 두렵지 않았다.

사실, 어디든 상관없었다. 그냥 우리가 함께 에펠을 본다는 것만으로도 좋았다.

띠링.

건영이었다. 짧고 날카로운 이메일 알림. 돌아오는 비행기 티켓이었다. 극적으로 하늘길이 열렸다. 공항은 생각보다 빠르게 재개됐다.

그런데 그토록 기다리던 소식이, 마치 여름방학이 끝났다는 말처럼 나를 기운 빠지게 만들었다. 나는 가장 나쁜 뉴스라도 들은 사람처럼 목이 멨다. 이 뒤에 기다리는 건 벼락치기 일기장 쓰기와 고역스러운 탐구생활 채우기였다. 건영은 가장 빠른 길로 올 수 있게 홍콩 경유을 택했다. 그 숨 막히는 한결같음에 나는 무릎을 꿇었다. 그 성실한 사랑에 저항이라도 하듯, 이 위험한 사랑은 더욱 들끓어 올랐다. 지금 당장 돌아갈 순 없다. 나는 속으로 온갖 핑계를 대며 머리를 굴리기 시작했다.

피크닉

나는 그녀에게 나의 동네를 보여 주고 싶었다. 뷔트쇼몽으로 갔다. 내가 파리에서 가장 아끼는 곳. 그 공원의 각도를 사랑한다. 그 부드러운 능선에 나란히 누웠다. 이게 그녀와 하고 싶은 유일한 일이었다.

싱그러운 봄에 풀을 밟을 때의 감각, 옅게 올라오는 풀 냄새, 잔디에 피어난 야생화들의 화려함, 아이들의 손에 들린 솜사탕, 마리오네트 공연, 결혼사진을 찍는 이방인들, 기괴하게 생긴 돌 절벽, 누군가의 발자국, 각자의 도시락으로 피크닉을 즐기는 사람들… 이 모든 것들이 좋았다. 이곳이 과거엔 벌거숭이 돌산이었단 역사까지도. 여기서 캐낸 돌로 파리의 건물들이 올라갔고 그 후엔 악취를 풍기는 쓰레기 하치장이 되었다. 그렇게 한번 버려졌던 땅을 이렇게 멋지게 탈바꿈한 이 장소가 늘 내게 용기를 줬다. 돌아갈 땐 조금 더 단단한 사람이 되어 이 공원을 빠져나가곤 했다. 공원 한편에는 자판기가 있었다. 낡았지만 아직 작동은 하는 것 같았다.

"난 코코아."

"난 핫초코."

둘 다 같은 걸 원했지만 동전이 없었다. 주머니를 뒤지다 갑자기 아주 좋은 생각이 떠올랐다. 나는 그녀의 손을 휙 낚아채고는 아무렇지 않게 그녀의 손가락에서 반지를 뺐다. 그녀는 어리둥절한 얼굴로 멍하니 서 있었다. 내가 반지를 들고 동전 투입구 앞에 섰을 때에야 비로소 상황을 파악했다. 아무런 장식도 없는 미니멀한 결혼반지. 신기하게도 주인을 닮아 있었다.

"뭐 하는 거예요?"

그녀가 놀라며 내 팔을 붙잡았다.

"이제 필요 없잖아요."

그 말을 뱉자마자 묘한 해방감을 느꼈다. 나는 반지를 빼앗기지 않으려 이리저리 뛰었고 그녀는 그걸 되찾으려 졸졸 따라왔다.

"공지 사항 알죠? 선 넘지 마요. 해도 내 손으로 내가 해요."

그녀가 비장한 각오로 말했다. 그 틈을 타 나는 반지를 동전 투입구에 넣어 버렸다.

달칵.

그러고는 아주 태연하게 코코아 버튼을 꾹 눌렀다.

그러자 코코아 한 잔이 마법처럼 툭 하고 나왔다. 그 한 잔을 홀짝이며 나눠 마셨다.

세상에서 가장 비싼 코코아였다. 나는 지금까지 한결같이 살아왔는데, 왜 이 코코아를 한 모금 삼키는 지금에서야 비로소 살아 있다는 기분이 들까. 서로가 서로에게 '지금'이 되는 기쁨.

프랑스에선 한국인, 한국에선 프랑스인. 항상 그 중간 어딘가에서 괴로웠던 지난날을 보상받는 기분이었다.

하지만 더 이상 그딴 건 상관없다. 이 사람 곁이라면 뭐라도 좋다.

또라이는 내 인생을 망치지만, 동시에 내 모든 문제를 해결할 수도 있다.

호수 쪽을 바라보며 그녀를 뒤에서 안았다. 그냥 그 풍경을 같이 보고 싶었다.

"로미오라는 이름을 다르게 불러도, 그 사람이 지닌 고결함은 그대로 남아 있죠. 그러니까 그쪽 이름은 쓰레기통에 버리고, 대신 날 가져요."

나도 모르게 즉흥으로 그 대사를 리메이크해 버렸다. 사실, 그녀의 이름이 궁금했다. 이 정도 했으면 이름 정도는 알려 줄 줄 알았다.

이름이 어떻게 돼요? 그냥 입술 꽉 깨물고 물어보면 되는데 줄곧 그쪽이라고 부른 건, 그녀의 입으로 듣고 싶었기 때문이다. 그녀가 내내 강조하던 선 넘지 말라는 공지 사항을 성실히 지켜내고 싶었다.

상춘객

그가 뒤에서 내 어깨를 감싸며 얼굴을 조심스럽게 기댔다.

"로미오라는 이름을 다르게 불러도, 그 사람이 지닌 고결함은 그대로 남아 있죠. 그러니까 그쪽 이름은 쓰레기통에 버리고, 대신 날 가져요."

내가 연극실에서 했던 대사를 패러디한 것이었다. 웃음이 났.

그 말을 하는 그의 표정을 눈으로 볼 순 없었지만 다 보이는 것처럼 선명했다.

내 시야엔 방금 호수에 착륙한 파랑새의 부드러운 날갯짓이 들어왔다.

"그럼 난 고결한 목격자가 될게요. 평생 당신이라는 사건을 목격하고 살래."

인생의 가장 불확실한 구간에 가장 확실한 감정이 찾아왔다.
그저 천천히, 곁에 서서 구경하고 싶은… 단 하나의 봄.
나는 그 사람의 상춘객이 되었다.

몽상가

센강 유람선 디너 크루즈. 그녀가 맥주 마시기 대회에서 1등을 해서 받은 경품이었다. 그걸 진짜 쓰게 될 줄은 몰랐다.

막 출발하려는 순간, 요한에게서 연락이 왔다.

"인터뷰, 전부 취소하고 싶어."

그 말은 곧 창간 특집호에 문제가 생긴다는 뜻이었다. 글로벌 라이징 스타 특집이라 요한이 핵심 인물이었다. 그간 미리 기사를 확인하고 싶다고 날 괴롭히는 인간들도 많았다. 이럴 때 내가 해야 할 일은 정해져 있다. 당장 찾아가야 한다. 그동안은 무슨 짓을 해서라도 해결해 왔다. 머리는 그렇게 명령하고 있었지만, 내 가슴은 아니었다. 파리의 공기가, 바람이, 햇빛이 지금 내게 말하고 있었다. 그녀에게 향하라고.

우선 샤넬 매장부터 들렀다. 내가 가진 돈을 다 털어 그녀에게 어울릴 만한 시계를 샀다. 푸르게 투명했고 깊고 눈부셨다. 나랑 있을 땐 시간은 보지 않았으면 했다. 만약 봐야 한다면 내가 사 준 시계를 보라는 뜻으로 샀다. 어떤 말을 동원하더라도 내 마음을 충분히 표현할 수는 없을 것 같았다. 마음은 눈에 보이지 않으니까. 그래서 만질 수 있는 확실한 증거가 필요했다. 여기 우리가 있었다는 단단한 증거 말이다. 어쩌면 그녀는 벼룩시장에서 산 빈티지 시계를 더 좋아할 수도 있다. 그게 더 힙하니까. 낡고 거친, 어디서 굴렀는지 모를, 오래되고 거칠지만 흥미진진한 스토리를 가진, 화려하진 않지만 편안한 시계가 그녀의 취향일지도 모른다.

크루즈 출발 직전인 지금까지 그녀가 나타나지 않자 나는 점점 더 초조해졌다. 피트 몬스터를 시켰다. 독주를 마시지 않으면 견딜 수 없을 것 같았다. 입술이 얼얼해지면서 서서히 마비되는 걸 느꼈다. 그녀의 입술만큼 한없이 다정하고 평화로운 은신처는 없다. '설마 아니겠지…' 끝까지 출입구에서 그녀를 기다렸다.

크루즈가 천천히 움직이기 시작했다. 재빨리 내리려 했는데 안전 요원에게 저지당했다. 그녀는 끝내 크루즈에 타지 못했다. 배가 부드럽게 물살을 가르기 시작했다. 갑판 위를 감싸는 오케스트라의 연주는 촉촉한 공기 속으로 녹아들었다. 사람들은 모두 함께 온 이와 와인을 마시며 웃는데 나만 혼자였다.

내 인생에서 이토록 강렬한 확신은 처음이었다. 멈췄을 때 비로소 선명해지는 게 있다.

사랑이라는 웅장한 감정.

아이슬란드 화산처럼, 그녀는 아주 커다란 잿더미를 남긴 채 내 시간을 멈추게 했다.

나는 시계 상자를 손에 꼭 쥔 채 그 자리에 앉았다. 허무함이 서서히 차올랐다. 그럼에도 나는 여전히 그녀를 기다렸다. 그녀라면 미리 배에 타서 서프라이즈라며 내게 장난을 칠 수도 있으니까. 어쩌면 마지막 순간에 짠 하고 나타나 내게 미소를 지어줄지도 모른다. 폼페이의 연인들이 화산재 속에서도 끝까지 서로를 놓지 않았듯이, 나 역시 사랑이 자연을 이긴다고 믿었다.

그러나 화산 폭발과 함께 나타난 그녀는 화산재가 걷히자 내 인생에서 사라져 버렸다. 그렇게 나는 오직 단 하나의 질문을 안고 살아가게 됐다.

'왜?'

만약 한 번이라도 그녀를 다시 만날 수 있다면 묻고 싶다.

'왜' 그렇게 사라졌는지.

그 질문은 내 마음속에 깊이 박혀, 때로는 고통이 되고 때로는 나를 움직이는 동력이 되었다.

해명 없이 사라지는 게 가능하다면, 우리는 도대체 어떤 사이였던 걸까.

그날 밤, 우리라는 화산은 분명 터졌다. 그리고 이내 이글거리는 마그마로 녹아 버렸다.

궁금하다. 당신도 그 밤의 감각만이 당신을 살아가게 하는지. 도대체 무슨 일이 있었기에 그렇게 사라져 버린 건지. 그리고 그게 날 엿 먹일 만큼 가치 있는 일이었는지.

이런 내 모습에서 요한이 겹쳐 보였다. 그는 언제나 이런 모습이었다. 나를 향해 잔뜩 화가 나 있는 사람. 미래가 견딜 수 없이 불안해서 어딘가에 대고 화를 내지 않으면 참을 수 없는 상태. 요한의 심정이 이런 거였구나 하고 그제서야 어렴풋이나마 짐작이 됐다. 현실에 발을 딛지 못한 몽상가는 바닥으로 내려가 봐야 했다. 그 바닥은 차갑고, 거칠고, 숨이 턱 막히지만 그렇게 내려가 봐야만 비로소 일어설 수 있었다.

혀끝에 착 감겨 오는 위스키가 내 입안에 불을 지르고 있었다.

내 모국어는 한국어고, 그만큼 프랑스어도 유창하다. 하지만 지금, 속에서 들끓는 뜨거운 무언가를 꺼내서 표현할 단어가 생각나지 않는다. 지금 내 기분을 설명하기엔 내 언어가 너무 부족하다. 그녀를 만나는 일은 새로운 언어를 배우는 것 같았다. 성가시고 어려웠지만, 동시에 전혀 알지 못했던 정서적 포만감을 얻는 과정이고 순간이었다. 매 순간을 기록하지 않으면 사라져 버릴까 봐 늘 전전긍긍했던 순간들, 그 자체였다.

한 사람을 이렇게 오래 기다려 본 적은 처음이다.

나는 버림받지 않기 위해 늘 먼저 버리는 사람이었다.

그건 누구도 가르쳐 주지 않는, 고통으로 품은 생존법이었다.

하지만 그녀에게는 그런 것 따위가 먹혀들지 않았다.

지금 내가 할 수 있는 일이라고는 단 하나뿐이었다. 그녀를 잊을 수 있다고, 아니 잊어 버렸다고 연기하는 것뿐.

배가 노트르담성당을 지날 때 등 뒤로 폭죽이 터졌다.

'어떻게 이걸 두고 그냥 가 버릴 수가 있지? 그건 예의가 아니잖아.'

커튼

우리 앞에는 각자의 인생이 기다리고 있었다. 좋든 싫든 우리는 각자의 장소로 돌아가야만 했다. 누군가가 기다리는 집으로 돌아간다는 것과 그럼으로써 얻는 평온한 감각. 하지만 이제는 오히려 그런 것들이 낯설었다.

나는 더 이상 예전의 내가 아니었다. 건영이 기다리고 있는 그곳엔 해든이 없다. 이상하게도 난 건영과 떨어져 있을 때 생기는 안도감도 좋았다. 하지만 이렇게 숨 막히는 안정감은 오히려 날 불안하게 만들었다. 비행기가 긴급 착륙하려면 기름을 바다에 버려야 하듯, 내 안에 남아 있는 그 용기와 열정을 버려야 했지만, 도대체 어디에 버려야 할지 알 수 없었다.

아직 내 입술에는 해든의 감촉이 선명하게 남아 있었다. 따뜻하고 부드러웠다. 그러나 이제 나는 그 입술로 건영에게 인사를 건네야 했다. 아무 일도 없었다는 듯이, 태연하게.

나는 서둘러 일상으로 뛰어들었다. 그러나 어떤 기억들은 오히려 더 선명해졌다. 꽃냄새를 맡을 때 허리를 기울이던 그의 각도, 반짝이던 거북목의 꼭짓점, 살짝 감긴 눈, 그 순간 달라지던 공기의 밀도 같은 것들이. 그와 보낸 시간은 보통의 일상에서 불쑥 고개를 쳐들고 날 흔들어 놓곤 했다. 그럼에도 건영에게 충실하려 노력했다.

학회를 떠나는 건영의 캐리어를 싸며 내가 물었다.

"넥타이 말인데, 1번과 2번 어떤 게 좋아?"

그의 말투가 무심코 튀어나왔다. 지웠다고 믿었는데 나는 그새 그에게 물들어 있었다. 그의 말투는 내 마음에 남아 아주 기묘한 방식으로 내 것이 되어 버렸다. 그 말투 뒤에 숨어 있는 장난기와 다정함까지, 어느새 내 언어처럼 스며들었다. 건영과 쌀국수집에 갔을 때도 그랬다. 그가 주차를 하고 오는 사이 레몬 조각에 스폰지밥 얼굴을 그렸다. 그걸 본 건영은 먹는 걸로 장난치지 말라며 눈살을 찌푸렸다. 그러고는 레몬을 꾹 짰다. 레몬즙이 공중으로 튀었다. 내 얼굴까지 소독되는 기분이었다. 그렇게 스폰지밥은 내 눈앞에서 즉사했다.

그 순간 문득 이런 생각이 들었다. '그 사람은 지금 어디 있을까?'

나는 어느새 건영과 그를 비교하고 있었다. 더 놀라운 건, 비교의 기준이 해든이라는 점이었다.

"근데 손이 왜 그래. 병원 가야 하는 거 아냐?"

건영이 내 손을 보며 물었다. 처음엔 붉게 올라오더니 곧 물집 같은 게 생겼다. 미세하게 간지러워지기 시작하다가 점점 갈색으로 변했다. 마치 바나나 껍질 위로 서서히 퍼져 가는 갈색 반점처럼.

"뭘 이런 걸로 피부과를 가?"

나는 대수롭지 않게 여겼지만, 건영은 고개를 저었다.

"이거 식물성광피부염 같은데?"

그의 말이 맞았다. 레몬이나 라임에 들어 있는 성분이 햇빛과 만나면 생기는 증상이라고 했다. 의사는 이 얼룩이 대개 자연적으로 없어지는 게 정상이지만 색소침착이 될 수도 있다며 레이저로 없애라고 권했다. 나는 손사래를 치며 괜찮다고 했다.

명징한 해든의 흔적이었다. 간지러움을 동반한 작은 얼룩. 어쩌면 내 청춘에서 가장 반짝였던 순간의 증거. 그날의 레몬, 장난스러운 눈빛, 그 모든 감정이 이 작은 얼룩 안에 다 들어 있었다. 가능하면 그대로 남아 있길 바랐다. 환상적으로.

손등 위로 햇살이 쏟아졌다. 투명하고 반짝이는 빛의 환호. 손등을 얼굴에 가져갔다. 열기가 얼굴을 감쌌다. 견고하게 자리 잡은 이 상처를 돌보면서 선크림 따위는 바르지 말자고 생각했다.

생각은 꼬리를 물었다. 만약 그때 그 화산 폭발이 일어나지 않았다면, 아니 조금 늦거나 일찍 일어났다면 내 인생은 어떻게 달라졌을까? 한 걸음만 내디디면 거기엔 생각지도 못한 웅장한 세계가 있었을지도 모른다. 어쩌면 그 화산 폭발은 우주가 보낸 속삭임 같은 건 아니었을까. 모두 각자 사랑하는 사람 곁으로 돌아가라는 메시지 같은 것 말이다. 빨리 돌아오진 못했지만, 결국 이곳에 도착했다. 돌고 돌아 도착한 곳은 식탁과 식구가 있는 자리였다. 보통의 엄마가 되고 평범한 가정을 일구는 게 내 인생 최고의 목표였다.

그런데 수도원에서 해든은 술에 취해 말했었다.

"난 당신이 평범한 사람으로 사는 게 아까워."

아깝다니? 난 평범한 사람으로 사는 게 꿈이었다. 그 말에는 이미 준비된, 결혼이라는 길을 가지 않길 바란다는 말이 숨어 있었다. 나에겐 결혼이 안정감을 주는 사회적 장치였고, 풍경을 소유할 수 있는 지름길이었다. 어쩌면 그것은 내게 생존 그 자체였을지도 모르겠다.

그때는 그가 한 말이 무슨 의미인지 몰랐다. 그때의 나는 그토록 바라던 평범한 삶 외에는 그 어떤 것에도 관심이 없었으니까.

해든과 보냈던 일주일. 그가 내게 던졌던 질문들을 종합해 보면 나는 이 결혼을 그만두는 게 맞았다. 그런데 그 모든 걸 뒤집을 무언가가 내게 나타난 것이다. 건영과의 사랑은 숙제를 해치

우는 기분이었다. 서커스에서 원숭이가 재주를 부려야 하듯 나는 내가 원하는 삶의 형태를 위해 살았다. 그것은 내가 존재하고 싶은 세계에서 살기 위해 감수해야 하는 작은 불편함이랄지, 내기 싫지만 어쩔 수 없이 내야 하는 세금 같은 것이었다. 하지만 그 과정에서 아이가 생길 줄은 정말 몰랐다.

그 사실을 알고 나니 모든 게 단순 명료해졌고, 내게는 단 하나의 목표만 남았다.

이 아이에게 보통의 가족을 만들어 주자.

책임감. 아니, 어쩌면 내 아이에게 좋은 아빠를 만들어 주고 싶어서 결국 건영을 선택했고, 이런 결혼을 강행했는지도 모른다.

부모가 끝까지 책임을 다하는 것.

헤어지지 않고 서로 곁을 지켜 주는 것(그게 안 된다면 시늉이라도 하는 것).

자녀가 학교에서 돌아오면 따스하게 반겨 주는 것.

작은 발을 씻겨 주고 머리를 빗겨 주는 것.

소풍 가는 날 김밥을 싸고 운동회에서 달리는 아이를 응원하는 것.

평범한 하루,

평범한 슬픔,

평범한 괴로움,

큰 웃음도 큰 눈물도 없는 그저 잔잔한 하루.

301호와 엇비슷한 302호의 삶.

비록 이 시대가 '보통의 삶'을 우습게 보더라도, 나는 안다. 그게 얼마나 귀한 것인지.

미디어에선 불륜을 소재로 자극적인 이야기를 만들어 내지만, 결국 진짜 힙한 인생은 배우자와 의리를 지키며 수많은 어제와 오늘을 반복하는 삶을 묵묵히 살아 내는 것이다.

봄엔 벚꽃놀이, 여름엔 해수욕, 가을엔 단풍 구경, 겨울엔 눈사람 만들기. 그걸 위해서라면 그 어떤 것도 포기할 수 있다. 그게 내가 원하는 전부다.

파리에서 크루즈를 타러 가던 저녁, 아랫배가 욱신거렸다. 살짝 피가 비치길래 평소처럼 불규칙한 생리가 늦어진 거라 생각했다. 그러나 가만 생각해 보니 그동안 너무 자주 토했고 내내 미열이 있었다. 알고 보니 그건 착상혈이라는 것이었다. 그리고 테스트기에 뜬 두 줄을 확인하고 바로 건영에게 알렸다. 아니, 그래야만 했다. 다시는 다른 길로 새지 않도록, 목적지까지 안전하게 갈 수 있도록 나 자신을 붙들기 위한 선언이 필요했다.

그 순간부터, 나는 황제펭귄이 되기로 했다. 다큐에서 봤던 그대로. 그들은 평생 한 마리의 짝만 바라본다. 그 짝과 함께 눈보라를 견디고, 그 짝과 함께 알을 품는다. 생존을 위해 무엇보다 자식을 최우선으로 하는 본능. 마음이 흐트러질 때마다, 황제펭귄 목에 있는 노란색 반점을 떠올렸다.

홍콩 경유지에서 비행기가 연착되는 바람에 항공사가 제공한 호텔에서 하루를 더 묵어야 했다. 돌아가는 길이 아주 멀게 느껴졌다. 면세점에서 결국 사치를 부렸다. 에르메스 매장에 들어가 노란색 스카프를 샀다. 그렇게라도 나는 내 몸에 황제펭귄을 각인시키고 싶었다. 그렇게 내 인생은 이제 외로울 일도, 게으름 피울 일도, 허송세월할 일도 없겠지. 엉망진창인 채로 아슬아슬하게 굴러가겠지.

한국에 도착해 보니, 서촌의 신혼집은 이미 초여름으로 들어서 있었다. '임신'이라는 단어는 생각보다 큰 영향력을 발휘했다. 순식간에 나는 공주님으로 신분이 바뀌었다. 단지 전화 한 통으로, 집안 전체가 온통 공주님을 위한 것들로 준비돼 있었다. 시어머니가 과일을 박스째로 사다 날랐고 기괴한 업소용 냉동고가 집 안에 떡 하니 자리를 차지하고 있었다.

공주가 되었음에도 아진은 나를 평창동 '절벽'으로 불러냈다. 우리가 늘 두 발로 들어가 네발로 기어 나오던 술집.

아진은 임신한 친구는 아랑곳하지도 않고 대낮임에도 늘 먹던 자신의 주량대로 마셔 댔다. 내 임신엔 관심도 없고 줄곧 남자 이야기만 늘어놓았다. 역시 베프란 친구의 고민엔 아무 관심이 없는 족속이다.

서촌의 골목은 외국인 관광객들로 가득했다. 나는 병원 진료를 앞두고 조금 일찍 집을 나섰다. 차를 두고 걸어서 광화문 교보문고에 들렀다. 육아 일기라는 걸 써 볼까 싶어 노트를 골랐다. 남들 다 짓는다는 태명도 여러 가지 버전으로 후보를 만들었다. 할 수만 있다면 모든 방면에서 이 아이를 애지중지 키우고 싶다. 지금은 완두콩 크기라는데 곧 호박씨가 되겠지? 매실이 되고 자두가 되고 복숭아가 되는 순간순간을 놓치지 않을 것이다. 모든 걸 다 제쳐 두고 이 한 가지 일에만 몰두할 것이다.

다이어리 코너로 갔다. 아니, 어쩌면 그건 핑계다.

나를 여기로 이끈 건 실은 따로 있었다. 잡지 코너를 기웃거리다 해든이 쓴 기사를 기어코 찾아냈다. 아직 지난달 잡지가 매대에 진열돼 있었다. 그가 쓴 성인용 칼럼이 게재된 잡지도 있었다. 〈침대 위의 언어학: 욕과 반말에 관한 은밀한 공식〉. 그걸 정독하는 나란 인간이 너무 후져 견딜 수가 없었다. 거기 있는 문장들을 게걸스럽게 집어삼키며 내 얼굴은 서서히 달아올랐다. 너무도 생생한 묘사들. 그 닳고 닳은 육체적 관계들엔 질투가 나지 않았다.

월급을 받고 이런 글을 쓴다는 건 어떤 기분일까? 배우가 농밀한 베드신을 성실히 소화한 후 혼자 조용히 메이크업을 지우는 기분일까? 모르겠다. 내가 지금 왜 이러는지. 그와 아무 사이도 아닌 주제에, 아니 그 관계를 박차고 도망간 주제에 왜 이러는지.

　나는 그 이유를 알아내기 위해 그의 글을 다 읽어야 했다. 다시 후루룩 넘긴 잡지 표지에는 '독점'이라는 두 글자가 크게 박혀 있었다. 그래, 나는 그의 영혼을 독점하고 싶었던 것이다. 내가 참을 수 없는 건 그의 입술이 다른 이의 몸을 훑는 상상이 아니라, 그의 까슬까슬한 수염이 누군가의 얼굴 위를 천천히 휘감는 장면이었다. 불안하면서도 기이하게 안온한, 관능적이면서도 부드러운 그 감촉. 나는 그 생각만으로도 무너질 듯 흥분했다. 자유로웠고, 한없이 반짝였던 그와의 기억이 내 안에서 아드레날린을 끓어오르게 했다.

　순간, 뭔가가 몸속에서 로켓처럼 튀어 오르는 것 같았다. 그와 동시에 그때의 화산 폭발처럼 뜨거운 열기가 뱃속을 중심으로 확 퍼져 나갔다.

　주르륵 피가 흘러내렸다. 수도꼭지를 틀어 놓은 듯 피가 내 다리를 타고 흘렀다. 순간 휘청거릴 정도로 어지러웠다. 깨끗한 대리석 바닥 위에 붉은 웅덩이가 생겼다. 내 몸의 작은 구멍에서 통통 불은 하리보 젤리 같은 것이 빠져나왔다.

　의사의 말을 듣고 눈물이 났다. 속상해서? 아니, 나야말로 그 눈물의 의미를 알고 싶다. 유산을 하고도 이렇게 태연하다니 나란 인간이란 참 복잡한 존재다. 전신마취와 함께 큰 수술을 앞두고도 두렵지 않았다. 임신과 동시에 내 배엔 거대한 종양이 자라고 있었다고 했다. 자궁근종이라고 통칭되는 그것. 아직 의학계에선 이 같은 종양이 자라나는 원인을 밝히지 못했다고 한다. 여러 가지 생각이 들었다. 설마 이게 신이 주신 벌인가? 물론 그 질문을 입 밖에 내진 않았다. 대신 마음 한구석에 조용히 묻어 뒀다.

'유산'이라는 단어의 잔인함은 '임신'이라는 단어의 영향력보다도 어마어마했다. 나는 공주님에서 하루아침에 무슨 죄를 지었는지도 모르는 대역죄인이 되었다. 그 신분 조정의 대가 또한 어마어마했다.

전화기로 흘러나오는 시어머니의 말.

"쯔쯧. 몸을 어떻게 굴린 거니?"

그런 말은 내 안에 들어올 수 없다. 못생긴 말은 내 영역으로 못 들어온다.

수술 날짜는 일주일 후로 잡혔다. 수술 전 MRI를 찍어야 한단다. 기계는 도넛처럼 뻥 뚫려 있어 놀이기구 같기도 했다. 놀이기구라면 딱 질색인데 그땐 그와 어떻게 탄 거지? 잘 보이고 싶은 사람의 존재란 실로 어마어마한 거구나.

MRI를 찍으려면 조영제를 넣어야 했다. 큰 바늘로 손등을 찌를 거라고 했다.

"좀 따끔해요."

그 말이 더 아프다. 차라리 하지 말지. 통증을 잊으려 놀이동산을 떠올렸다. 헤드폰을 쓰고 놀이기구에 들어갔다.

뚜뚜뚜뚜.

반복되는 소리가 고막을 두드렸다. 어디서 많이 들었던 소리. 아, 내 엠씨스퀘어. 고장 나서 볼륨 조절도 안 되던 그 고물. 난 늘 그 소리를 들으며 잠들었었다. 그래서 오늘도 자연스레 잠이 들었다. 눈을 떴을 때 간호사가 말했다.

"여기서 주무시는 분은 처음 봐요."

내가 불면증 환자라는 걸 알면 더 놀라지 않을까?

촬영실에서 걸어 나오자 화면에 새로운 대기자 명단이 떴다.

'오*든'

그와 비슷한 이름. 조영제 부작용인가? 헛것이 보인다. 아닌 걸 알면서도 가슴 한구석이 철렁했다. 그 이름에 반응한 건 마음뿐만이 아니었다. 내 몸, 끝에서 두 번째 꼬리뼈가 간질간질해졌다. 그 옅은 파동이, 그 진동이 날 미치게 만들었다.

모든 걸 그와 연결 짓는 걸 보니 내가 지금 미친 게 분명하다. 그가 내 인생에 남기고 간 흔적이 이렇게 고통스러울지는 몰랐다. 조금씩, 서서히 나는 그렇게 잠식되어 버렸다. 분명 내 마음인데도 잘 알 수가 없었다. 그저 가볍게 생각한 기분 전환이 이토록 깊게, 이토록 질기게 내 인생에 자리 잡을 줄은 꿈에도 몰랐다.

병실은 4인실이었다. 1인실로 배정해 놓은 건영과 잠시 실랑이를 벌였지만 나는 시끌벅적한 4인실이 좋았다. 커튼 너머로 들리는 소리. 그 소리를 따라 내 다음 일정도 어렴풋이 짐작할 수 있었다.

'아 이제 곧 간호사가 올 차례구나, 저분이 방금 수액을 뗐으니까 나도 곧 떼겠지.'

어느새 선후배가 생겼고 나는 병원 생태계에 자연스레 적응했다. 포카리스웨트 맛이 나는 액체를 마셨다. 내 안에 남아 있는 것들을 모두 배출해야 했다. 인턴이 왔다. 내 배 세 군데에 동그라미를 그리고 갔다. 로봇수술이라 기계가 뚫을 자리를 미리 표시하는 거라고 했다. 그 점 세 개가 내 배에 그려진 순간부터 두려워지기 시작했다. 곧 내 일부가 떨어져 나간다. 그 세 개의 작은 통로가 방금 결정되었다.

화산 폭발이 없었다면 디올 드레스를 입고 결혼식장에 들어갔을 오늘, 나는 환자복을 입고 누워 있었다. 병원에서 본 건영은 낯설었다. 아니 조금 멋있었다. 보호자로 나타난 건영은 수술 동의서에 사인을 했다. 그 순간, 든든한 지휘자가 생긴 기분이 들었다. 물론 나는 그 지휘에 집중할 수 없었지만, 그제야 내가 결혼했음을 실감했다. 나는 편리한 사람을 택했고 이제야 그 편리함을 만끽할 수 있었다. 드디어 내게도 안락한 울타리가 생긴 것이다.

막상 전신마취를 할 때가 다가오자 두려웠다. 깨고 나서 영화처럼 다른 사람이 되거나 기억의 일부가 지워지면 어떡하지? 이렇게 괴로울 바엔 그것도 나쁘진 않을 것 같았다.

수술을 마치고 병실로 돌아왔을 때 내 몸은 감각이 없었다. 소변줄을 차고 있을 땐 이게 도대체 어떻게 작동되는 건지 상상하다 수치심에 꺾여 버렸다. 팔에는 철분제와 진통제 등 다섯 개의 줄이 내 몸에 연결되어 있었다. 다시 걸을 수 있을까? 의심도 됐다.

더 이상 아이를 가질 수 없는 몸이 되었다는 사실과 내 안의 생명이 별이 되었다는 실감. 괴로웠고 그냥 이곳을 빨리 벗어나고 싶었다.

아진도 병실에 도착했다. 예상대로, 내 수술엔 관심이 없었다. 전신마취가 뭔지 알 리가 없는 순수한 표정. 언젠가 너도 알게 될 날이 오겠지. 아진이 자신이 들고 온 요란한 과일 바구니에서 사과 하나를 빼 들고 깎기 시작했다. 난 조용히 아진이 사다 준 호흡 기계에 입을 댔다.

"애들 장난감처럼 생겼지만, 이게 전신마취하고 나온 환자한테 좋은 거래."

힘차게 숨을 들이마시자 플라스틱 공이 뽀로롱 하고 치솟아 올랐다.

"잘한다!"

우리들은 고작 이런 걸로 박수 치며 깔깔거렸다. 그 순간 병실 문이 열리며 탁탁거리는 경박한 발소리가 들렸다. 건영의 엄마가 오래된 나프탈렌 냄새를 풍기며 등장했다.

"금메달이라도 땄니? 지금 웃음이 나와?"

수술은 전혀 힘들지 않았다. 하지만 그녀의 눈빛이 힘들었다. 송곳처럼, 가만히 있어도 찔릴 것 같은 그 눈빛이 나를 죄인으로 만들었다.

"이럴 때 엄마가 계셨음 얼마나 좋아. 쯧쯧."

건영의 엄마는 굳이 하지 않아도 될 말로 나를 공격하기 시작했다.

그 말을 들은 아진이 조용히 칼을 내려놓고 말했다.

"그 말을 지금 이 상황에서 꼭 해야 속이 시원하세요?"

"속이 시원하기보단 얘네 엄마가 이걸 봤으면 뭐라고 했겠니?"

시어머니가 코웃음을 치며 대꾸했다.

"뭐긴 뭐겠어요. 우리 딸 고생했다, 힘들었겠다, 했겠죠."

시어머니가 아진을 향해 레이저 같은 눈빛을 쐈다.

"요즘 애들은 참 말을 잘해. 입 하나로 세상 다 살아 낸다더니, 딱 그 모양이네."

그 순간 우리의 고 3 때가 생각났다. 야자를 째고 담을 넘어 공개방송에 다녀오면 그다음 날은 벌로 화장실 청소를 해야 했다. 그 시절 여고 화장실은 재앙 그 자체였다. 화장실 문을 여는 순간부터 공포였고 인간의 존엄성을 지키기 힘든 장소였다. 아진은 늘 담임을 전담 마크했다. 뭐라고 야단이라도 치면 그 말에 일대일 함수처럼 토를 달아서 방어했다. 아주 정성껏.

"이래 가지고 대학 가겠어?"

"대학은 가서 뭐 해요, 선생 할 것도 아닌데."

"그럼 넌 뭐 할 건데?"

"뭐 할지는 세상을 나가 봐야 알겠죠. 교실에 처박혀서 그걸 어떻게 알겠어요?"

아진 덕에 난 뭔가에 엮여서 소모될 일이 없었다. 안전지대에서 고요하게 혼자 내 일에 집중할 수 있었다. 그때도 아진이 커튼 같다고 생각했었는데, 지금도 마찬가지였다. 시어머니를 가려 주는 커튼. 어떻게 사랑하지 않을 수 있겠는가. 언젠간 나 역시 그녀의 커튼이 되어 주리라 마음먹었다.

시어머니가 병실을 나가자 아진이 말했다.

"난 결혼 같은 거 안 한다. 할 거면 고아랑 할래."

"아이고, 모쪼록 그 소망 이루시길 간절히 기도하겠습니다."

난 아진의 저 유려한 입놀림이 좋다. 모든 분위기를 읽어 내는 동물적인 감각.

내 속을 박박 긁어 주는 말. 그래서 시원한데 어딘지 모르게 서늘해지는 말. 그 말을 누군가가 날 대신해 입 밖으로 꺼내 주는 건 대단한 쾌감을 불러온다.

  아진은 알고 있다. 내가 스스로를 결혼이란 시스템에 욱여넣기로 한 게 성급한 결정이었음을. 그러는 한편 그 결정을 통해 내가 해방감을 느끼고 있다는 것도. 그치만 수학여행이나 졸업식도 함께 쌩까던 보헤미안이 이렇게 사는 꼴은 싫었던 것이다. 아진은 입이 무기인 사람이다. 총칼로 전쟁을 하는 시대에 태어났더라도 입으로 싸워서 이길 인간이다.

  아진이 흡연 구역을 시찰하고 돌아왔다.
"나 담배 피우다 누구 만났게?"
"누구?"
"밤톨이 기억나? 왜 걔 있잖아. 여름방학 때 방송국으로 실습 왔던 애. 내가 몇 번 말 했었는데."
  기억은 안 난다.
"정수리까지 동그랗게 깎아 놓은 밤톨 같던 애."
  그 말을 하는 아진의 눈썹이 치켜 올라갔다. 그 각도만 봐도 알 수 있다. 그 뒤엔 분명히 뭔가가 따라온다. 아진의 인생에 중요한 사건들이.

불장난

내 인생에 드라마에나 나올 법한 일이 벌어졌다. 나는 그런 장면을 볼 때마다 늘 생각했다.

"작가가 너무 게으른 거 아닌가? 어떻게 저게 말이 돼?"

그런데 그 개연성 밥 말아 먹은 전개가, 내 인생에서도 일어났다. 아버지라는 사람이, 간이식을 위해 나를 찾고 있다는 소식.

혼란스러웠다. 나는 진짜 간이식을 위한 도구일 뿐인가?

순간 스티브 잡스가 떠올랐다. 그는 친부를 끝까지 만나 주지 않았다. 그 냉철한 결단이 부러웠다.

이 사람이다, 내 전부를 걸고 싶다고 생각한 사람이 사라졌다. 아니, 나는 버려졌다. 갑자기 폭주하는 기관차라도 되는 양 '될 대로 되라' 모드가 되고 말았다. 이 분노를 어디에라도 써야 했다.

"간이식? 합시다."

그렇게 충동구매라도 하듯, 쿨하게 답장해 버렸다.

지금 내겐 간이식이라는 행위보다 더 중요한 게 있다. 나만의 서사로 철저히 나를 브랜딩하는 것. 나는 아주 높은 곳으로 가고 싶었고, 그 욕망이 날 집어삼켰다. 입양아가 어디까지 올라갈 수 있는지 내 몸으로 증명하고 싶었다. 작은 보육원과 협업해 더 많은 아이들에게 후원이 이어지도록 재단을 만드는 게 내 최종 목표였다. 내 이름으로 된 재단, 근사하지 않은가. 나보다 더 운이 없는 아이들을 도와주고 싶었다.

근사한 일엔 그럴듯한 서사가 필요했다.

'그 작은 보육원 출신이 이렇게 됐습니다. 그러니 여러분, 여기에 기부를 많이 해 주세요.'

그걸 위한 숨 고르기다. 그래서 일단 간이식 절차부터 밟기로 했다.

그런데, 병원 엘리베이터에서 그녀를 봤다. 환자복을 입은 또라이였다. 그녀의 얼굴을 본 순간, 내 안의 모든 게 스르륵 풀려 버렸다.

사랑은 과학이다. 한 번도 과학이 아니었던 적이 없다. 지금 내 몸에선 어떤 화학작용이 일어나고 있다. 내가 보내는 파동이 그녀에게 닿아 빛이 나기 시작했다. 이건 벌이 꽃가루를 옮기기 위해 달려드는 행위처럼 본능적인 것이다.

분명 우리의 시선이 스친 것 같았다. 봤는데도 못 본 척. 지금 뭘 하자는 게 아니다. 다만 왜 갑자기 떠났는지라도 알려 줬으면 했다. 그 대답만이라도 듣고 싶었다. 꼭 그녀의 입술을 통해 듣고 싶다. 용기를 내어 그녀의 어깨에 손을 얹으려는 순간, 엘리베이터가 5층에서 멈췄다. 흰 가운을 입은 의사가 엘리베이터를 타더니 그녀의 옆에 섰다. 그러고는 친근하게 그녀의 어깨를 감싸며 손을 얹었다.

젠장.

그 순간, 내 안의 무언가가 뚝 하고 꺾였다. 남편일까. 반지의 주인? 그녀는 내 품이 아니어도 충분히 잘 살아갈 사람이다. 내가 아무리 발버둥을 쳐 봤자 남의 사람이다. 대답이 없다는 게 대답인데 왜 그걸 몰랐을까? 이런 나 자신을 통제해야 했다.

내가 해 줄 수 있는 건 조용히 사라지는 일일지도 모른다. 그저 먼발치에서 무사하다는 걸 확인하는 것. 그걸로 충분할지도 모른다. 그런데 막상 내 눈앞에 있는 그녀를 보니 이성적인 판단이 불가능했다.

어쩌면 일평생 다시는 못 볼 수도 있다. 그러니 그냥 반갑게 인사하며 말을 걸어 볼까? 만약 누군가가 우리 보고 어떤 사이냐고 물으면 뭐라고 대답하지? 친구? 친구는 아니지… 그치만 친구 말고는 설명할 말도 없다. 거울에 비친 내 모습을 봤다. 망할, 옷 중에 최악은 환자복이다. 게다가 형광등은 그 비극에 기름을 붓는다. 바짓단을 두 번 접어 보았다. 즉석 리폼, 이 라인은 스트리트 모드와 앵컷의 충돌이다. 양말을 벗는 것만이 이 패션 테러를 막는 유일한 길이다.

15층에서 내려야 했지만, 망설임 없이 그녀가 내리는 7층에서 따라 내렸다. 그저 조용히 따라 들어가 병실의 위치라도 확인하려 했다. 그러나 여성 전용 병동 앞에서 출입증이 없다는 이유로 저지당했다.

다시 엘리베이터 앞에 죽치고 있어 볼까? 그런 어리석은 생각을 아주 구체적으로 했다.

그녀가 나를 발견할 수 있는 각도를 계산했다. 출입구로부터의 거리, 고개를 돌리는 타이밍, 눈이 마주칠 수 있는 각도… 그러나 성공 확률이 너무나도 낮다.

그래, 손 편지를 쓰자. 쪽지를 전해 달라고 하면 되겠지. 답장을 보내지 않고는 못 배기게 좀 엉뚱한 편지를 쓰는 거다.

나는 어째서 거절당해 놓고도 이토록 정신을 못 차리는 걸까? 이렇게 성급히 누군가에게 빠져든 적도 없고 앞으로도 그럴 일은 없을 거다. 동시에 그만큼 누군가를 미워하게 된 일도 없다.

그래서일까, 내가 입은 상처만큼 똑같이 그녀도 아팠으면 했다. 아니, 그녀는 지금도 충분히 어딘가 아파 보였다. 도대체 어디가 아프길래 병원에 입원한 걸까? 아플 사람은 나 하나도 충분한데. 그녀는 알까? 내가 온 마음을 다해 그녀가 건강하길 간절히 바란다는 걸. 이런 생각을 하다가도 나는 이기적인 나로 이내 돌아왔다.

이대로 물러설 내가 아니다. 나도 모르게 남편의 뒤를 밟았다. 사랑이라는 작용이 있으면 질투라는 반작용이 따라온다. 화장실로 따라가 다짜고짜 그가 쓴 칫솔을 세면대에 문질렀다. 유치하다는 걸 안다. 하지만 어디까지 더 유치해질 수 있는지 나도 의문이다.

나는 마음에 드는 운동화를 발견하면 평생을 두고 신는 타입의 인간이다. 지금 내 마음에 쏙 드는 러닝화가 있는데, 바로 내 눈앞에 있는데, 사이즈가 맞지 않는 거라고 다독였다. 전 세계를 다 뒤져도 이렇게 마음에 드는 신발은 앞으로 못 만난다는 걸 알면서도.

딱 한 번만 물어보고 싶다.

"나 기다려도 돼?" 이렇게 딱 한 번만 물어보고 싶었다. 그거면 충분할 것 같았다.

아니다. 나는 더 솔직해지려 한다. 진짜 내가 따져 묻고 싶은 건 따로 있다.

'당신은 이렇게 잘 지내면 안 되잖아?'

그치만 당신의 그 표정이, 그 침묵이 이미 설명하고 있었다.

우리의 파리가 아무것도 아닌 거라고.

그녀의 병실이 보이는 복도 맞은 편에서 종이비행기에 내 번호와 간단한 메시지를 써 냅다 그녀의 병실로 날렸다. 그냥 그날 약속을 어긴 이유라도 알면 조금 편하게 살아갈 수 있을 것 같았다.

그런데 그곳에 지갑을 떨어뜨렸다. 하필 그걸 그녀의 남편이 주웠고 나의 존재는 그렇게 발각됐다. 그는 러닝하다 잠깐 들른 사람처럼 담담한 표정이었다. 그런 걸 돌려주러 올 땐 근사하게 차려입고 올 줄 알았다. 적어도 멱살이라도 잡을 줄 알았다.

지갑 속 사진 한 장. 놀이동산에서 찍은 사진이었다. 사진 속 우린 웃고 있지 않았다. 불안으로 가득한 표정이었지만 분명 서로를 의지하고 있는 기운이 묻어났다. 어쩌면, 그 지점이 그를 더 화나게 했을지도 모른다. 그냥 놀이기구를 타며 신나게 웃고 있었다면 사진을 찢어 버렸거나 분실물센터에 맡기고 말았겠지.

그가 불장난이라도 보여 주듯 라이터로 사진을 태웠다. 불꽃이 사진 모서리를 더듬으며 번져 갔다. 나는 아무 말도 하지 않았다. 무슨 말을 덧붙여도 구차해질 것 같았다. 그는 그저 불붙은 사진을 바라보다가, 남은 재를 쓰레기통에 털고 돌아섰다.

등 뒤로 그가 조용히 남긴 한마디는 마치 무거운 책의 마지막 문장처럼 지워지지 않았다.

"질문은 없어요. 대답도 필요 없고요."

그가 사라지고 병원 복도엔 다시 고요가 흘렀다. 결혼 같은 걸 해 본 적은 없지만, 문득 그런 생각이 들었다. 결혼이라는 거, 어쩌면 서로의 허물을 덮어 주기 위해 하는 거 아닐까? 모르는 척해 주는 거. 진짜 폼 나네.

눈썹 한 올

 퇴원을 앞두고 짐을 꾸리는데 병실로 난데없이 종이비행기가 날아왔다. 옆자리 환자 아들이 유치원에서 만든 것 같아 침대맡에 올려 두고 나왔다.
 어느새, 능소화가 흐드러지게 피었다. 퇴원을 했지만 몸은 쉽게 회복되지 않았다. 몸보다 더 힘든 건 마음이었다. 선명한 주황빛 꽃들이 고개를 쳐들고 담장을 뒤덮고 있었다. 그 강렬한 색깔은 새벽 두 시의 파리를 떠올리기에 충분했다. 텅 빈 거리, 주황색 가로등. 반사된 빛들이 건물에 스며들고, 서로를 은은하게 비추던 밤. 우린 인라인스케이트를 타는 경찰과 내기를 하며 자전거를 탔다. 오렌지빛이 그의 얼굴을 비쳤다. 늦봄의 바람이 부드럽게 지나갔다.

이렇게 아무렇지 않게 일상을 보내다 불쑥 그의 생각이 덮쳐 오면 난 어떻게 해야 하는지 알 수가 없다. 모든 것에서 그의 흔적이 느껴져 미쳐 버릴 것만 같았다. 그러면서도 한편으론 그의 흔적이 사라질까 두렵기도 했다. 그와 마신 술이 아직 깨지 않은 것처럼 두통이 밀려왔다. 하지만 이 취기가 영영 깨지 않았으면 했다.

아진과 나는 동전 노래방 마니아였다. 어떤 때는 내 차 안이 노래방이었다. 그날은 한 시간 내내 이소라 노래만 골라 불러 댔다. 〈제발〉, 〈내 곁에서 떠나가지 말아요〉, 〈바람이 분다〉. 누가 봐도 실연당한 사람의 선곡이었다. 남산 한 바퀴를 돌며 발아래 한강이 내려다보이는 코스에선 윤종신의 〈야경〉을 부르는 게 우리의 의식이었다. 그런데 이날 아진은 박효신의 〈해줄 수 없는 일〉을 불렀다.

"아무것도 넌 모르잖아. 나를 차갑게 돌아서도…"

처음이었다. 아진이 우는 모습을 본 것은.

"너 지금 밤톨인가 뭔가 하는 개 때문에 이래? 제철 연애를 해! 지난 계절 썩은 감정 들추지 말고."

그건 사실 나 자신에게 해 주고 싶은 말이었다.

새벽이었고 기름이 바닥났다. 경고등이 떴지만 주변에 주유소가 보이지 않았다. 결국 신사동 사거리 한복판에 차를 세우고 긴급 출동 서비스를 불렀다. 아진은 기사가 도착하자 눈물을 닦고 차에서 내렸다. 담배를 입에 문 채 내게 말했다.

"방금 좋은 아이디어가 떠올랐어. 저 기사가 주고 간 휴지 말이야, 촉감이 남달랐어."

아진은 평범한 순간에 걸려든 뭔가 다른 촉을 끝까지 추적해 물고 늘어지는 경향이 있었다. 이번에도 그랬다. 그 휴지에는 알로에 오일이 묻어 있어 특별한 거라고 했다.

"그러니까 정신과 가서 어떤 상담을 받았는지 그게 중요한 게 아니야. 다 울고 나서 손에 잡히는 휴지의 감촉, 그게 우리를 다시 살아가게 한다고."

"그래서 그걸로 판 벌이게?"

"일단 제주로 가자. 사려니숲길을 걸으면서 생각하자고."

수학여행을 건너뛴 저주인지 우린 어딘가를 여행해도 늘 부족하다고 느꼈다. 그런데 이번엔 그 저주가 풀린 것처럼 그 어디에도 가고 싶지 않았다. 몸은 가더라도 마음은 따라오지 않을 것 같았다.

아진은 방송작가를 관뒀다. 자기 말로는 잘린 거라는데, 걷는 내내 뭔가를 찍어 댔다.

"그러니까 이게 앞으로 할 유튜브라는 거야. 앞으로 내 밥줄."

우리는 사려니숲길을 걸었지만 비타민D 부족 환자처럼 눈에는 다크서클이 깊게 팼다. 아진이 잠든 새벽, 나는 맨발로 새벽

바다를 걸었다. 투명한 물결, 차가운 모래. 걸으면서 울부짖었다. 아무것도 할 수 없어 울었다.

우리는 너무 늦은 걸까? 아님 너무 섣불렀던 걸까?

이 순간만큼은 그의 어깨에 기대어 숨죽여 우는 것 같았다.

아진이 이런 나의 속마음을 알 리 없었으므로 함께 툭 터놓고 이야기할 수 없는 것도 괴로웠다. 내 인생의 일부분, 아니 너무 커져 버린 부분을 공유할 수 없다는 것에 여행 내내 답답함을 느꼈다. 차라리 다 털어 버리고 아진이 한바탕 비웃어 주고 넘어가길 바랐다.

초여름의 제주 바닷빛깔은 투명하고 싱그러웠다. 바다를 보니 그의 셔츠가 떠올랐다.

그렇게 환장하던 고등어회도 비려서 먹을 수 없었다. 그 어떤 맛있는 음식을 눈앞에 두고도 말라비틀어진 피자를 겨우 먹던 그해 봄이 생각났다.

"나 가슴에 있는 문신 지울 거야."

아진이 폭탄선언을 했다.

"왜?"

"나 무유수유 채 보고 싶어졌이."

"하고 싶으면 벌써 저질렀겠지! 이거 은근히 밑밥 까는 거 수상한데?

"나 아무래도 오래는 못 살 거 같아. 시간 없어. 지금 하고 싶은 거 다 해야 해."

그 누구보다 오래 살 아진이다. 난 그걸 안다.

"FA 시장에 풀린 운동선수처럼 매일 관리해야 해."

그녀는 늘 이 말을 달고 살았다. 사실 아진은 생각하기에 따라서는 아주 낭만적인 병마와 싸우고 있었다. 쇼그렌증후군이라는 자가면역질환이었다. 그런 지병 때문에 남들보다 더 자주 검진을 다니고 자기 몸을 관리한다. 큰 병이 자리 잡을 틈을 안 준다. 그래서 아진은 임신 같은 건 꿈도 못 꾼다고 했었다. 평생 낫지도 않고 약도 없는 이 병은 어릴 때 너무 청결한 환경에서 자라면서 면역기능이 제대로 작동하지 않아 걸리는 병이었다. 한마디로 애지중지병. 당장 죽는 병은 아니지만 피곤하면 혈중 특정 항체 수치가 높아져 미열이 난다고 했다. 난 그런 병조차도 부러웠다. 한편으론 신은 꽤 공평하구나, 하고 속으로 생각했다.

그런 아진이 "임신하고 싶어"도 아닌 "모유수유 해 보고 싶어"라는 말을 내 앞에서 꺼냈다. 그건 거대한 세계로 진입한 사람의 선언이었다. 진짜 사랑이 시작되었다는 걸 눈치챘다. 도대체 그 사람이 누굴까? 요즘 누가 아직도, 사랑 같은 걸 하니? 하고 비웃던 그녀를 변화시킨 사람은 누굴까? 그녀의 세계가 확장되고 있다. 그야말로 제철 사랑 중이었다.

한편 그 말을 듣는 순간 이번 생에 난 모유수유를 할 수 없는 사람이라는 걸 새삼 깨달았다. 라이벌 의식을 느낀 건 아니었다. 우린 출발선이 전혀 달랐기에 애초에 경쟁 구도라는 게 성립될 수 없다. 하지만 고등학교 시절 아진이 이언 매큐언에 관심을 보이자 내가 안달이 난 것처럼, 그녀가 모유수유를 준비한다는 모습에 내가 또 흔들릴까 봐 겁이 났다.

자궁을 들어낸 뒤로 난 엔진이 없는 고장 난 차처럼 공허했다. 당연히 마음만 먹으면 가질 수 있다고 생각했던 게 아이였다. 오만함이 하늘을 찔렀다. 나라는 존재를 어떻게든 증명하고 싶어졌다. 뭐라도 붙잡아야 했다. 뭐든 좋았다.

아진이 가슴에 있는 문신을 다 지우기 전까지, 나는 '드라마 공모전 당선'이라는 가당치도 않은 목표를 세웠다. 문신은 레이저로 20회 정도를 지져야 겨우 사라진다고 했다. 아진이 뭔가를 이루는 동안 나도 뭔가를 이뤄야 한다는 강박. 그래야 그 구체적인 심정을 내가 공감할 수 있을 것 같았다.

조회수도 안 나오는 웹소설은 접었다. 구체적인 목표가 있으면 잊어버릴 건 잊을 수 있을 줄 알았다. 그런데 아무것도 손에 잡히지 않았다. 공중전화가 보이면 궁금해졌다. 저게 아직도 되는 걸까? 저걸로 그 사람 회사에 전화해서 물어보면 되지 않을까?

결국 이런 상상에까지 이르렀다. 어느 날 나는 전화를 걸기로 결심한다. 신호음이 울리는 동안 심장은 터질 것 같다. 무슨 말을 해야 할까? 터질 것 같은 심장으로 그가 내 목소리를 알아볼지 궁금해한다. 그러나 생각이 끝나기도 전에 손이 떨려 수화기를 놓아 버리고 만다.

평소 같지 않은 낌새는 알 수 없는 파장으로 상대에게 전달되는 것 같다.

"도대체 너 유럽 가서 무슨 일이 있었던 거야? 귀신이야? 괴물이야?"

아진은 그렇게 툴툴거렸다. 무슨 일이 '있었던' 게 아니다. 지금도, 계속되고 있다. 끝난 줄 알았는데 현재진행이다. 진짜 내가 유럽에서 뭘 본 건지 나도 묻고 싶다. 난 그렇게 그의 흔적에 잠식되어 갔다.

내가 그에게 진짜로 전화를 걸까 봐 두려웠다. 만약 불태울 수 있다면 전부 다 태워 버리고 싶었다. 어디선가 길을 잃은 나를 다시 제자리로 되돌려 놓고 싶었다.

시간이 흘렀고 다행히 그런 사태는 발생하지 않았다. 지금도 가끔 공중전화를 보면 뜬금없이 그의 잡지사로 전화를 걸고 싶어진다. 하지만 '내게 그럴 자격이 있을까?'라는 생각에 이내 정신을 차리곤 한다. 아직도 이러고 있는 걸 누가 듣기라도 한다면 지나가던 개가 웃을지도 모른다.

그러던 어느 날, 뜻밖의 전화 한 통으로 나는 엄마의 유품 정리에 박차를 가하게 됐다. 변호사라고 밝힌 그 사람은 엉뚱한 소리를 했다.

"어머니께서 남기신 유산 내역 확인차 연락드렸습니다."

"네, 유산이요? 그런 게 있을 리가."

평생을 돈에 쪼들려 살던 우리 집이다. 뭔가 착오가 있는 게 분명했다. 그는 증여 진행을 위해선 유언장 원본이 필요하다고 했다. 도저히 '우리 집'이라고 부르기 싫은 그곳에 가야 했다. 인생에서 가장 찾고 싶은 건 늘 두려운 장소에 있는 법이다. 파주 용주골 끝자락 목욕탕 2층. 원래는 더부살이로 세 들어 살다가 결국 우리 집이 되어 버린 곳. 행여 IMF 직후 망한 가정이 등장하는 영화가 있다면 촬영 장소로 쓰기 딱 좋은 곳.

도대체 이 먼지 더미 속에서 유언장을 어떻게 찾지? 엄마라면 어디다 숨겼을까. 답은 의외로 쉬웠다. 희대의 사랑꾼인 우리 엄마라면, 아빠 물건이겠지. 다락방에서 낡은 노트를 찾았다. 아빠가 쓴 육아 일기였다. 노트를 펼치자 종이 삭은 냄새가 확 풍겼다. 그 안에 유언장이 있었다.

엄마는 내가 혼자 살아가게 되리란 걸 알았던 거다. 그래서 일부러 늘 가난 속에 나를 던져 놓았다. 단단히 살아남으라고. 그게 엄마의 방식이었다. 그때 알았다. 사랑은 숫자로 증명하는 거라는 걸. 알량한 말은 변하는 법이지만, 숫자는 거짓말을 하지 않는다. 그래서 나도 언젠가 인생을 걸고 지키고 싶은 사랑이 생기면, 반드시 꼭 숫자로 증명하리라 다짐했다.

그리고 내 눈길을 끈 아빠의 노트와 곰팡이 핀 종이 사이로 드러난 문장들. 아빠는 내가 열이 나서 병원에 간 걸 무려 열 장에 걸쳐 써 놓았다. 아빠에겐 한 줄로 정리되는 일을 흥미진진하게 부풀리는 재능이 있었다. 글을 가지고 놀 줄 아는 사람이었다. 그 기록 속의 나는 너무 사랑스럽고 두 팔로 껴안기에도 한없이 부족한 귀여운 존재였다. 아빠가 집에 오면 기어서 문밖까지 나갔고 누런 콧물이 코딱지가 되면 입에 넣기 바빴다고 했다. 하도 냉장고 문을 자주 열어서 열쇠로 잠가야 할 정도라고 쓰여 있었다. 별것도 아닌 걸 애틋하게 써 놓은 사람이었다. 이렇게 다정한 사람이라니. 내가 아는 아빠는 분명 그런 사람이 아닌데. 그래서 더 미워졌다. 이토록 나를 사랑했던 사람이, 어째서 우리를 버렸을까.

아빠가 집을 나간 건 우리를 사랑하지 않는다는 증거라 생각했다. 그건 맞다. 무슨 일이 있어도 가족을 버려서는 안 된다는 것쯤은 그 어린 나이에도 알고 있었다. 그런데 이런 걸 기록한 사람이라면, 이렇게 삶에 대한 열정이 뜨겁게 넘치는 사람이라면, 우릴 버린 것에도 분명 이유가 있겠지, 하고 생각하려는 내가 있었다.

그럼에도 거부하고 싶다. 아빠에게, 미운 사람에게 뭔가를 물려받기는 싫다. 그런데 이 육아 일기를 읽으니 이제 그 사실을 인정할 때가 된 것 같다. 거부할 수 없는 뜨거운 무언가가 거기 있었다.

아빠와 내가 닮은 점이 꽤 많다는 걸 알게 됐다. 아니 인정하게 됐다. 우린 전쟁소설을 좋아했다. 동네 책방에서 책을 빌릴 때면 내가 홀수 회차를, 아빠가 짝수 회차를 빌리곤 했었다. 아빠는 짝수 회차를 먼저 읽고 거꾸로 홀수 회차를 읽었는데, 처음엔 저게 무슨 재미인가 싶었지만 나도 나중엔 그 방식을 따라하게 됐다.

"거꾸로 읽으면 떡밥 회수 먼저하고 나중에 그걸 찾아낼 때 쾌감이 있어서 더 재밌어."

아빠는 늦게 오는 날이면 항상 투게더 아이스크림을 사 왔다. 내 머리통만 한 그 아이스크림을 퍼먹으며 둘이서 전쟁소설에 대해 이야기하는 일이 그 시절엔 일상이었다.

"미군들은 전쟁을 하면서도 아이스크림을 먹었대." 아빠는 그 점을 특히 부러워했다.

때론 소설에서 누가 범인일지, 누가 배신할지, 누가 먼저 죽을지 예측하며 내기를 했다. 잔인한 예측 게임이었지만 그걸로 밤을 새웠다. 미드 〈더 퍼시픽〉을 보나가 아빠가 말한 장면이 그대로 나왔을 땐 무심결에 아빠에게 전화할 뻔했다. 그 흥분을, 그 타이밍을, 그 짜릿함을 완벽히 이해할 사람은 이 세상에 오직 아빠뿐이었으므로.

나이를 속여 베트남전쟁에 참전했던 아빠는 자신의 진귀한 경험을 늘어놓느라 긴긴밤이 늘 부족했다. 그 이야기는 꿈에서도 이어져서 나는 꿈속에서 전쟁을 치렀다. 아빠는 전쟁이 끝났는데도 자기 안의 무언가와 계속 싸우고 있었다. 지금 와서 생각해 보면 적어도 그 순간만큼은 아빠를 순수하게 좋아했다. 아빠와 단단히 무언가로 연결되어 있다고 느꼈다. 그 감각은 나를 지탱하는 끈끈한 힘이었다. 엄마는 도저히 이해 못 할 세계를 우리 둘이서 만들어 갔다. 물론 아빠가 집을 나가기 전까지 말이다.

엄마가 그 유언장을 거기에 두었다는 건 내게 아빠를 챙기란 부탁이다. 그래서 지금 아빠를 만나러 간다. 이제는 물어볼 용기가 생겼다. 왜 이렇게 가난하냐고, 우리를 버리고 갔으면 보란 듯이 잘 살아야지 왜 아직도 빌빌거리고 사냐고 물어보고 싶었다.

줄곧 왜 그러고 사냐고 물으면 안 될 것만 같았다. 무례하기 짝이 없는 행동 같았다. 그러나 오늘은 꼭 물어보자.

적어도 집을 나가려면 밥상을 뒤엎는다든가 하는 시그널 정도는 있었어야 하는 거 아닌가? 그러나 우린 아무런 전조도 없이 덩그러니 남겨졌다.

아빠는 테헤란로 사거리 H자동차 대리점 앞에서 구두 닦는 일을 하고 있었다. 아주 오랜만이지만 우린 전쟁소설을 보던 그때 그 시절처럼 서로를 대할 수 있을 줄 알았다. 마침 아빠는 구두를 걸어서 들어오는 길이었다.

만나자마자 베트남에 두고 온 가족에게만 책임을 다하면 되는 거냐고 따져 물으려 했다. 그런데 아빠의 팔에 있는 선명한 화상자국을 보자 말문이 막혔다. 그 화상자국은 시위를 벌이다 생긴 흉터라고 했다. 베트남 참전 용사들에게 나라에서 지급하기로 한 돈이 나오지 않자 단체로 불을 질렀다고 했다. 동료들은 모두 연행됐고 아빠는 도망쳤다. 그 흉터를 보자, 내 바닥이 무너졌다.

내가 진짜 하고 싶었던 말은 아빠의 별난 사랑을 응원한다는 말이었다. 엄마가 남긴 유산을 의리 있게 '반띵'하자고 말하려 했다. 물론 실제로 그런 말은 입 밖으로 나오지 않았다. 대신 엉뚱한 말이 튀어나왔다.

"어머, 이 사람도 나처럼 짝짝이 발이네."

왼쪽 발이 더 헐겁게 닳아 있었다. 그 구두에 내 발을 넣는 순간 포근하고 따사로운 햇빛이 내리쬐는 듯했다. 누군가의 구두, 누군가의 냄새, 누군가의 온기가 날 끌어당겼다.

왠지 모를 편안함이 느껴졌다. 그 기묘함에 긴장이 풀렸다.

"아빠 기억나? 어릴 때 엄마가 나도 짝짝이로 신발 사 줬던 거?"

아빠는 내 등을 툭 치며 소리쳤다. 난 더 이상 그 시절의 어린이가 아닌데.

"야, 그거 손님 거야!"

"10년 만에 보는 피붙이한테 하는 말이 고작 그거야?"

결국, 나도 모르게 소리를 지르고 돌아섰다.

그다음 달 잡지에서 해든의 이름이 사라졌다. 그다음 달도 마찬가지였다. 잘린 건가? 트위터에 연재되던 기사도 업데이트가 멈춘 상태. 아무래도 잡지사를 그만둔 것 같다. 분명 무슨 일이 생긴 것이다.

더 충격적인 건, 나 역시 혼자 써내려 가던 공모전용 극본 집필에 의욕이 사라졌다는 점이다. 나도 모르게 그에게 의지하고 있었던 걸까? 상상의 연료가 사라지자, 글을 쓰고 싶은 욕망을 잃어버렸다.

우울증인 것 같아 정신과도 찾아가 봤다. 아진이 기어코 따라와 알로에 휴지를 홍보한답시고 내 상담 시간을 다 빼앗았다. 그는 내 일상에 불현듯 찾아와 바람에 실린 목소리로 말을 걸고 그대로 날 멈춰 세웠다. 그 기억들이 뜬금없이 되살아나 내 삶에 관여했다. 아니, 간섭했다. 내 마음 한구석에서 그의 거북목은 언제까지고 반짝이고 있다. 위가 위액을 분비해야 제대로 소화가 되듯, 내 뇌도 그와의 추억을 분비해야 살아갈 수 있는 지경에 이르렀다.

다시 노트북을 열고 차근차근 내 마음을 정리해 봤다. 자판

사이로 떨어진 속눈썹 한 올이 눈에 띄었다. 분명 내 것은 아니다. 그의 눈썹이었다. 노트북을 빌려줬을 때 흘린… 고작 눈썹 한 올 따위가 날 무너뜨렸다. 그 눈썹 한 올이 또다시 그와 함께 있던 공기, 빛, 소리, 냄새 그 모든 것에 대한 기억을 불러일으켰다. 이래선 안 되겠다 싶어 창문을 열어 그 눈썹 한 올을 바람에 흩날려 버렸다. 미나리 향이 날 에워싸는 듯한 착각이 일었다. 침대까지 침범하는 그 냄새에 난 미쳐 버릴 것 같았다. 그를 들이마시고 그를 내쉬어 본다. 당신의 그 선명한 흔적에 난 감겨 버렸다. 잠옷처럼 헐겁고 부드러운 당신이 바로 곁에 있는 것 같았다.

무심코 켜 둔 TV에서 하와이 다큐가 나왔다.

—하와이엔 일 년에 딱 사흘간 눈이 내립니다. 커피나무에 단 사흘만 피는 새하얀 꽃! 오직 이걸 보기 위해 특별한 여행객들이 몰려든다는데요. 그 짧은 수명 때문에 '사흘의 사랑'이라고 표현하기도 한답니다.

진짜 하와이에 눈이 오기도 하는구나.

기차역에서 그와 시시껄렁한 농담을 주고받던 그 순간이 떠올랐다.

'하와이에 눈이 내리면 우리 만날래요?'

'그래요. 나이아가라폭포가 거꾸로 흐르면 삐삐 쳐요.'

진짜 우리가 다시 만날 수도 있지 않을까? 만나지 않아도 좋다. 그냥 하와이에도 진짜 눈이 온다고, 이 말을 전하고 싶을 뿐이다.

하와이

간이식 수술은 실패했다. 담도 협착이라는 합병증이 생겨 회사에 사표를 냈다. 더 이상 마감을 할 수 없는 몸이 됐다. 매달 20일에 새 잡지를 서점에 눕혀야 하는 삶이 끝났다. 마감은 반드시 끝이 있고 난 매달 지난달보다 나아질 수 있다는 희망을 품었다. 난 드디어, 아니 이제서야, 익명의 취재원 없이도 혼자 힘으로 섹스 칼럼을 잘 쓸 수 있게 됐는데… 이렇게나 허무하게 끝나 버릴 줄은 정말 몰랐다.

건강을 잃었지만 얻은 것도 있다. 엄마가 누군지 알게 된 것이다. 그렇다고 마음만 먹으면 찾아갈 수 있는 건 아니었다. 그녀의 엄마는 빵빠레 아이스크림을 좋아한다고 했었다. 그렇다면 우리 엄마는 뭘 좋아할까?

문득 요한의 엄마가 생각나 서교동 '요한 미용실'에 손님인 척하고 가 머리를 잘랐다.

미용실 한쪽 벽에 걸린 TV에선 하와이 다큐가 나오고 있었다.

—하와이엔 일 년에 딱 사흘간 눈이 내립니다. 커피나무에 단 사흘만 피는 새하얀 꽃! 오직 이걸 보기 위해 특별한 여행객들이 몰려든다는데요. 그 짧은 수명 때문에 '사흘의 사랑'이라고 표현하기도 한답니다.

머리를 손질해 주던 요한의 엄마가 화면에 시선을 고정시키며 말했다.

"저 커피 한번 마셔 봤으면 소원이 없겠네."

나는 그 커피 맛보다 그녀가 궁금했다. 하와이에 눈이 오면 만나자는 실없는 농담이 떠올랐다. 하지만 그런 어리석은 짓은 여기서 끝내야 한다. 이젠 그 무엇도 짊어지지 않은 채 살고 싶다.

미용실을 나서며 전단지를 한 움큼 챙겨 골목마다 붙였다. 날 따라오는 고양이에게 츄르를 건넸다. 이게 지금 내가 부릴 수 있는 최고의 사치다.

그러던 어느 날, 사촌 형이라는 사람한테서 전화가 왔다. 그때는 몰랐다. 그 제안이 내 인생을 완전히 뒤바꿀 줄은.

4장

가을날의 재회

초대장

"블레스 유!"

재채기를 하면 눈치 대신 다정한 말이 날아든다. 그 말 한마디가, 지금 내가 뉴욕에 있다는 걸 실감케 한다. 한국에선 불가능한 일이, 고작 비행기 열다섯 시간을 타고 날아오면 너무나 자연스러운 일이 된다.

"갓 블레스 유!"

신에게 건강을 빈다는 뜻. 기침을 하면 자동으로 튀어나오는 미국식 인사다. 이곳에서는 아무도 내 이름을 제대로 발음하지 못한다. 이름 때문에 실랑이를 벌이다 결국 '썸머'라는 간단한 미국 이름을 만들었다.

느려 터진 행정 처리, 만연한 인종차별, 지저분한 지하철. 이

방인으로서 싸워야 할 일들은 차고 넘친다. 현실적인 걸림돌은 매일매일 가혹했다. 건영과 나는 그렇게 전우애를 나누는 룸메이트처럼 살았다. 가까워질 일도, 멀어질 일조차도 없는 건조한 우정. 그게 딱 좋았다. 커피를 내리고 연어를 굽는다. 서로를 돌보는 잔잔한 기쁨. 건영은 늦은 오후, 브루클린브리지를 등지고 달리는 걸 좋아했다. 그 외엔 집과 병원만 오갔다.

우리 두 사람은 결혼 생활 속에서 각자의 독립적인 생활을 꾸려 나갔다. 각자 자기만의 방이 있었고, 그 같은 물리적인 분리는 결혼 생활을 더 건강하게 만들었다. 건영은 돈을 버느라 고단했고 나는 돈을 쓰느라 공허했다.

"왜 아이가 없어요?"

불쑥 치고 들어오는 질문엔 둘러대지 않았다.

"불임 부부예요."

그 대답은 나뭇가지를 쳐 내는 것처럼 분명하고 단호했다.

대륙이 바뀌어도 줄곧 해든이 떠올랐다. 매일의 일상 속에서 오직 그 생각만이 끊임없이 반복되었다.

평일이든 휴일이든 그를 떠올리는 일이 건영에게 미안하지 않았다. 파리의 나른한 햇살, 화산재 섞인 진눈깨비, 봄날의 운동장, 꽃 내음을 맡을 때 몸을 살짝 꺾는 각도, 다정한 등의 온기, 숫자를 붙여 던지던 묘한 질문들, 자신의 치부를 온전히 드러낼 용기, 상처를 까뒤집고 그 위로 조명까지 때려 돋보이게 만드는 객기 같은 것들. 그리고 경쾌한 태도까지.

건영도 가끔 긴 생각에 잠겨 있거나 나처럼 멍하니 있곤 했다. 우린 마치 완벽하게 균형 잡힌 저울 같았다. 기울지도, 흔들리지도 않는 동등한 부부. 우리 자체엔 문제가 없었다. 애초에 너무 강력한 빌런이 있었기 때문이다.

대개 며느리가 시집올 때 얼마를 가져왔는지 그렇게까지 궁금해하진 않는 법이다. 하지만 도박에 빠진 건영의 엄마에게 이는 매우 중요한 문제였다. 그녀는 나를 이름 대신 "오백만 원"이라고 불렀다. 내가 오백만 원을 가지고 시집왔기 때문이다. 빚을 청산하고 남은 돈이 딱 그만큼이었다. 난 떳떳했다.

"제가 돈 보고 결혼한 건 아니잖아요."

건영은 그런 말들로 자신을 방어했다. 그럼 뭘 보고 결혼한 걸까, 나도 솔직히 궁금하긴 했다. 그토록 지성을 뽐내는 의대 교수일지라도 엄마 앞에선 약자였다. 빌린 돈을 대신 갚으라는 압박에 무력하게 따라야만 했다. 어쩌다 보니 난 도박중독자 가족이 서로 피고름 짜내는 광경을 바로 곁에서 지켜봐야 했다. 건영은 착한 아들이 되기 위해 스스로 서서히 죽어 가는 쪽을 택했다.

나 역시 그녀가 날 오백만 원이라고 부르는 걸 이미 다 알고 있다. 그걸로 욕하고 서운해 봤자 자기 얼굴에 침 뱉기라 부러 모른 척을 했다.

"비행기 타면 얼마 버니?"

나와 처음 만난 날 시어머니가 한 질문과,

"어떤 야구팀을 응원해?"

건영과 처음 만난 날 이렇게 물어본 우리 엄마. 완벽한 대비를 이룬다.

건영의 교환교수 자리를 명분으로 우리는 그렇게 뉴욕으로 떠밀려 왔다. 그 자리가 탐났던 건 전혀 아니다. 다만 물리적으로 빌런으로부터 격리될 절호의 찬스였다.

"우리 그냥 뉴욕으로 튀자. 내가 당신 팬티가 될게."

건영은 눈을 깜빡였다. 대체 무슨 뜻으로 그런 말을 하느냐는 표정이었다. 나로서도 대단한 생각 없이 그저 되는 대로 내뱉은 말이긴 했지만, 팬티처럼 밀착해서 당신을 빌런으로부터 보호하겠다는 단단한 결의, 일종의 출사표 같은 거였다. 뉴욕에 도착한 날, 우리는 그날을 '독립 기념일'이라 불렀다. 누군가의 버킷리스트는 순례길 걷기, 크루즈 타기일지 몰라도 우리에겐 그 악마로부터 격리되는 게 최우선이었다. 뉴욕으로 왔기에 그 끔찍한 업소용 냉동고로부터 비로소 해방될 수 있었다.

이혼을 결심하는 건 어렵지 않았다. 구멍 난 보트가 서서히 가라앉고 있었다. 한 사람은 내릴 생각조차 하지 못한다 이미 지독한 고문을 당해 판단력을 잃고 만 걸까. 나라도 혼자 뛰어내릴 참이었다. 마지막만큼은 우아할 수 있도록, 난 그 엔딩을 어떻게 연출할지 조용히 머리를 굴리고 있었다.

"네가? 넌 이혼 같은 거 못 해!"
아진은 단호하게 말했다.
"왜? 나는 왜 못 하는데? 그게 뭐라고."
"이혼도 결혼에 진심일 때 할 수 있는 거야."
아진은 그렇게 예언했다. 나는 그 모든 것들에 침묵으로 대응했다. 시어머니 따위가 내 인생을 망치게 둘 수 없다. 똑똑한 사람은 용서를 하고, 현명한 사람은 무시를 한다고 들었다. 굳이 골라야 한다면 난 현명하고 싶다. 내가 이혼을 하지 못한 진짜 이유는 따로 있었다. 혹시라도 해든을 다시 찾아가게 될까 그게 두려웠다. 그를 다시 만나고 싶은 마음이 고개를 들 때마다 필사적으로 억눌렀다. 그런 참사를 막기 위해 아직 건영과는 헤어질 수 없었다. 건영에겐 내가 방어막이 되어 주는 척했지만, 사실은 건영이 나의 방어막이었다.

건영은 드라마 공모전에 줄곧 떨어지는 내게 아무 말도 하지 않았다. 오히려 그런 무관심이 굴욕적이었다. 한 사람이 전력을 다해 인생에서 무언가를 만들어 나가고 있을 때 '응원할게, 잘 될 거야' 같은 빈말이라도 해 주길 바랐다. 자료조사에 필요한 책을 읽고 있으면 건영은 건조하게 묻곤 했다.
"이 세상에 있는 모든 책을 다 읽을 작정이야?"

"이 세상에 있는 모든 책을 다 읽을 작정이야."

그 당시 난 사람이 아니고 명백한 벌레였다. 책벌레. 그도 아니면 술 벌레를 사이를 오가고 있었다. 아마도 건영은 내가 적당히 하다가 지쳐 나가떨어지겠거니 했던 모양이다. 한번 강하게 불타오른 뒤 꺼져 버리는 촛불처럼 생각했는지도 모르겠다. 그러던 어느 날, 건영이 친구와 통화하는 내용을 듣고는 그의 진짜 속내를 알게 되었다.

"어떤 날은 방에 틀어박혀서 안 나와. 재능이 있으면 진작에 됐겠지. 저러다 말겠지 한 게 벌써…"

글이 안 써지는 날에는 브라이언파크를 한없이 걸었다. 체스 두는 할아버지들을 구경했다. 체스 판을 보는 게 아니라 그들의 표정을 봤다. 긴 산책이 필요할 땐 센트럴파크를 돌았다. 그곳에서 겨울엔 스케이트 타는 사람을, 여름엔 야외극장에서 영화 보는 사람을 구경했다. 건영은 정확하게 일곱 시간을 잔다. 그걸 어기면 무슨 큰일이라도 벌어지듯 굴었다. 그리고 여전히 밤에 잠을 못 자는 나를 바보로 여긴다.

그날은 드물게 드라마 공모전 최종 심사에 올라가 결과 전화를 기다리느라 신경이 바짝 곤두선 날이었다. 또 그날은 처음으로 인종차별을 당한 날이었다. 내가 이런저런 일을 당했다고 조잘거리니 건영은 인공지능 알렉사처럼 말했다.

"미국에선 인종차별을 안 당하는 게 더 힘든 거야."

"미국에선 인종차별을 안 당하는 게 더 힘든 거야?"

나는 되물었다. 건영의 말은 무책임했으니까. 그래서 어쩌라고? 당할 때마다 그냥 참고 있어야 하나?

해든과는 싸워 보고 싶었는데 그럴 기회조차 없었다. 그래서 건영에게 시비를 걸었다. 그 사람은 어떻게 화낼까? 어떻게 핏대를 세울까? 어떻게 소리치고 성질부릴까? 상상조차 안 되지만 그래야 마음이 풀리곤 했다. 내가 가 보지 못한 길을 손끝으로 더듬듯 필사적으로 상상했다.

그 순간, 해든이 해 준 말이 생각났다. 그는 프랑스에서 지금보다 더 사악한 인종차별을 겪었다.

"상대를 존중하는 것도 능력이에요. 그러니까 차별을 당하면 그만큼 능력이 안 되는구나, 하고 생각하면 편해요."

나의 이방인 선배가 내게 알려 줬다. 그 말이 내 뉴욕 생활을 구원했다. 당시엔 그게 무슨 뜻인지 정확히 몰랐지만, 경험해 보니 실감 났다. 해든이 해 준 이야기는 인종차별을 당할 때, 타인으로부터 나를 지키기 위한 주문이 되었다.

줄곧 궁금했다. 지금 그는 어디 있을까? 멀리서 찾을 필요는 없었다. 이미 그의 일부가 내 안에 있었으니까. 그렇게 생각하니 아무것도 두렵지 않았다. 설마 내게 나쁜 일이 생긴다 해도 그도 겪어 낸 일이라 생각하니 별것 아닌 것처럼 느껴졌다. 역시

악의 무리에 대적하는 데는 경쾌한 태도가 최고다.

내 인생의 빈틈을 채워 준 건 디올 드레스가 아니었다. 소중한 사람이 건넨 말의 온기였다.

세상을 바꾸는 건 말 한마디면 충분하다. 말 한마디에 쪼그라들었던 내가 다시 펴진다.

반면 어떤 한마디에는 속수무책으로 쪼그라들기도 한다.

"도대체 드라마가 뭔데? 부부 동반 모임도 못 갈 정도로 대단한 거야?"

건영이 가끔 성질을 부릴 때면 나는 침묵으로 일관했다. 그는 내 등에 대고 화가 풀릴 때까지 쏟아 냈다.

"나 이렇게 기분 개떡 만들어 놓고 그게 잘 써지냐고?"

그렇게 한바탕 쏟아 내고 운동화 끈을 묶고 문을 쾅 닫고 나가 버리면, 일단 잠잠해지곤 했다.

그럴 때면 나도 따라 나갔다. 건영의 곁에서 묵묵히 달렸다. 달리기 위해서가 아니라 그가 헉헉대는 모습을 보기 위해서. 숨이 턱끝까지 차오를 때 벌겋게 달아오른 그의 얼굴은 왠지 모르게 위안이 된다. 마라톤 풀코스를 준비하는 건영은 어떤 생각으로 달리고 있을까? 달리는 동안에는 아무런 생각이 없는 것 같다. 생각이란 걸 하기에 너무 힘겨워 보였다. 건영은 브루클린브리지를 건널 때의 불안감이 좋다고 했다.

"가만히 멈춰 있는 땅보다 근육처럼 약간 출렁거리는 현수교

위를 뛸 때 진짜 살아 있다는 느낌이 들어."

건영의 옆을 달리면서 보는 흔들리는 브루클린브리지가 내게 이렇게 말하는 것 같았다.

이제 슬슬 그만둘 때가 되지 않았냐고.

내게 뇌수술을 집도하라는 것도, 트리플 악셀을 뛰라는 것도 아니다. 다만 성과가 나지 않는 걸 그만두라는 거였다. 그래도 그건 내게 뇌수술 집도나 트리플 악셀만큼이나 엄두가 안 나는 두려운 일이었다.

어떤 성과도 내지 못한 채 만성적인 피로감이 누적되는 일상. 방향을 모른 채 계속 직진했건만, 알고 보니 원을 그리며 제자리를 맴돈 건 아니었을까?

10년 동안 나는 왜 그렇게 스스로를 벼랑 끝으로 몰고 가지 못해 안달이었던 걸까? 계속 거부당하는 쓰레기를 쓰는 주제에?

아니다. 어마어마한 역경을 이겨 낸 상징물이 그렇게 말할 리가 없다. 남편이 다치고 아들이 아프고 결국 아내가 진두지휘해서 14년 만에 완공된 다리가 그렇게 말할 리 없다.

방향을 몰라도 목적지가 있다면 계속해서 걸을 수 있다. 자기만의 이유를 찾았다면 뭐든 그렇게 쉽게 그만둘 수는 없는 법이다. 나는 자유로워지고 싶어서 그 길을 계속 걸었다. 나는 글을 쓸 때 가장 용감해지고 무엇이든 될 수 있고 어디로든 갈 수 있는 사람이 된다. "착한 여자는 천국에 가지만, 글쓰는 여자는 이디든 갈 수 있다"라는 말을 인생의 좌우명 삼아 지낸 지 여러 해가 흘렀다. 센트럴파크는 서서히 황금빛으로 물들었다.

뉴욕 마라톤대회를 앞두고 유튜버 아진이 왔다.
"그 안경은 뭐냐?"
"더 깊이 관찰하려고."
"근데?"
"자외선으로부터 눈을 보호해 준대서."
어느새 안경은 내 유니폼이 되었다. 슬럼프에 빠질 때마다 돈 지랄을 하며 안경을 바꿨다.
"때려치워. 그 안경으론 너의 그 애매한 재능 같은 건 안 보일 거 아냐."
그러는 아진의 유튜브 채널 구독자는 천 명도 되지 않았다. 광고 수익은커녕 적자에 허덕이고 있었다. 내가 공모전에 계속 떨어지는 것과 비슷한 처지였다. 아진은 여전히 주제를 바꿔 가며 수익도 안 나는 유튜브를 계속 하고 있었고, 나는 여전히 공모전에 줄줄이 떨어졌지만 새벽부터 글쓰는 드라마작가 지망생이었다. 그치만 아진은 글렀다. 나와는 다르게 절박함이 없기 때문이다. 해도 그만 안 해도 그만이라는 식이라 그러다 이내 나가떨어져 버릴 것이다.

아진은 최근 코인과 주식으로 주제를 바꿔서 단타 치는 걸

라이브로 하고 있다고 했다. 그걸 하지 않는 사람을 바보인 것처럼 취급했다. 난생처음 들어 보는 용어들. 난 그런 건 평생 모르고 살 생각이었다.

베프 사이엔 어쩔 수 없는 꼬임이 있기 마련이다. 다행히 나는 이 꼬임을 품고서도 아무렇지 않은 척하는 기술이 있었다. 그 기술 덕분에, 긴 세월 동안 우린 여기까지 함께 올 수 있었다.

"그냥 우물쭈물 말고 절필 선언식이나 해! 우리가 아무리 형식 같은 걸 취급 안 한다고는 해도 결국 관혼상제 같은 '세리머니'가 인생을 포장해 주잖아."

"졸업식, 결혼식 다 생까고 살았는데 그런 걸 하라고? 나 아직 안 끝났어."

"할 거면 드라마작가 학원이라도 좀 다니면서 하든지. 이번엔 좀 끝장을 내 봐."

"너 가슴 문신 레이저나 끝장내라. 아직도 안 끝났어?"

정적, 그리고 동시에 터지는 웃음.

뉴욕 마라톤이 열리는 당일, 나는 센트럴파크 피니시 라인에서 건영을 기다리며 서 있었다. 아진은 브이로그를 찍고 있었다. 차가운 바람이 뺨을 훑고 지나갔다. 금방이라도 비가 떨어질 것 같은 구름이 몰려왔다. 손에 들고 있던 태극기가 미끄러졌다. 주우려 고개를 숙인 순간, 누군가의 뒷모습이 눈에 들어왔다. 그

등은 내가 너무 잘 알고 있는 장소다. 아니 내가 외워 버린 등이다. 그래서 헷갈릴 일이 없다. 나도 모르게 발이 움직였다. 그 와중에도 긴급한 설사 이슈로 서두르는 척 달려갔다. 아진이 날 찍고 있었기 때문이다. 내 발 연기가 금세 들통나겠지만 상관없다. 분명 그 사람이다. 난 그를 봤다. 무작정 뒤를 밟았다. 끝에서 두 번째 꼬리뼈가 간질거렸다. 사람의 몸은 신기하다. 온오프 버튼도 없는데 그를 보면 자동으로 꼬리뼈가 녹아내린다.

순간 방향을 잃고 그를 놓쳤다. 손바닥을 하늘로 뻗었다. 구름이 조금씩 오른쪽으로 흘렀다. 맞는 길일까. 늦가을, 젖은 낙엽 냄새가 바람을 타고 퍼졌다. 그런데 내 코는 이미 미나리 향에 휘감기고 있었다. 다시 그들에게 돌아가기는 싫다.

아진과 건영은 내가 없는 사이, 판초 입는 세리머니를 마쳤다. 건영은 사과 모양의 메달을 목에 걸었다. 그들의 눈에는 그게 반짝이는 훈장이겠지만, 내 눈에는 그저 꼴사나운 장식품에 불과했다. 내 심정은 산사태처럼 와르르 무너지고 있는데 그들은 제트기처럼 솟구쳐 오르고 있었다. 같은 장면, 같은 시간 속에 서 있었지만 우리는 전혀 다른 기분에 잠겨 있었다. 마치 한류와 난류가 충돌하는 바다처럼 뒤죽박죽이 된 현실 세계다. 그 소용돌이 속에서 무엇인가가 태어나고 또 아무 흔적 없이 사라진다. 나는 잠시 내가 어디에 있는지 알지 못한 채로, 그 한가운데에 그저 멍하니 서 있었다.

다음 날, 아진이 말했다.

"소개해 줄 사람 있어."

"너 가슴 문신 지우게 만든 사람? 큰절이라도 올려야지. 너 인간 만들어 줘서 고맙다고."

베프란 늘 일방적으로 약속을 잡는 족속이다. 아진이 그렇다.

건영과 나는 치킨을 사서 외야석에 앉았다. 늘 그렇듯 우린 야구를 보러 온 게 아니라 탁 트인 공간을 즐기러 온 것이었다. 실제 경기보다도 경기 시작 전 선수들이 스트레칭하는 광경을 더 좋아했다. 익숙한 반복, 늘 하던 대로의 풍경… 그 워밍업이야말로 우리가 추구하는 세계 같았다. 그날은 어째서인지 연습공이 우리 자리로 날아들었다. 그건 마치 보통의 일상을 깨뜨리는 아주 특별한 일을 예고하는 것 같았다.

멀리 흡연 구역에 들어선 아진이 보인다. 가느다란 담배를 입에 무는 손길이 자연스러웠다. 그 옆엔 한 남자가 서 있었다. 가까운 거리감, 서로를 잘 아는 사람들만이 가질 수 있는 공기였다. 청춘만화의 주인공들이 20년쯤 나이를 먹으면 저런 모습이 되려나? 사십 언저리의 그들은 봄처럼 싱그러웠다. 흡연 구역에서 담배를 피우는 둘의 모습을 하이앵글로 지켜보았다. 둘 사이에는 반짝이는 무언가가 있었다. 몰래 사진을 찍어 나중에 보여 주려고 줌인을 했다.

점점 선명해지는 얼굴.

토해 버릴 수도, 그렇다고 삼켜지지도 않는 괴상한 응어리가 목에 컥 하고 걸렸다. 이럴 때 어떤 표정을 지어야 할지 모르겠다. 절대로 당신일 리가 없는데 당신 같은 사람이 나타났다. 한 번 놓쳐 버렸다고 생각했던 소중한 존재가 그렇게, 내 눈앞에 다시 나타났다. 두 번은 잃고 싶지 않은 그 존재가.

역시, 기적은 작고 소소한 일상에서 일어난다고 했다. 나는, 지금부터 조금 변할지도 모른다. 절대로 놓치기 싫은 한 사람의 재등장으로 인해.

그 사람이 기적적으로 다시 나타난다면 탈진할 때까지 열중하고 싶다고 내내 생각해 왔다.

당신은 우리의 파리를 어떻게 기억할까? 가끔 생각나는 추억으로나마 떠올려 줬을까?

모르겠다.

다만 부탁이니까 다른 사람에게 내 앞에서 그랬던 것처럼 다정하게 대하지 마.

그 누구의 눈에도 띄지 마.

나의 도파민이 바로 지금, 내 눈앞에 있다.

만약 그해 봄, 우리가 끝까지 가 봤다면 어땠을까? 갑자기 내 안에서 끝까지 가 볼 용기 같은 게 솟아올랐다.

막상 아무 관심도 없었던 게 베프의 것이 되면 없던 욕심도 생기는 법이다. 내 건 아니지만, 네 거 되는 꼴은 못 보는 게 베프의 저주다. 어제 마라톤에서 본 것도 분명 그가 틀림없다. 우리가 같은 뉴욕에 있다니. 그런데, 그 옆에 있는 게 아진이라니. 피가 거꾸로 솟구쳤다. 뒤꿈치를 들었다. 하늘과 한 뼘 가까워졌다. 재빨리 이 현실에서 나를 분리시키고 싶었다.

아진은 흰 티에 청바지만 입어도 눈길을 끌었다. 전국에서 가장 촌스러운 벽돌색 체크 치마에 왕 꽃받침 교복을 입고도 예뻤다. 뭘 입어도 반짝였다. 정신이 나갔어도 그건 부인할 수 없는 사실이다. 누군가는 아무리 노력해도 얻을 수 없는 것을, 그녀는 노력 없이 가졌다. 저런 얼굴로 살면 어떤 기분일까? 애초에 한 번도 생각조차 안 해 봤다. 저런 얼굴로는 살아 보지 못했지만, 아진은 그저 기분이 내키는 대로 살아가는 것 같았다. '탐스럽다'는 글자를 인간으로 빚어 놓은 게 아진이었다. 반전은 허리에 팔을 휘감았을 때 느껴지는 그 부드러운 말랑함이었다. 겨우 한 뼘 정도 되는 아진의 허리는 가볍게 친 생크림처럼 몰랑거렸다. 그 소녀가 진짜 어른이 되어 어른의 사랑을 한다. 그러나 무릇 베프란 인생이 너무 망해서도 곤란하지만, 나보다 행복해지는 건 더 곤란한 법이다. 아무리 서로의 인생에 지분이 있다 해도 그건 변하지 않는다. 우린 애초에 경쟁 같은 게 성립조차 안 되는 사이였지만, 이번엔 네가 이겼다. 이건 질투가 아니다. 내가 졌다. 하지만 맹세컨대 네가 아무리 그 사람 좋아한다 해도 나보다 더 깊이 좋아할 순 없다. 그건 자신 있다.

"이제 텅 빈 도화지는 두려워. 어느 정도는 실패의 흔적이 남아 있는 쪽이 끌리더라. 스케치가 잘못된 선, 함부로 자유롭게 망쳐진 부분들 같은 거 말이야. 난 그래서 풋내기가 싫더라고. 탐욕의 기름기, 난 그게 섹시해!"

"그래서 그 사람이 누군데?"

그날, 평창동 '절벽'에서 난 분명히 물었다.

"있어, 누구."

사랑은 사람을 전혀 가 보지 못한 세계로 데려간다. 아진은 새로운 세계로 한 발짝씩 들어가고 있었다.

"제대로 시작된 거야?"

그때 아진은 누군가를 사랑하기보다는 누군가를 사랑하는 자신을 사랑하고 있는 것처럼 보였다. 사람이 아니라 '상황'을 수집하던 사람. 그런데 아니었다. 사랑은 둘이서 하는 게 아니다. 제삼자라는 목격자가 나타날 때 비로소 그 실체는 진짜 모습을 드러내는 법이다.

"그 사람은 네 가슴 문신도 지우게 만들면서 정작 네 뜻대로는 안 움직여?"

"대충 그런 느낌. 손에 안 잡혀서 더 끌린달까?"

아진은 눈썹을 치켜올렸다.

그 당시엔 아진이 설명하는 사람이 해든인지 꿈에도 몰랐다.

내가 아는 해든의 얼굴에는 탐욕의 기름기 같은 건 전혀 없다. 이제야 퍼즐이 맞춰졌다. 아진이 그날 병원에서 만났다던 그 '밤톨'이 해든이었다는 걸. 방송국에서 방학 때마다 귀찮게 떠맡게 되는 실습생 중 하나가 바로 그였다는 걸. 그 까끌까끌한 밤톨 머리가 너무 만지고 싶어서 어느 날 본인에게 만져도 되냐고 물어봤는데 거절당했다고 했다. 그 까임에 끌렸다고 했다. 마지막 쫑파티에서 기어코 만져 보는데, 까끌거릴 것만 같았던 그 밤톨이 너무 부드러웠다고, 그게 자기 인생 최고의 반전이었다고 아진은 호들갑을 떨었다.

내가 눈치채지 못한 것도 무리는 아니다. 아진의 말은 나를 진짜로 헷갈리게 했다.

"그 사람에게선 늘 콜라 냄새가 나."

거기엔 어떤 불필요한 고민의 흔적도 묻어 있지 않았다.

내가 기억하는 미나리 풋내가 아니었다. 각자의 코는 저마다의 기억을 간직한다는 걸까.

"나 원래 양서류 스타일은 별론데, 그 밤톨은 개구리 왕눈이처럼 눈 깜빡일 때마다 귀엽단 말이야."

해든의 눈은 왕눈이도 아니었고 귀엽지도 않았다. 그래서 전혀 알 수 없었다.

지금 나를 구할 수 있는 유일한 사람은 바로 나 자신이다. 힘껏 도망치자! 목도리도마뱀 스텝으로 뛰었다. 택시를 잡아타고 무조건 멀리 가 달라고 했다. 속에서 욕지기가 치밀어 올랐다. 손수건을 꽉 물었다. 겨우 아슬아슬하게 내려서 게워 냈다. 깜빡이는 비상등이 나를 향해 비웃는 것 같았다.

'아직도 너를 모르겠니?'

어, 이거 어디선가 들어 본 말인데? 그래, 소크라테스! 뉴욕엔 이렇게 소크라테스가 택시의 형태로 돌아다니고 있다.

만약 누군가가 내게 묻는다면 나는 외려 이렇게 되묻고 싶다. "나 자신을 알려면 도대체 어떻게 해야 하냐고. 그게 알고 싶다고 해서 알게 되는 거냐고."

그 질문과 마주한 순간 깨달았다. 역시, 자기 자신을 알아 가기 위해선 타인이라는 도구가 필요한 게 아닐까.

다 토하고 나서 가진 현금을 모두 팁으로 쥐어 줬다. 나는 항상 제때 울지 못하고 때를 놓쳐 억울한 기분으로 살았다. 그 울분은 꼭 이상한 때에 터졌다. 그때그때 해결하지 못한 감정이 뒤엉켜 엉뚱한 때에 걷잡을 수 없을 정도로 폭발했다. 그래서 이제는 그때그때 바로 울기로 했다.

지금 이곳이야말로 울기 딱 좋은 장소다. 명품 쇼핑백을 한가득 든 사람들, 어디론가 다급히 걸어가는 발걸음들로 분주한 여기는 5번가다. 코끝에 가을바람이 서걱거리며 흩어진다.

뉴욕의 밤하늘은 기묘하게 눈부시다. 밤하늘엔 손톱달이 떴지만, 도시의 화려한 불빛에 가려져 버렸다. 택시는 가 버렸고 난 몸을 가눌 수 없는 동백꽃처럼 바닥으로 흩어졌다. 내가 어디서 넘어질지는 결국 나 자신만 알 수 있다. 그런데 신기하게도 토하고 있는 내 등을 두드려 준 건 뒤따라온 건영이었다.

"당신이 전화 안 받아서 겨우 뒤따라왔어."

그가 낮고 낯선 목소리로 말했다.

"좀 쉬면 괜찮아."

"그러니까 드라만가 뭔가 쓰는 거 이제 그만하자. 몸 상해."

'그만해'가 아니라 '그만하자'였다. 나만큼 건영도 충분히 고통스러웠다는 뜻이다.

오랫동안 그를 봐 왔지만 이런 모습은 처음이다. 결혼 생활의 신기한 점은 오랫동안 함께 살아 왔음에도 불현듯 새로운 면이 불쑥 튀어나와 상대를 당황시키는 데 있다. 충분히 안다고 생각했는데 아직도 모르는 부분이 얼마든지 있다는 사실.

뒤늦게 걸려 온 아진의 전화엔 적당히 둘러댔다.

"갑자기 뱃속에서 쿠데타가 일어나서 진압하러 갔어."

만약 그 순간 판도라의 상자를 열어 까발렸으면 어땠을까?

"나 사실은…" 그냥 이 한마디면 끝날 이야기인데, 난 뭐가 그렇게 두려웠을까? 그와 내가 아무것도 아닌 게 되는 일? 아님 아진을 잃는 것?

건영은 다음 날 학회를 떠났고 난 보통날처럼 청소기를 돌리고 있었다. 그때 전화벨이 울렸다. 그렇게 나는 드라마 공모전

시도 10년 차에 당선이 되었다.

  기적은 보통날에 온다. 도저히 믿기지 않아 일단 집 밖으로 뛰쳐나왔다. 뉴욕 한복판에서 주저앉아 버렸다. 뭐라도 와락 끌어안고 싶은데 안을 수 있는 게 없었다. 그대로 주저앉아 내 무릎을 끌어안았다. 기쁨과 외로움이 동시에 나를 휘감았다. 이번에도 5번가였다. 왜 인생은 같은 장소에서 반복이 되는 걸까?

  그와 동시에 거짓말 같은 재앙 코로나가 찾아왔다. 우린 뉴욕 생활을 접고 연희동으로 이사했다. 과감히 북향을 선택했다. 만해 한용운 선생처럼 조선총독부가 싫었던 건 아니다. 북향이라 모두가 말렸지만 오히려 여름이 시원해서 좋았다. 모든 게 햇빛을 따라 자라는 건 아니다. 햇빛을 등지고 조용히 자라는 식물도 있다. 북향에서도 잘 자라는 맥문동, 비비추, 봉선화 등을 심으면 된다. 사실 그것들은 모두 엑스트라일 뿐, 진짜 주인공은 화이트아스파라거스였다. 나는 바로 이 화이트아스파라거스를 위해 북향을 선택했다. 조금은 진지하면서도 조금은 웃긴 결정. 또 중요한 게 있다. 바로 집 근처 커피 로스팅 가게에서 나는 커피콩 볶는 냄새. 그 냄새는 매일매일 커피콩 눈동자를 가진 한 사람을 떠올리게 했다. 그것만으로도 무기력한 내 일상은 어느 정도 탄력을 되찾았다. 그 고소한 냄새는 집 안 곳곳에 은은하게 스며들었다. 조미료, 다림질, 화분이 머금은 습기 냄새 등 가

정의 일상이 만들어 내는 냄새와 조화롭게 블렌딩되었다.

내가 진짜 좋아했던 건 커피의 맛이 아니라 커피가 만들어 내는 냄새였다. 목욕탕 쪽방에서 더부살이하던 어린 시절, 늘 물비린내와 고약한 쑥뜸 냄새를 맡고 자랐다. 낡고 좁고 지저분했던 그 집은 모든 게 제대로 작동되지 않았다. 연희동 집은 그 시절에 대한 보상이다. 나는 소소한 행복을 쟁이기로 했다. 나만의 속도로, 나만의 방식으로. 이제는 과거를 그리워하기보다 오늘을 온전히 즐기는 사람이 되기로 했다.

나의 로망은 단순했다. 누군가가 불쑥 들이닥쳐도 전혀 당황한 기색 없이 태연하게 부엌에서 사부작거리며 무언가를 차려 내는 사람이 되는 것. 작은 텃밭에서 기른 채소들로 밥을 지어 주는 소박하고 평범한 일상을 보내는 것.

드라마 공모전 당첨금을 수령하러 가는 날. 분명 최고의 행운이 맞물려 기적의 결과를 만들어 냈지만, 그 감격은 생각했던 것만큼 뜨겁지 않았다. 내 인생 최고의 행운마저도 아진의 옆에 선 초라한 것처럼 느껴졌다.

아진은 명함도, 타이틀도 없이 혼자 빛나고 있었다. 살다 보면 서로 앞서거니 뒤서거니 하면서도 때로는 나란할 줄 알았다. 그런데 아직도 나는 너의 뒤에 있다.

그렇게 시간이 지나고 여느 날과 다르지 않은 보통의 오후. 건영은 쌓인 우편물을 정리하다 손을 멈췄다. S카드에서 이벤트로 실시한 〈10년 후에 받는 편지〉였다. 민소가 건영에게 썼던 편지가 지금 도착한 것이었다. 한 통의 편지가, 오래 잠들어 있던 세상을 흔들기 시작했다. 그 당시, 민소는 건영의 아이를 임신 중이었다. 그리고 건영의 연인인 민소는 치호와 같은 차를 타고 가다 사고로 죽었다. 그때는 충격에 휩싸여 사실관계를 따지고 들 마음의 여유가 없었다. 일단 살아남아야 했으니까. 이제야 알게 된 거지만, 둘 사이는 바람이 아니었다. 민소가 의뢰한 고향집 재건축을 치호 사무실에서 진행하게 된 것뿐이었다.

"그래서 뭐? 뭐가 달라지는 건데?"라고 누군가가 묻는다면, 이 사실을 알게 된 덕에 적어도 앞으로의 인생을 일부분 우리 손으로 다시 쓸 수 있게 되었다고, 그렇게 말하고 싶다.

사고가 난 차는 건영의 것이었다. 건영은 블랙박스 파일의 원본을 보관하고 있었다. 10년 넘게 가지고 있던 그 파일에는 뜻밖의 장면이 녹화되어 있었다. 브레이크가 작동되지 않아 겁에 질려 내지르는 비명이, 울부짖음이, 마지막 비통한 숨소리가… 모두 담겨 있었다.

"꺼내서 좋을 게 없으니까 그냥 묻어 두고 싶었어."

10년 넘게 이걸 품고 있었다니, 소름이 돋았다. 그날 치호의 사고는 단순한 사고가 아니었다. 음주 운전 차량이 그들을 덮치기 전, 이미 브레이크 오작동으로 대참사가 벌어지고 있었다. 하지만 언론은 다른 사건으로 그 사고 기사를 덮어 버렸다. 가해자가 유명 정치인의 아들이라는 이유만으로.

건영이 그 사실을 털어놓았을 때, 내 인생에 아주 중대한 과제가 주어졌음을 알았다. 살다 보면 과거로부터 뜬금없는 초대장이 날아올 때가 있다. 그걸 받는 순간, 선택해야 한다. 도망칠지, 정면으로 돌파할 것인지를. 건영이 내 말을 건성으로 들으며 이렇게 말했다.

"나 요즘 좋아. 그냥 평범한 일상이 맘에 들어. 그게 깨지는 거라면 그냥 덮어 두자."

이렇게 넘어갈 수는 없다.

"나도 열린 결말처럼, 열린 상처가 좋아."

내가 말해 놓고도 놀랐다. 그해 봄날, 해든이 내게 했던 말을 나는 앵무새처럼 똑같이 따라 하고 있었다. 한 번 더 밀어붙이자.

"그런데, 지금 못 하면 영원히 못 할 거 같아."

"그런다고 그들이 살아 돌아오는 것도 아니잖아. 그냥 우리 욕심일지도 몰라."

건영도 물러서지 않았다.

"다른 게 돌아올지도 모르잖아."

"다른 거? 뭐?"

"나도 몰라. 인간의 아름다움 같은 거."

그 순간 떠올랐다. 아빠 팔의 화상자국. 아빠는 그 화상자국에 대해 딱히 이야기한 바가 없다. 그저 팔을 걷어붙이고 떳떳하게 내보였을 뿐이다. 아마 그건 자기 안에 어떤 상처가 있든 그에 지지 말고 저항하며 살아가라는 표식일 테다. 그 흉터는 분명히 내게 말하고 있었다. 부조리에 맞서 싸우라고. 그 흉터의 쓰라림은 고통이 아니라 앞으로 세상을 살아가는 데 필요한 최고의 선물이었다.

치호와 민소의 사고 이후 건영과 나는 같은 크기의 고통을 지닌 사람들답게 급격히 가까워졌다. 건영을 처음 만난 건 치호의 기일이자 내 생일날이었다. 폭우가 쏟아졌고, 근처 순댓국집에서 저녁을 때웠다. 깨작거리고 있는 그의 순댓국에 곁눈질하던 내가 깍두기 국물을 부어 버렸다.
"이러다 매년 같은 날, 같은 장소에서 만나겠네요."
장난으로 던진 말이었다. 그는 쓴웃음을 지었다.
"결혼 같은 거 할 거예요? 할 거면 나랑 할래요?"
속물은 속물을 알아보는 법이다. 우린 서로 사랑 같은 걸 하려는 게 아니다. 각자의 시궁창에서 서로를 구원하고 싶었을 뿐이다. 나 같은 인간이 혼자가 아니라는 연대감이 우릴 성급한 결혼으로 끌어들였다. 사랑에 빠지느니 어쩌니 하는 번거로움 없이 속내를 훤히 아는 우리는 편리한 부부가 되었다.

물론, 내가 결혼을 결심한 순간은 그의 전화 한 통으로 엄마가 서울대병원에 옮겨졌다는 소식을 들었을 때였지만, 그가 이 사실을 알 리는 없었다. 나는 그 순간 풍경을 갖는 일에 압도되어 다른 건 눈에 들어오지도 않았다. 그 당시 내 인생의 화두는 구체적인 질문 하나로 정리되었다.

'내 눈앞에 어떤 풍경을 둘 것인가?'

그러니까 아진의 고시원 방을 구해 줄 때, 내가 왜 창문 있는 방에 목숨을 걸었는지 이제야 알 것 같았다. 내게 건영은 창문이었다. 그 덕분에 내 인생에도 창문이 생겼고, 그래서 창문 밖으로 보이는 무언가에 나만의 시선을 가질 수 있었다. 아주 오래전 옛날, 창문을 갖는 건 왕과 귀족의 특권이었다. 그때의 나 역시 특권을 가진 기분이었다.

풍경을 소유한다는 건, 시선을 갖게 된다는 것이다. 그건 곧 권력이었다. 이 성급한 결정이 이후 어떤 결과를 몰고 오더라도 상관없었다. 가성비가 최고인 시대에 가성비 최고인 결혼을 했다. 내 청춘에 미안했냐고? 전혀. 이건 나 자신에게 해 줄 수 있는 가장 현실적인 선물이었다. 사랑 없는 결혼보다 창문 없는 결혼이 수치스러운 시대다.

그런데 해든을 만나고 나서야 깨달았다. 사실 내게 창문으로 보이는 풍경 같은 건 필요 없었다고. 그딴 건 너무 하찮았다. 한 사람이 자아내는 정서적 풍경이란 실로 고귀한 것이었다. 그건 끝없는 안정감을 줬다. 그 사람의 표정, 침묵, 몸짓, 리듬, 호흡 같은 것들 속에 기쁨과 고통이 섬세하게 어울려 있었다. 그 균형이 있다면 창문 없는 감옥일지라도 나는 아마, 얼마든지 행복할 것 같았다.

편지를 받은 후 며칠 간의 끈질긴 나의 설득에 건영도 결국 승낙했다. 브레이크 급발진 사고로 가족을 잃은 사람들은 생각보다 많았다. 인터넷 카페에서 만난 유가족들과 우리는 연대했다. '우리에게 이런 억울한 사연이 있어요' 같은 말조차 필요 없었다. 눈빛으로 충분했다. 눈물이 말라 버려 마스크로 가린 얼굴조차 퍼석거렸다.

건영과 내가 이렇게 똘똘 뭉쳐 본 적도 없었다. 아이러니하게도 각자의 전 연인 치호와 민소가 우리를 엮어 준 것 같았다. 우리는 부부일 때 각 개개인을 합친 것보다 더 거대한 힘을 냈다. 진짜 전우애를 실감하게 됐다. 우리 둘은 그렇게 서로를 키우고 있었다. 견디기 힘든 상황과 마주할 때, 우리가 헤쳐 나가는 방식은 놀랄 만큼 일치했다. 그렇게 우리는, 한국 경제를 이끄는 H자동차를 상대로 싸우는 무모한 짓을 하기로 결정했다.

공모전에 당선된 내 극본은 일부 수정 과정을 거쳐 제작만 앞둔 상황이었다. 후원사인 H자동차 신제품이 엔딩 장면에 반드시 들어가야 했다. 이렇게 신은 또 한 번 나를 시험에 들게 했다. 왜 하필 H자동차인지. 마음에 켕기는 걸 접은 채 내 이름을 걸 순 없다. 내가 싸우기로 한 그 회사가 후원하는 작품을 만들 순 없다. 마지막 서명을 앞두고, 나는 계약서를 찢어 버렸다.

드라마 데뷔만이 내가 해든에게로 이어질 수 있는 유일한 길이라 믿었다. 내 작품만이 내가 지금 여기에 있다고 말해 줄 수 있을 것 같았다. 내가 그에게 도달할 수 있는 유일한 길을, 내 스스로 돌아 나온다는 게 괴로웠다.

한편, 아진의 유튜브 구독자 수는 100만을 넘어섰다. 서서히가 아니라 갑자기 터졌다. 채널이 급상승한 건 부모님 교회의 비리를 터트리면서부터다. 그 부분에서 난 아진에게 존경심을 느꼈다. 나라면 못 한다. 내가 가진 걸 절대 내려놓지 못할 것이다. 그간 온갖 주제를 시도해 봤지만 정작 사람들이 열광한 것은 정의를 바로 잡는 르포였다. 아진의 채널 규모라면 딱 좋을 것 같아 우린 도움을 요청했다. 본사 앞 1인 시위보다 효과적일 테니까. 지금은 경찰이 해결하지 못하는 일들을 일부 유튜버가 해결하는 괴이한 시대다.

"생각할 시간을 줘."

아진이 시간을 끌었다. 솔직히 빈정이 상했다. 베프란 진짜 필요할 때 아무짝에도 쓸모없는 족속이다. 아진은 명함 하나를 내밀면서 내 부탁을 거절했다. 유튜버인 줄로만 알았던 아진의 직함은 H자동차의 홍보팀 수석이었다.

초대장 ·· 277

"일이 딱 나한테 맞는 거 있지. 큰 자본 턱턱 써 가면서 내 욕망 구현하는 거."

아진의 자아도취된 입꼬리가 눈에 거슬렸다. 거기까진 그럴 수 있다고 생각했다. 아진은 진지하게 내게 조언했다.

"싸우려고 하지 마. 그냥 새로운 걸 만들어. 대기업을 상대로 소송? 시간만 끌다가 나가떨어져. 그냥 여기서 조용히 접어."

내 인생에서 가장 굴욕적인 순간이었다. 아진이 날 그렇게 한심한 눈빛으로 쳐다본 건 처음이었다. 내가 알던 절친은 사라지고 자본주의가 낳은 괴물만 남았다. 자기 부모의 부정은 처참하게 까발린 주제에 커리어에 오점이 될 만한 위험은 눈을 감고 넘어가다니, 더럽기 짝이 없다.

그러니까 정정하자면, 베프와의 결말은 이미 정해져 있다. 베프란 결국 배신을 때리는 족속이다. 빠르냐 느리냐 속도의 차이만 있을 뿐.

그 일은 단지 한 친구와 헤어지는 게 아니었다. 한 사람이 아니라 우리들의 장소까지 버려야 했다. 내 청춘 전부와 작별하는 기분이었다. 언젠가 아진이 나를 필요로 한다고 해도 나는 나설 수 없다. 우리는 그렇게 돌이킬 수 없는 강을 건넜다. 다시는 붙일 수 없는 깨진 도자기가 되었다.

우아하게 엿 먹이는 법. 여기서 가장 중요한 건 타이밍이다. 밥상이 막 차려졌을 때 정성껏 재를 뿌려야 한다. 그래서 결정했다. H자동차 론칭 쇼에 맞춰 유가족들과 대규모 시위를 하기로 했다. 역병이 전 세계를 덮쳐도 이익 앞에선 눈이 먼 대기업이었다. 코로나로 생산 라인이 중단된 중국과 비교하면서 한국 공장은 철저한 K방역 시스템 안에서 차질 없이 생산이 이뤄지고 있다고 연신 강조했다. 그 점이 나를 더 부글부글 끓게 만들었다.

그런데 하필 이 시점에 내가 코로나에 걸리고 말았다. 얼굴이 달아오르면서 고열이 덮쳤다. 건영도 내게 코로나를 옮아 우린 꼼짝없이 집 안에 갇혔다. 그렇다고 아무것도 하지 않고 있을 수는 없었다. 몸은 여기에 있더라도 뭐라도 해야 했다. 그래서 피켓을 주문해 현장으로 보냈다. 내가 할 수 있는 유일한 일이었다. 단 한 명의 눈길이라도 더 끌어야 했다. 외신들이 꼭 그 장면을 보도해 주길 바랐다. 내가 진짜 하고 싶었던 건 '문제 제기'였다. '그건 문제입니다'라고 말할 수 있는 사람이 되고 싶었다.

우리는 H자동차 론칭 쇼 유튜브 라이브를 틀어 놓고 있었다. 코로나 시국답게 마스크를 쓴 임직원이 나와서 발표를 시작했다. 마침 배달시킨 떡볶이가 대문 앞에 도착해 건영이 재빨리 가지고 들어왔다.

그 순간 클로즈업된 화면 속에서 플래시 세례를 받고 있는 사람은 분명 해든이었다. 왜 당신이 거기 있지? 난 그저 멍하니 화면을 바라봤다.

고결한 목격자

10년 전 사촌 형이 취직자리를 제안했다. 그 시절엔 그런 일이 종종 있었고, 그 자리는 다름 아닌 H자동차였다. 잡지기자 경력을 살려 홍보팀을 제안했지만 나는 거절했다.

"밑바닥부터 시작할게요."

서른을 넘긴 나이에 신입 사원이 됐다. 신재생 에너지 배터리팀에 자원해서 들어갔다. 무슨 생각으로 그랬는지는 모르겠지만 그땐 왠지 그래야 할 것만 같았다. 아니, 나름 구체적으로 상상한 부분도 있다. 언젠가 전 세계 전기차 회사들이 우리에게 배터리를 구걸하는 날이 오는 게 내 목표였다. 또 모든 차종에 양자컴퓨터를 심는 게 내 꿈이었다. 그 목표를 달성하기 위해 나는 나 자신의 캐릭터부터 바꿨다. 일론 머스크 흉내를 냈다.

숫자로 증명되는 데이터를 가지고 10년 만에 이 자리까지 왔다. 낙하산이냐고 뒤에서 수군대는 무리들도 있었다. 인터뷰를 할 때마다 기자들은 물었다.

"초고속 승진의 비결이 뭔가요?"

그럴 때마다 예로 드는 게 치토스 부사장이었다. 공장 청소부였지만 아이디어 하나로 부사장이 된 사람.

임원이 된 후, 기자 시절 알고 지내던 테슬라나 구글 직원을 스카웃했다. 마치 미국인이 전 인류의 꿈을 짊어지고 달 탐사를 떠났듯, 나는 고아들의 꿈을 안고 일했다. 어떤 책임 같은 게 날 계속 따라다녔다.

달 탐사에 파견된 이들이 과학 전문 기자만은 아니었다. 그들은 프랑스 삽화가 장 자크 상페도 데려갔다. 나는 그의 그림으로 세상을 배웠다. 부드러운 선과 따뜻한 색채, 세상과 적당한 거리감을 유지한 자기만의 시선. 그 감각이 지금의 나를 만들었다. 나에게도 그런 '상페'가 필요했다. 그래서 팀에 대학 시절 방송국 실습 때 알게 된 예능작가를 스카웃했다.

그 당시 그녀는 감정을 다루는 천재였다. 병원 흡연실에서 우연히 다시 마주쳤을 때, 방송국 실습 시절의 우리가 떠올랐다. 거기서 배운 건 딱히 없었다. '방송국 놈은 절대 되지 말자'라는 다짐 정도랄까.

마지막 실습을 나간 날은 그해 여름 중 가장 더웠던 날로 기억한다. 당시 막내 작가와 비금도로 답사를 갔다. 우리는 고집불통 동네 이장에게 촬영 허락을 받아 내야 했다.

"자꾸 우리 섬에 와서 사람이 죽어. 방송까지 타면 더 시끄러워져서 큰일 나."

당일치기 답사는 결국 2박 3일의 일정으로 늘어나 있었다. 그녀가 한 일이라곤, 고작 이장 와이프가 해 주는 밥을 두 그릇씩 깨끗이 비운 것뿐이었다. 뽈락 뼈를 착착 바르는 그녀의 손놀림에 방 안의 공기가 묘하게 달라졌다. 모두가 숨죽여 그녀에게 집중했다. 그 순간, 참 신기하게도 이장 내외를 그녀가 통치하고 있는 듯한 기분이 들었다. 작은 방 하나를, 밥 두 그릇으로 점령해 버린 장군.

그때만큼은 '우리 연애 좀 합시다'를 외치고 싶을 정도로 그녀가 매력적으로 보인 건 사실이다. 이장 부부뿐만이 아니라 나 역시 통치당하고 있었으니까. 하지만 그때뿐이었다. 대부분의 시간에서 그녀는, 한마디로 피하고 싶은 상대였다. 내게 마을의 고장 난 변기를 뚫으라고 했다. 틈만 나면 밤톨이라고 부르면서 내 머리를 만지려 달려들었다. 우여곡절 끝에 방송은 나갔고, 그해 가장 높은 시청률을 찍었다.

오늘 기자회견은 내 성과의 정점을 찍을 이벤트였다. 이날을 위해 난 모든 걸 바쳤다. 배터리를 충전하지 않아도 되는 전기차 시대를 만들었다. 또 하나의 경계를 넘은 셈이다. 일조량이 충분한 한국에선 태양광만으로도 하루 여덟 시간 주행이 가능하게 됐다. 오늘 이 뉴스를 멋지게 터트릴 생각이다.

회사가 준비한 공식 보도문을 꺼냈다. 저 멀리서 화가 난 듯한 목소리가 들렸다. 목소리는 점점 더 가까워지고 커졌다. 브레이크 오작동 사고 진상을 규명하라는 외침이었다. 유가족들의 시위가 있을 거란 소식은 비서실을 통해 들었다. 보도문을 읽으려는데 갑자기 땀이 났다. 몸속의 작은 밸브가 망가져서 뜨거운 김이 새어 나오는 기분이었다. 다시 마음을 다잡고 명상 선생님이 가르쳐 준 대로 호흡을 길게 내뱉었다가 다시 들이마셨다. 손수건을 꺼내서 땀을 닦고 내 앞에 있는 사람들을 바라보며 숨을 골랐다. 유가족들이 경호원들 손에 끌려 나가고 있었다. 그때 그들의 손에 들린 피켓 하나가 눈에 들어왔다. 그 순간 나는 무너졌다. LED로 반짝이며 어두운 실내를 뚫고 떠오르는 문구, 콘서트장을 착각한 팬처럼 보일 만큼 기묘한 피켓.

'우리는 고결한 목격자다.'

고결한 목격자. 그건 우리 둘만의 언어였다. 어떤 사전에도 없는 말. 요한과 내가 먹던 갓김치 바게트가 그랬듯이, 이 말은 그녀와 나, 우리 둘만이 아는 거다. 우리가 즉흥적으로 만든 말이니까.

빙하처럼 차갑고,

깨끗하게 침착하고,

의연하게 똑바로 서 있는,

청량한 결을 가진 말.

그 말 한마디가, 내 안의 깊숙한 무언가를 건드렸다.

나는 당신을 알기 전까진, 고결함 없이도 잘 살았다.

그 말이 그녀의 입술에서 처음 태어났을 때, 그녀의 얼굴에 떠오르던 맑은 미소를 아직도 기억한다. 그건 내 인생의 명장면이었다. 그 단어 하나가, 내 안에서 지진처럼 진동을 일으켰다. 숨은 잘게 부서졌고 심장은 거칠게 뛰었다.

나는 그 자리에서 얼어붙었다.

"어떻게 이걸 두고 그냥 갈 수가 있지?"

어디선가 그녀의 목소리가 겹쳐 이 공간에 울려 퍼지는 것만 같다. 환청인지, 기억인지, 혹은 지금 이 순간을 관통하는 무언가인지는 알 수 없었다. 하지만 확실한 건, 그 말이 지금 내 영혼을 스치고 지나갔다는 사실이다.

그래, 그냥 지나칠 순 없다. 그 순간, 나는 다른 사람이 되었다. 어쩌면 당신의 사랑보다 당신의 자랑이 되는 게 빠를 것 같다.

결심이 섰다. 내 눈앞에 놓인 신차 발표문을 뒤집었다. 일단 마스크부터 벗었다.

지금부터 내가 말하는 것, 그걸 말하는 나의 표정이 모두 응당 가닿아야 할 이들에게, 그대로 전달되어야 하기 때문이었다.

괴물

 마스크를 벗은 남자는 의심의 여지 없는 해든이었다. 유튜브 화면 안에서도 특유의 경쾌한 아우라를 뿜으며 그가 거기 서 있었다. 늘 그렇듯 끝에서 두 번째 꼬리뼈가 간질간질해졌다. 이번엔 아주 녹아내릴 작정이었다. 아진이 왜 그렇게 바보 같은 짓을 벌였는지 조금은 알 것도 같았다. 왜 그 회사를 그렇게나 감싸려 했는지. 그녀는 '자낳괴', 자본주의가 낳은 괴물이 아니라 '사빠괴', 사랑에 빠진 괴물이었다.
 코로나에 이겨도 그의 말에 아프면 무슨 소용인가. 나는 유튜브를 껐다. 도저히 그의 말을 들을 자신이 없었다.

책임

수많은 시선과 카메라 앞. 나는 천천히 입을 열었다.

"오늘 우리는 전 세계 최초로 태양광 배터리를 장착한 신차, '솔린'을 발표합니다."

환호성과 박수가 터졌다.

"하지만 그보다 더 중요한 것이 있습니다."

잠시 숨을 고르며 기자들을 바라보았다. 그 순간 문득 생각했다. 이 말로 인해 무엇을 잃게 될까. 아니, 당연히 모든 걸 잃게 되겠지. 내 안의 목소리가 즉흥적으로 말을 이어 나갔다.

"브레이크 결함에 대한 재조사를 진행하겠습니다. 문제가 확인되면 전량 리콜 조치 하겠습니다. 그리고 모든 차량엔 브레이크 전용 CCTV를 탑재하겠습니다."

말해 버렸다. 내 결정이 맞았는지 아니면 내가 감당할 수 없는 파장을 일으킬 것인지는 알 수 없었다. 하지만 이 순간만큼은 말하지 않으면 안 될 것 같았다.

문제를 인정하고 밑바닥까지 내려갈 용기. 내가 그녀에게 배운 것이었다.

그 순간, 오이디푸스가 떠올랐다. 왕위를 내려놓고 스스로 눈을 찔렀던 남자. 희미한 조명 아래, 무대 한가운데 서 있는 한 남자. 그는 무엇을 보고 있었을까. 아마도 내가 지금 보고 있는 것과 비슷한 광경이었겠지.

사임은 당연했다. 넘어진 게 중요한 게 아니다. 일어선 뒤, 무엇을 하느냐가 중요하다.

그런데 오히려 이 인정이 업계의 이슈가 되어 버렸다. 주가는 치솟았고 언론과 여론은 열광했다.

뜻밖의 결과였다. 사람들이 원하는 건 1등이 아니었다. 오히려 실수를 인정하는 용기였다. 도요타, 포드에 이어 '책임을 인정하는 자'가 이기는 시대다.

책임.

그 두 글자가 내가 공식적으로 내놓은 입장이었다. 그건 누구 한 사람의 책임이 아니라 우리들의 책임이었다. 엄중한 시대의 요구였다.

전력 질주

유튜브를 끄고 조용히 욕조에 물을 받는데 건영이 부르는 소리가 났다.

"여보, 완전 대반전이야. 방금 속보 떴어. 이거 좀 봐."

해든의 입에서 막 쏟아져 나온 말들은 모두를 놀라게 했다. 단호했고, 정확했고, 무엇보다 뜨거웠다. 그건 나의 히어로에게 어울리는 선택이었다. 다시 눈을 비비고 봤다. 절로 박수가 터져 나왔다.

이는 비단 내가 그의 내밀한 아픔을 아는 사람이라서가 아니었다. 그저 동시대의 인간이 보내는 격려와 지지였다.

나는 보았다. 버려진 아이가 기어코 고결한 어른으로 자란 모습을. 썩지 않고, 꺾이지 않고, 물들지 않고, 휩쓸리지 않고, 자기만의 길을 가는 사람으로 자란 그 모습을. 그 고유한 광채를.

그건 지금 우리가 같은 지구 안에, 같은 시대 속에 있기 때문에 가능한 목격이었다.

당신의 영향력이 나를 때려눕혔다. 나는 그 광채에 걸맞는 사람이 되자고 다짐했다.

이제야 치호를 놓아줄 수 있게 되었다. 드디어 깨끗한 작별 인사를 할 수 있게 되었다.

"너를 잃고 난 조금 더 괜찮은 사람이 되었어." 그렇게 말하고 싶다. 치호는 내 인생에선 가해자였지만 자기 인생에선 피해자였다.

"그 사람도 사정이 있지 않았을까요?"

문득 해든이 그렇게 말했을 때가 떠올랐다. 어쩌면 치호가 해든의 몸을 빌려 내게 그 말을 했던 게 아닐까? 그 잔혹한 사정을 이제야 알게 됐다. 내 안의 열린 상처는 그렇게 해든이 닫아주었다. 과거의 일을 새롭게 해석하는 그 경험이 내 삶의 '치트키'가 됐다.

이제 나는 다시 나의 길을 간다. 나중은 없다. 지금이 전부다. 심장이 조금씩 죄며 먹먹해지는 이야기를 쓰고 싶다. 내 목숨을 걸고서라도 세상에 하고 싶은 말, 그게 서서히 정리됐다.

이제는 안다. 상실의 고통은 내 자산이다. 함부로 낭비해선 안 된다. 나는 이제 다시 시작할 수 있다. 만약 그때 찝찝하게 당선을 승인하고 데뷔했으면 얼마 못 가 막다른 길에 부딪혀 길을 잃었을 것이다.

해든이 부사장이 된 모습을 봤을 때 나도 모르게 자극이 됐다. 아침에 일어나면 그의 이름을 검색하는 일부터 시작했다. 검색하면 자신의 생각으로 만든 세계가 나오는 사람. "회의 시간에도 핸드폰 마음껏 꺼내 보세요, 별난 리더십 화제" 등 명언 영상이 수십 개 나오는 사람. 그 영향력이 무한대인 사람. 내 목표는 재설정됐다. 나는 필력을 넘어선 영향력을 원한다.

자의로 공모전 당선을 취소했지만 내 글을 눈여겨본 피디가 날 찾아왔다. 이 업계에선 종종 있는 일이라 했다. 그 대본으로 드라마를 만들고 싶어 했다. 나는 데뷔작으로 눈길을 끌 만한 성적을 거뒀고 다음 작품도 수월하게 계약했다. 작업이 잘되는 카페가 생겼다. 탁 트인 창가 자리를 사수하기 위해 '오픈런'을 하는 생활이 시작됐다.

광화문 교보문고에 들렀다. 내 첫 대본집은 베스트셀러가 되었다. 내 책 곁에 놓인 해든의 책 《전기차의 영웅》을 바라보며 생각한다. 그와 한 침대를 쓰는 것보다 같은 매대에 눕는 게 더 좋다고. 손끝으로 책 표지를 더듬다가 조심스레 첫 장을 펼쳤다. 페이지를 넘기자 뼈와 살을 간지럽히는 미묘한 전기가 내 손끝에 흘렀다. 동시에 그의 손을 처음 잡았던 그날의 감촉이 되살아났다. 순간, 여기서 어떤 냄새가 날지 궁금해 킁킁 코를 갖다 댔다. 당연히 갓 뜯은 미나리 향 같은 게 날 리 없다. 무심코 킁킁거리는 내 모습이 어처구니없었다.

첫 장에는 "고결한 목격자에게"라고 쓰여 있었다. 떨리는 손가락이 이미 그날의 설렘을 말하고 있었다. 우리 모두는 언젠가 썩어서 자연으로 돌아가겠지만, '고결한 목격자에게'라는 문장은 사라지지 않는다. 거기엔 우리의 순간이, 우리의 마음이, 우리의 대화가 또렷이 남아 있었다. 가장 각별한 형식으로.

멀리 있어도, 우리의 이야기는 계속될 수 있다. 만약 우리가 평행우주 속에 있어 다신 만나지 못한다 해도 방법이 있다. 일생을 두고 단둘이 있지 못한다 해도 상관없다. 이런 방식으로 얼마든지 만날 수 있으니까. 그는 그의 세계에서, 나는 나의 세계에 있으면서 얼마든지 서로 교감하고 교차될 수 있다. 그 순간 느껴지는 깨끗한 평등함, 그렇게 서로를 응원하는 거면 그걸로 족하다.

우연히 멀리서 아진을 본 적이 있다. 내 부탁을 거절한 사건 이후로 우리는 서서히 멀어졌다. 그때 나는 아진의 유튜브에서 내 1인 시위를 라이브로 해 줬으면 했다. 브레이크 오작동 사고를 알릴 수 있는 좋은 기회였으니까. 거절에는 여러 얼굴이 있다. 모르는 사람에게 당하는 건 그냥 불편한 거지만, 베프에게 당하는 거절은 날벼락이다. 꼭 멀리 물러서야만 보이는 풍경처럼, 그 거절이 만들어 준 거리가 나로 하여금 아진을 제대로 보게 만들었다.

　오랜만에 본 아진은 어딘가 좀 달라 보였다. 잔뜩 올라간 어깨선, 일관성 없던 아진의 패션엔 맥락이 생겼다. 스타킹으로 감싼 복숭아뼈를 강조하듯 가벼운 뮬을 신고 있는 아진. 계절은 찬바람이 불기 시작했는데도 발뒤꿈치는 여전히 봄이었다. 그런 아진이 누군가와 통화 중이었다. 해든인 것 같았다.

　"7시, 그래 거기서 봐."

　직장 상사와의 통화지만 반말이었다. 그 지점이었다. 두 사람이 영혼을 섞는 걸 훔쳐보기라도 한 듯 추잡한 질투심이 내 안에 일렁였다. 내게 아진은 지속적인 표절 대상이었다. 따라 하고 싶다고 의식한 건 아니지만, 이성보다 몸이 먼저 앞서 나갔다. 정신을 차리고 보면 이미 아진의 모든 것을 따라 하고 있었다. 같아지고 싶어 안달을 내 봐도 결코 베낄 수 없는 게 하나 있었다. 저 몰입감이다. 무언가에 빠지면 다른 건 보이지도 들리지도 않는 저 몰입감. 그건 아무리 흉내를 내 봐도 나로서는 도저히 따라 할 수가 없었다. 흠뻑 빠져 있는 황홀의 경지. 무언가에 열정적으로 빠져 있는 사람의 얼굴을 보는 건, 어쩔 수 없이 나를 자극한다.

　그래, 나는 내 방식대로 미니멀하게 가자. 그렇게 나는 아진을 봤지만 모른 척했다. 오직 해든을 멀리서 보기 위한, 치밀한 작전이었다. 나는 그 '멀리서'라는 감각을 소중히 여기기로 했다. 그 절대적인 거리를 마치 신성한 무언가인 양 숭배했다. 그리고 그 거리를 지키기 위해 내 일에 더 깊이 파고들었다. 그게 내가 그와의 거리감을 견딜 수 있는 방식이었고, 동시에 그 사람을 영원히 지켜볼 수 있는 방법이었다. 애틋하면서도 조금은 서글픈 방식으로.

그 덕이었을까. 코로나로 드라마 제작이 줄줄이 무산되는 가운데, 내 두 번째 작품 〈드라이브 피플〉은 기적처럼 방영에 성공했고 대히트를 쳤다. 종방연의 밤, 여의도 숯불구이 집에서 나는 초장부터 엄청나게 달려 모든 걸 소진한 상태였다. 기자들의 질문에 차기작으로 그저 베트남전 이야기를 쓰고 싶다고 둘러댔다. 내가 그토록 미워했던 아빠를 닮아 있다는 사실, 그 사실이 이제야 축복처럼 느껴졌다.

출장

 오늘 밤, 일본 자동차 기업 T사와 인수합병을 앞두고 중요한 출장을 떠나야한다.
 "음주 운전이 사라진 세상은 어떤 모습일까?"
 그 질문은 나 혼자만의 것이 아니었다. 아마, 전 세계 사람들이 대부분 한 번쯤은 떠올려 봤을 상상일 것이다. 세상은 그렇게, 아주 작은 호기심 하나로 바뀌기도 한다. 놀랄 만큼 쉽게. 그리고 더러는 영영 바뀌지 않기도 하지만.
 우리는 크리스털 센서를 개발했다. 운전석에 앉는 즉시 센서가 작동해 호흡, 피부, 생체반응을 읽어 알코올이 감지되면 시동은 걸리지 않는다. 인간의 삶을 바꾸는 데 필요한 선 늘 그런 작은 스위치 하나다. 이 서비스는 특허를 받았지만, 안전벨트가 그랬듯이 아무 대가 없이 다른 기업과 공유할 예정이다.

경쟁사는 샌프란시스코에서 자율주행을 실험하고 있다. 사람들은 지친 얼굴로 인간 없이 움직이는 차에 감탄사를 던진다. 그런데 그건 바보 같은 생각이다. 인간에게 운전이란 창조적인 생각을 이끌어 내는 특별한 행동이다. 카페에서 하는 대화와 차 안에서 나누는 대화는 본질적으로 다르다.

운전 중에 마주하는 경치는 기계가 운전하는 차로는 목격할 수 없는 광경이다. 거기에는 예측할 수 없는 흐름이 있다. 아침의 숨결, 새들의 비행경로, 달리는 자전거가 일으키는 바람, 나무들의 수런거림, 쏟아지는 여름비의 탄력감, 떼 지어 다니는 교복들… 그런 풍경들이 차창을 스치고 지나갈 때, 생각은 부드러워지고 더 멀리까지 나아간다.

우리는 차를 파는 게 아니라 자유를 팔고 있다. 운전할 때야말로 나는 가장 깊은 명상에 빠진다. 동시에 내 영혼의 근육들도 단단해진다. 그건 오래전 유럽에서 생각지도 못한 사람을 태우고 운전했을 때 받은 영감들이다. 모험은 늘, 떠난 사람만이 온전히 품을 수 있는 영감과 기억을 남긴다. 운전은 인간만이 할 수 있는 가장 고귀한 체험이다. 드라이브 피플들은 적어도 그렇게 믿는다. 어디선가, 살아 있는 풍경 너머로 내 인생을 뒤흔들 무언가가 나타날지도 모른다고. 축구로 말하자면 공격형 미드필더가 킬패스 하나로 모든 판을 뒤집듯이.

그녀는 내게 분명한 목소리로 말했다.

"에펠탑이 가장 예쁜 곳은 차 안이에요."

백미러 속으로 점점 작아지는 모습, 서서히 흐려지는 에펠탑의 라인, 그 애잔한 모습이 좋다고 그녀는 말했다.

그 순간, 비서실에서 연락이 왔다. 직원의 실수로 일정 하나를 빠뜨렸다는 보고였다. 드라마 종방연에 잠깐 얼굴을 비추는 일. 공항에서 그리 멀지 않아 회식 장소인 여의도로 향했다. 넓은 마당이 주차장을 품은, 숯불구이 집이었다.

그런데 전혀 예상하지 못한 얼굴을 맞닥뜨리고 말았다.

"이쪽은 정만춘 작가님이세요."

고개를 들어 그녀를 봤다. 15년 전, 유럽에서 만나 내 인생을 뒤흔든 그 사람.

이름이 만춘이라니, 만춘, 하고 입안에서 굴리자, 내 심장에 봄이 내려앉았다. 아진 총괄이 이 드라마를 적극적으로 밀어붙일 땐 전혀 몰랐다. 이렇게 대박이 터질 줄. 결과는 초대박이었지만 대본만 놓고 봤을 땐 솔직히 미묘했다. 그래서 대놓고 반대했다. 규모가 너무 커서 제작 지원이 부담스러웠던 것도 사실이다. 차라리 그 예산으로 남극 횡단 주행 테스트를 하는 게 어떻겠냐고 제안했다. 이 안건을 두고 아진과 날카롭게 부딪혔고, 사표 수리까지 할 뻔했다.

"이거 무조건 터져, 여기에 내 인생 건다."

결국 아진의 촉이 정확했다. 드라마의 성공은 상상 이상의 수익을 가져왔고, 덕분에 남극 횡단 주행 테스트까지 가능해졌다. 하지만 이 대작의 작가가, 파리에서 취미로 글을 쓴다고 소심하게 얼버무리던 그녀였다니, 믿기지 않았다.

화려한 화장, 과도한 꾸밈은 그녀를 한번에 알아보기 어렵게 했다. 하지만, 밤하늘의 별처럼 빛나는 눈동자는 여전했다. 탄력 넘치는 까만 머리는 단발이 되어 잔물결을 치고 있었다. 난 그 자리에서 제멋대로 부풀어 오른 사워도우 반죽처럼 모양 빠지게 감정만 잔뜩 부풀어 있었다.

아직은 그녀를 용서할 수 없다. 내가 아직도 기다리고 있다는 건 더더욱 들키기 싫다.

그럼에도 불구하고 그녀 앞에 선 순간, 나는 무장 해제되고 말았다. 이렇게 만날 줄은 꿈에도 몰랐다. 이런 장소에서 이런 순간에.

빨리 안아 보고 싶다. 친구끼리 하는 허그라도 상관없고, 디즈니랜드 알바생 허그라도 상관없다. 아니다, 나는 디즈니 알바생은 엄두도 못 낼 정도로 그녀를 꽉 안을 거다. 그럴 자격은 충분하다. 그녀를 꼬드기거나, 같이 자고 싶은 그런 게 아니다. 난 단지 그녀와 이야기하고 싶을 뿐이다. 하지만 내 앞엔 밤 10시 도쿄행 마지막 비행기가 기다리고 있었다.

현실은 형식적인 인사와 건조한 악수, 모른 척 어색한 연기의 연속이었다. 그러나 우린 그런 것들로 시간을 낭비해선 안 된다. 풀메이크업 때문에 당신의 표정을 읽을 수가 없다. 나를 탄복시켰던 복숭앗빛 뺨은 어디론가 사라지고 알 수 없는 두꺼운 화장이 그 자리를 대신하고 있었다.

뭔가 오해가 있었다면 오늘 이 자리에서 다 깨부술 작정이다. 내가 확신하는 감정을 다시 한번 확인해 보고 싶다.

그동안 나는 원하는 걸 거의 다 이루었다고 생각했다. 내 이름으로 된 장학 재단을 설립했을 때, 내게 행복을 줄 수 있는 건 목표를 이룰 때 터지는 도파민뿐이라고 생각했다.

하지만 그게 아니었다.

늘 가슴 속이 텅 비어 있었다. 오직 한 사람, 당신을 끝내 가지지 못해서였다.

날 여기까지 올 수 있게 만든 건 오직 그녀였다.

미드나잇의 열정

그와 악수하는 순간, 난 마치 갓 구운 빵 위에 녹아내리는 버터가 된 것만 같았다. 그의 온기 속으로 스며들고 형태도 없이 사라지는 기분이었다. 해든에게서는 자신이 좋아하는 일에 인생을 바친 사람 특유의 광채가 났다. 어떤 단단한 빛, 그게 만들어 내는 공기는 숨이 막힐 만큼 아름다웠다. 하지만 마냥 반갑지만은 않았다. 기쁨보다 두려움이 앞섰다.

신이란 존재를 믿고 싶어지는 순간이 있다. 이를테면 지금처럼.

우리가 이렇게 다시 만나지 않았다 해도, 그는 어딘가에서 여전히 그답게 살아가고 있을 거라고 믿었다. 하지만 한 번쯤은 아주 우연히라도 다시 마주칠 수 있지 않을까, 그런 터무니없는 기대를 품은 적도 있다. 그리고 지금 이 순간, 이게 신의 솜씨가 아니라면 대체 뭐란 말인가.

　우리는 서로를 발견했고, 말보다 감각이 먼저 움직였다. 둘만 알아볼 수 있는 신호, 미세한 주파수. 주차장에 둘만 남겨졌을 때 그가 내 손목을 조심스레 끌어당겼다. 바람에 휘날린 내 샤넬라인 스커트 자락이 그의 허벅지를 스쳤다. 그는 낮고 선명한 목소리로 속삭였다.

　"오래전에 내기했던 거 기억해요? 내가 이겼으니까 그 소원권 오늘 쓸게요."

　"그게 뭔데요?"

　"아이스크림 사 줘요. 1번 당장 나간다. 2번⋯ 그냥 1번이라고 대답해요."

　그의 질문은 언제나 날 자유롭게 한다.

　"당신은 질문이 너무 많아."

　그와 함께 나서는 순간, 모든 것이 달라질 거라는 예감이 들었다. 확실한 건 이 순간이 죽을 만큼 아프고 동시에 터무니없이 멋지다는 것.

　소용돌이치는 감정을 삼키며 그 어느 때보다 차분하게 그의 손을 끌었다. 깊고 부드러운 커피콩 색의 그 눈빛 안에서 나는 새로운 나를 보았다. 나는 가장 따스한 빛 속으로 뛰어들었다. 그 빛이 쏟아지는 방향을 본능적으로 감지했고, 그 자리를 독차지하고 싶었다.

"불편해 보여. 하이힐부터 벗어요."

하이힐이 아니라 내 모든 걸 벗어던질 기세였다. 차 안에서 러닝화로 갈아 신는 동안, 내 무릎이 그의 허벅지를 스쳤다. 심장이 날뛰다 못해 갈비뼈를 박차고 튀어나올 것 같았다. 통제 불능의 상태였다. 나는 손바닥으로 그의 어깨를 가볍게 훑었다. 다크블루 헤링본 슈트를 완벽하게 소화한 그는 목 끝까지 채운 셔츠의 단추를 풀었다. 얼굴엔 부드럽지만 뭔가 단단한 결이 사르르 깃들어 있었다. 아진이 말한 '탐욕의 기름기'가 뭔지 알 것 같았다. 그의 입술이 내겐 딱 그랬다. 나는 고개를 들고 어둠 속에서 그의 눈을 봤다. 달빛이 고여 있는 그 눈동자를.

순간 불꽃이 튀었다. 용광로에서 튀어나온 불꽃처럼 뜨거운 빛이 우리 두 사람 사이에 번져 나갔다. 장엄한 전율이 내 척추를 훑었다. 바삭한 미열이 살갗 위를 스쳤다. 영혼과 육체, 호기심이 일체화되는 순간, 몰아치듯 타올랐다. 봉인된 날개 뼈가 다시 솟아나는 느낌. 우리는 서로의 불나방이었다.

우리가 가장 빛나던 그 순간, 그 광기는 결국 우릴 집어삼켰다. 이번엔 안이 아니라 밖으로. 이건 아마도 일생에 단 한 번 찾아오는 타오름이겠지.

그의 입술이 내게로 진격하려는 그 순간, 삑 하고 차 문이 열리는 소리가 났다. 우리를 미처 보지 못한 그의 기사가 조용히 말했다.

"5분 뒤 출발하셔야 합니다."

그가 재촉하는 운전기사를 퇴근시켰고, 우리 역시 차에서 잠시 내렸다.

"출장 가는 길이라면서요?"

그는 두 손으로 내 얼굴을 포근하게 감싸며 말했다.

"어떻게 이걸 두고 그냥 갈 수가 있지?"

우리가 유행어처럼 즐겨 썼던 그 말이 되살아나 먹먹하게 내 귀에 번졌다. 숨 막히게 아름다운 가젤을 만났을 때, 구스베리 농장에서, 오래된 놀이공원에서… 그리고 지금.

"그런데 마지막 장면에서 그 대사 있잖아요. '굿 드라이브엔 세 가지가 필요하다. 굿 브레이크, 굿 럭.' 그리고 나머지는 뭐예요? 주인공이 말하려는 순간 끝나 버리잖아요."

"난 열린 결말이 좋아요. 시청자 각자가 그 답을 완성하라고."

"만약 닫아야 한다면 뭐라고 했을 거예요?"

그가 물었다.

"해든 씨는요?"

"굿 브레이크, 굿 럭… 그리고 당연히 굿 또라이!"

나도 모르게 웃음이 터졌다.

"왜요? 좀 쓸 만하죠? 늙은 막내 작가 어떻게 생각해요? 혹시 아직 빈 자리 있어요?"

그렇게 깔깔거리던 순간, 불청객이 나타났다.

커다란 꽃다발을 안은 건영이 우릴 향해 다가왔다.

"어, 여보 어떻게 왔어?"

내 얼굴은 이미 티를 내고 있었다. '왜 하필 지금 여기에?'라고 묻고 있었다. 그러면서도 재빠르게 업계 관계자와 담소를 나누는 분위기를 연출했다. 일단 건영을 이 자리에서 치워야 했다.

"어, 잠깐 들어가 있어. 금방 따라 들어갈게."

프러포즈

그를 또다시 보게 될 줄은 몰랐다. 가볍게 묵례를 나눴지만, 그가 날 알아본 건진 모르겠다.

잘 다려진 셔츠가 아니라 러닝하다가 온 차림. 저 자신감은 대체 뭐지?

땀 냄새를 풍기는 그의 곁엔 이미 하나의 완성된 세계가 따라붙는 듯했다.

그는 그녀의 세계 안에서 잠들고, 웃고, 살아가고 있겠지.

내가 아닌 저 남자가, 그녀의 세상을 환히 비춘다. 그 사실이 나를 무너뜨렸다.

저 자리를 통째로 빼앗아 버리고 싶다.

내 인생은 지금 어디쯤 왔을까. 더듬어 보면 지금이 아마 생의 한가운데가 아닐까.

  그래, 내년 봄에 프러포즈하자. 그녀에게 정리할 시간을 주는 게 예의일 테니까.

  장소는 영국 〈굿 우드 페스티벌〉 신차 발표 현장이 좋겠어. 고속주행 피니시 라인 통과 직후 헬멧을 벗으면서.

  이 장면을 머릿속에서 몇 번이고 재생했다. 엔진의 진동이 아직 가슴 속에서 요동치는 순간, 그녀가 나를 바라본다. 관중들의 환호가 바람에 흩어지고 우리 둘만의 공기가 생겨난다.

  그러나 내 계획이 아무리 거창해도, 현실은 여의도 숯불구이집이다.

  우리는 쓸데없이 먼 길을 빙빙 돌아 여기까지 왔다.

  일단, 나는 그녀의 손을 거칠게 움켜쥐고 밖으로 뛰쳐나왔다.

불꽃놀이

 금방 따라 들어갈 생각은 없었다. 우리는 이미 시작돼 버렸으니까. 해든이 내 손을 잡고 미친 듯이 달렸다. 서둘러 숯불구이 가게를 빠져나왔다. 그해 봄, 연거푸 재채기를 하던 나를 학교 연극실에서 데리고 나오던 그 속도로. 그동안 모두 거짓으로 살았다고 해도 이 순간만큼은 진짜였다. 아니, 내 인생을 통틀어 가장 나다운 순간이었다.

 파리의 그날처럼, 우린 사람들 속으로 숨어들 작정이었다. 그날의 그 순간은 여전히 내 안에 살아 생글거린다. 면도하지 않은 거친 뺨의 감촉, 솜털 끝에 갈고리가 달린 것처럼 내 얼굴을 낚아채던 그 느낌까지도.

 코끝이 살짝 시린 가을의 끝자락. 차가운 공기는 신선했다.

우리는 젤라토를 사기 위해 서둘렀다. 여의도 거리는 마침 불꽃놀이로 발 디딜 틈이 없었다. 코로나로 긴 터널을 지난 사람들이 마스크를 벗어 던지고 가을밤을 온전히 즐기고 있었다. 그 순간만큼은 우리 둘만 알아볼 수 있는 차원의 틈새를 발견한 기분이었다. 거기선 도망가지 않아도, 숨지 않아도 마음껏 안을 수 있을 것 같았다. 목에 있던 에르메스 노란색 스카프부터 풀었다. 황제펭귄처럼 살고자 했던 내 다짐의 상징이었건만… 나란 인간은 결국 황제펭귄이 될 수 없었다. 평생 단 한 짝만을 고수하는 사랑은, 판타지 그 자체다. 결국 난 불빛을 보면 본능적으로 달려드는 미야마 사슴벌레에 가까웠다.

아이스크림을 손에 쥐자 우리는 단박에 일곱 살로 돌아갔다. 단순하고, 확실한 게 전부였던 시절.

그러나 곧 밀려드는 인파로 인해 아이스크림이 툭 하고 바닥으로 떨어졌다. 형체도 없이 녹아 사라졌다. 아이스크림이 스치고 간 자리엔 끈적한 얼룩이 남아 있었다. 그 얼룩은 흰 셔츠 위, 마치 눈 위에 떨어진 물감처럼 소리 없이 번져 갔다.

하늘에서 불꽃축제가 시작됐다. 커다란 굉음을 내며 화려한 불꽃이 가을밤을 수놓았다. 뜨거운 불꽃을 보며 우리와 닮았다는 생각이 들었다. 한순간에 팡 하고 터져 올라 세상을 환히 밝히지만, 곧 연기 속으로 사라져 버리는 것. 또 순간의 존재라는 점에서도 어쩐지 우리와 비슷했다. 사라진 자리에도 잔향처럼 빛의 여운이 남았다. 짧고 강렬해서, 그 애잔한 모습이 꼭 우리 같아 슬프도록 황홀했다.

그 순간, 나는 그의 등으로 도피하고 싶었다. 그의 등은 여전히 부드러웠다. 내가 가장 좋아하는 장소이자 지도 따위엔 절대 나오지 않는 공간. 나 혼자만 알고 있는, 나만의 베이스캠프. 날개 뼈와 날개 뼈 사이는 여전히, 내 얼굴을 파묻기에 한없이 안온한 공간이었다.

그의 체온이 내 뺨에 온기를 더하고, 단단한 근육 너머로 황홀한 뼈의 곡선이 느껴졌다. 숨을 들이마실 때마다 미나리 향이 코끝을 스쳤다. 한겨울에 이불을 푹 뒤집어쓸 때 느끼는 포근한 고요함을 나는 지금 느끼고 있었다.

급기야 나는 나 자신에게 최후통첩을 하듯 이렇게 묻고 있었다.

너 정말 이 느낌 없이도 살아갈 수 있어? 이 포근함을 버리고 앞으로 나아갈 수 있겠냐고.

모든 불꽃이 하늘에서 쏟아져 내리는 것처럼, 내 안의 감정도 한꺼번에 다 터져 내렸다. 다 쏟아서 이제 아무것도 없다고 생각했는데 신기하게도 아니었다. 두려움과 그리움, 애틋함과 욕망, 다 부어 내고도 남은 무언가가 뜨겁게 차올랐다.

불꽃이 터질 때마다 심장이 요란한 굉음을 내며 내 가슴속에도 새로운 불꽃이 번졌다. 그 순간 알았다. 이건 사랑이 아니라 생존이고, 동시에 내 안의 모든 것을 깨우는 심장의 발작이었다.

그해 봄처럼 우리 두 사람은 손을 잡았다가 놓치고 잠시 헤매다 다시 잡았다. 손을 놓친 우리는 사람들의 파도에 휩쓸려 떨어진 채로 떠밀려 갔지만, 나는 부러 그를 찾지 않았다. 다시 불꽃이 터졌다. 흩어지는 빛의 조각들이 떨어진 우리 위로 쏟아져 내렸다.

잠시 정신을 차리기 위해 걷다 보니 어느새 숯불구이 집 앞이었다. 다시 불꽃이 터졌다. 흩어지는 빛의 조각들이 떨어진 우리 위로 쏟아져 내렸다.

다시 혼자 돌아와 아무렇지 않은 척, 제작진 사이에 끼어 술을 마시려고 했다. 그런데 마침 주차장 입구에서 건영이 조연출과 담배 피우는 걸 보게 됐다.

"카페 창가 자리, 제가 1년치 끊은 건 우리 와이프 모를 거예요."

그 한마디를 엿들은 순간, 다리에 힘이 풀려 그대로 주저앉아 버렸다.

"난 탁 트인 곳 아니면 글이 안 써져." 그렇게 투덜대면서 창가 자리에 앉기 위해 매일 오전 카페로 오픈런을 했었다. 이상하게도 그 자리에선 글이 잘 써졌으니까. 그런데 언제부턴가 그 자리가 늘 비어 있었다. 나는 단순히 운이 좋다고만 생각했었다.

하지만 그 모든 게 건영 덕분이었다.

내게는 늘 그만두라고 했으면서, 고통스러운 수정 요청이 들어올 때마다 도망가라고 말했으면서.

"완벽한데 뭘 더 고치라는 거야? 그냥 도망쳐."

읽어 본 적도 없는 사람이, 내 대본 편을 들고 있었다.

더 기가 막힌 건 그다음이었다. 내 팬클럽이 생긴 것이다.

드라마 촬영 현장에 커피 차를 보내고, 뉴욕 타임스퀘어 전광판에 내 드라마를 홍보했던 그 의문의 집단. 그건 집단이 아니라 건영 한 사람이었다. 그래, 내 팬클럽이라는 게 있을 리가 없지.

순간, 드라마작가가 되기까지 위기의 순간들이 파노라마처럼 스쳐 지나갔다. 내가 여기까지 올 수 있었던 건 건영 덕분이다. 이 성취는 나 혼자 이뤄 낸 게 아니라 건영과 나, 그러니까 '우리'가 한 거다.

화장실로 달려가 손부터 씻었다. 차가운 물이 손끝에 닿자, 쏟아지려는 눈물이 간신히 멈췄다.

화장실을 나오려는데 때마침 해든이 숨을 헐떡이며 다가왔다.

"혹시 공항까지 데려다줄 수 있어요? 전 조금 취해서요."

그가 작은 목소리로 내게 차 키를 내밀었다.

"시간이 촉박해서, 실력 있는 기사님이 절실해요."

내가 머뭇거리자 그는 내 손을 잡고 열쇠를 쥐여 주었다.

지금 내겐 두 남자가 있다. 한 명은 빛을 준 남자, 한 명은 그늘을 준 남자.

그렇다면 나는 무엇을 줄 수 있을까? 의리를 준다.

건영이 카페 창가 자리를 미리 다 계산해 두었다는 것. 그 사실을 다시금 떠올려 본다. 어쩌면 나는 내게 어떤 선물이 주어진 지도 모른 채 살아가고 있는지도 모른다. 지금부터는 내가 미처 발견하지 못한, 이미 받은 그 소중한 보물들을 찾는 데 열중하고 싶다.

나는 지금, 죽는 것보다 전우를 실망시키는 게 더 두렵다. 그래서 미국 해병대 뺨치는 수준으로 충성스러운 군인이 되고자 한다. 결혼 생활은 군대 생활이다.

지금 해든의 차에 탄다면, 어쩌면 그해 봄보다 더 크게 내 인생의 방향이 틀어질지도 모른다.

어지러운 머릿속을 정리해야 한다.

"아니요, 저는… 그러니까…"

마침 종업원이 갓 따른 생맥주 여러 잔을 들고 지나가고 있었다. 내 손은 이미 잔 하나를 낚아채 입에 들이붓고 있었다. 나조차 처음 보는 내 모습이다. 내가 이러는 이유는 어떤 인간, 오직 단 한 사람, 그러니까, 이제 그가 아니라 나 자신에게 잘 보이고 싶어서다.

"난 목이 좀 말라서… 운전은 못 해요. 안녕히 가세요."

그와 손이 닿아 버리면,

그의 손목에서 뛰는 맥박을 느껴 버리면,

나는 다시 그에게 돌아가고 말 것 같았다.

그래서 차 키를 있는 힘껏 던졌다. 마지막 배려, 아니 사실은 나를 단속하기 위해서다. 아무렇지 않은 척했지만, 손끝이 분명히 떨리고 있었다. 차 키는 바닥으로 떨어졌고, 그걸 주우려는 그의 등 뒤로 나도 모르게 이 말이 튀어나와 버렸다.

"그리고 내 이름, 정만춘이 아니라… 예, 정, 원이에요."

나도 그 순간 내가 왜 그랬는지 모르겠다. 확실한 거절은 상대에 대한 예의다. 나는 모두에게 친절하다. 그런데 이상하게, 그 사람 앞에선 어쩔 수 없이… 예의 없는… 양아치가 되어 버린다.

곧장 안으로 들어가 건영을 찾았다. 눈에선 눈물이 주룩주룩 쏟아지고 있었다. 앞에선 모두가 고기를 구웠지만 뒤에선 많은 일이 동시에 벌어지던 밤이었다.

숯불 냄새가 진하게 밴 그의 품에서 목 놓아 울었다.

"당신, 무슨 일 있어?"

서럽게 우는 나를 보고 건영도 놀란 눈치였다.

"아무 말도 하지 마. 안 해도 돼, 다 알아."

아무것도 모르는 주제에 말은 잘한다.

"그동안 힘들었지? 여기서 은퇴해. 이제 글 같은 건 그만 쓰고." 내 왼쪽 뺨을 건영의 목덜미에 묻었다.

그 순간, 내 베이스캠프는 해든의 등에서 건영의 품으로 옮겨졌다.

질문 하나

그때 나는 술을 마시지 않았다. 그 핑계로 그녀와 함께 드라이브를 하고 싶었을 뿐이다. 그녀의 후진을 한 번 더 맛보고 싶었을 뿐이다. 사이드미러를 스치는 시선, 기어를 넣는 손목의 각도.

공항 가는 차 안에서, 우리가 제대로 다시 시작될 줄 알았다.

차 키를 건네받은 그녀의 손이 핸들을 잡을 줄 알았다.

하지만 한 치 앞을 모르는 게 운전이고, 인생이다.

그녀가 맥주를 들이켜는 순간, 내 세상은 무너졌다.

"목이 마르다고? 진심이야?"라고 바보같이 캐묻고 싶었다.

내 사랑이, 그녀가 이렇게까지 쓰레기일 리가 없는데….

막상 그렇게 물으면 "그걸 진짜 믿어요?"라며 사람을 헷갈리게 만들 그녀였다.

잊어선 안 된다. 쿨한 척 위장한, 계획된 장난.

상대는 길이 들지 않은 야생 또라이다. 살면서 가장 큰 배신을 당한 기분이었다.

"커포티라도 되고 싶은 거예요? 진짜 그럴 거면 술부터 끊어요."

진심으로, 술 때문에 제대로 망한 작가들 명단을 불러 주고 싶을 정도였다.

그녀가 던진 차 키는 바닥을 튕기고 날아가 작은 연못 속으로 사라졌다.

사라진 그녀가 이 사실을 알 리 없지만, 결국 비행기도 놓쳤다.

그리고 내겐 끝까지 풀리지 않는 의문이 하나 남았다.

줄곧 궁금했다. 오직 그녀만이 해 줄 수 있는 대답이었다.

에필로그 1

양자역학의 연인

베트남 냐짱으로 향하는 K611 안. 창밖으로 서울이 작아졌다. 멀어질수록, 숨이 막히게 아름다웠다.

"아빠, 나랑 같이 베트남 가족 만나러 갈래?"

가난이 눌러 놓은 얼굴이 서서히 펴졌다. 자기만의 햇빛을 만나러 가는 사람의 표정은 저렇구나.

드라마 자료조사는 핑계다. 내 손으로 아빠의 서사를 완성시키고 싶었다. 직접 내 눈으로 확인하러 가야 했다. 그건 내 손으로 내 인생을 구하는 일이었다.

기내 스크린으로 〈게이 크루즈〉를 봤다. 초이 셰프가 분량을 이끌었다. 피아노를 칠 땐 일본 드라마 〈롱 베케이션〉의 세나가 튀어나온 것 같았다. 캐논 변주곡 안에선 서태지가 튀어나왔다.

해든이 학교 연극실에서 쳤던 그 곡이었다. 둘만 안다는 그 곡이 세상으로 나왔다.

모태 솔로부터 이혼 전쟁까지, 미디어는 사랑으로 할 수 있는 모든 것을 대량생산했다. 모든 사랑이 일반화되었고 너무 비슷해져서, 뭐가 뭔지 헷갈릴 지경이었다.

"남자 보는 눈은 네가 정확하잖아."

그날도 아진의 출연자를 느낌으로 골라 주고 있었다.

"이번엔 미친놈이야, 웃긴 놈이야?"

보통의 날이었는데 문득 그런 생각이 들었다.

"이제 누구를 사랑하는지가 중요한 시대는 지난 거 같아. 어떻게 사랑하는지가 중요하지."

"네 방식은 뭔데?"

아진은 아주 대단한 걸 발견한 사람처럼 눈을 깜빡이며 물었다.

"글쎄, 양자역학 같은 거?"

그날 이후, 아진이 만들어 낸 프로그램이 〈게이 크루즈〉였다. 모유수유엔 실패했지만 그렇게 외쳐 대던 커리어 우상향은 계속 진행 중이었다.

얽힌 입자는 아무리 떨어져도 서로 영향을 준다. 한번 얽히면, 어디에 있든 서로 연결되어 버린다. 양자역학은 그렇게 말했다. 이게 내가 발견한 방식이다. 우리 둘은 가슴속에 그해 봄을 품은 채 각기 다른 곳에서, 다른 삶을 살아갈 것이다.

착륙 준비 중, 기내에서 아기가 울기 시작했다. 나는 핸드폰에 있던 돌고래 울음소리를 틀었다. 옆에서 자고 있던 건영이 짜증을 내며 날 쩨려봤고 아이는 울음을 멈췄다.

에필로그 2

느린 예감

"상실의 고통도 자산이에요. 함부로 낭비하지 마세요."
인생의 고비마다 나는 정만춘 작가의 인터뷰를 꺼내 읽는다.
그리고 늘 함께 따라오는 장면이 있다.
"내 이름은 예, 정, 원이에요."
그 말을 듣는 순간, 다시 그녀가 내게 오는 줄 알았다.
"그걸 지금 말해 주는 이유가 뭐예요? 만춘이 아니라 정원이면 뭐가 달라지는데요."
그 의도를 묻고 싶었다.
긴 시간이 흐르고, 나는 이제야 그 이유를 조금 알 것 같다
내 이름으로 된 장학 재단 거액 기부자 명단엔 매년 그녀의 이름이 오른다.

싱그럽게 혼자 반짝거리는 그 이름.

예 정 원.

설마, 잘나가는 거 티 내려고?

역시, 또라이네.

굿 또라이.

굿 럭.

그리고… 나의 드라이브 피플.

작가 노트

사랑은 우리 인생을 어디로 몰고 가는가?

사랑은 언제나 우리를 어디론가 데려간다.
예상치 못한 길로, 때로는 돌아올 수 없는 길로.
목적지가 없는 드라이브 같다.
그 길 위에서 우리는 웃고, 울고, 길을 잃으며, 용기를 낸다.
《드라이브 피플》은 그런 여정에 관한 이야기다.

이 이야기가
각자의 인생길 위에서, 라디오처럼 흘러가길 바란다.
불쑥 흘러나온 노래하나 때문에
하루 종일 아무것도 할 수 없게 만드는, 그런 노래처럼.

그 노래가 지금, 당신에게 묻고 있다.

인생을 걸고 지키고 싶은 사랑이 있는지.
그렇다면,
그 사랑을 위해 얼마나 멀리까지 가 봤는지?

2025년 가을의 끝자락에서

차현진

굿 드라이브엔 3가지가 필요해.

굿 브레이크, 굿 럭. 그리고…

드라이브 피플

초판 1쇄 인쇄	2025년 11월 7일
초판 1쇄 발행	2025년 11월 11일

지은이	차현진
총괄	김명래
책임편집	김명래
디자인	zincbook
책임마케팅	최혜령, 박지수, 도우리, 양지환
마케팅	콘텐츠IP 사업본부
해외사업	한승빈, 박고은
경영지원	백선희, 권영환, 이기경, 최민선
제작	제이오
펴낸이	서현동
펴낸곳	㈜오팬하우스
출판등록	2024년 5월 16일 제2024-000141호
주소	서울특별시 강남구 테헤란로 419, 11층 (삼성동, 강남파이낸스플라자)
이메일	info@ofh.co.kr

ⓒ차현진 2025
ISBN 979-11-7577-000-3 (03810)

한끼는 ㈜오팬하우스의 출판브랜드입니다.

- 이 책은 저작권법에 띠긔 보호빋는 져작톨이브로 무단전재와 무단복제를 금지하며, 이 책 내용의 전부 또는 일부를 이용하려면 반드시 저작권자와 ㈜오팬하우스의 서면동의를 받아야 합니다.
- 책값은 뒤표지에 표시되어 있습니다.
- 잘못된 책은 구입하신 서점에서 바꿔드립니다.